JN008481

最推しの義兄を愛でるため、長生きします！　4

登場人物
ハルス・ソル・サリエンテ
オルシスの父で、
アルバの義父。
妻と子供たちを心の底から
愛している。
「……幸せすぎて、
人目を憚らず
泣きそうだよ……」
「うぐぅ……
兄様が最高オブ
最高すぎて
心臓止まりそう……」
オルシス・ソル・サリエンテ
義弟であるアルバを
溺愛している。
今回は国王にアルバをとられな
いため画策し始めて——
アルバ・ソル・サリエンテ
転生したら最推しが義兄に
なっていた。
ついに、兄様と婚約という
話が出たのだが——

ツヴァイト・
ソル・ヴィネーラ
王国の第二王子「だった」。
明るく人懐っこい性格。
リコル
学園の養護
教諭。アルバを
優しく見守る。
ヴォルフラム・
サン・ブレイド
王弟の次男として生まれ、
闇属性持ちのせいで
日陰者だったが——
ミラ
乙女ゲームの主人公
ポジションの令嬢。
光属性を
持っていて……？
ブルーノ
アルバの妹、ルーナ
の婚約者であり
アルバとオルシスの
よき理解者。
ルーナ
アルバの妹。
幼いがとてもしっかり者。

プロローグ

『よし！　最推しのスチルゲット！』

俺はスマホを握りしめてぐっと拳を握った。手の中にあるスマホの画面には、ようやく手に入れた最推しオルシス様の新しい姿が映っている。

『光凛《こうりん》夢《む》幻《げん》∞デスティニー』——それは俺が夢中になったスマホアプリゲーム。

主人公と攻略対象者が手に手を取って切《せっ》磋《さ》琢《たく》磨《ま》し、国を救うという乙女ゲームだ。

攻略対象者との放課後イベントや魔力アップのための魔物討伐など、様々なイベントを経て好感度と魔力を上げ、その相手と共に国の中心にある宝玉に魔力を注入して国を救うという王道ストーリー。

俺はＣＭで流れた最推しに一目で心を奪われて即ダウンロードし、ひたすら最推しを愛でるために日々仕事に精を出した。

最推しスチルをゲットするためならば課金も辞さず。結構なヘビーユーザーだった俺は、ひたすら最推しを愛でるため、最推しルートを周回した。

そんな俺は、気付いたら最推しの思い出の義弟アルバになっていた。

そのことに気付いたのは、母に手を引かれて大層立派な館のエントランスに入ったとき。目の前に、まるで天使がこの世に舞い降りたかの如く神々《こうごう》しく初々しい美ショタ、オルシス様が立っていたのだ。

そうして始まった最推しとの生活。素敵な人生の始まり……と思いきや、そうはいかなかった。義父が俺に向ける眼差しは母に対するそれと同じでとても甘いのに対し、兄様に向ける視線はとても冷たく、それを受ける兄様の顔はただただ無表情だった。そこで気付く。俺の立ち位置が最推しの笑顔をなくしてしまう、儚《はかな》くなった義弟だということに。

ああ、これではだめだと、俺は兄様の笑顔と表情筋を守るため必死になった。

兄様《最推し》にはずっとずっと笑っていてほしかったから。

そしてただただ兄様のために奮闘するうち、俺はいつの間にやら『推し』として、兄様が見られなくなってしまったのだ。同担拒否じゃなかったはずなのに、ゲームでいうところのヒロインと一緒にいる兄様を見ると胸がもやっとしたり、兄様の結婚のことを思うと辛くなったり。

こんなの、弟としておかしいんじゃないか……と思っていたとき、とうとう物語が動き出した。

野外学習に出かけた俺たちの目の前に、『厄災の魔物』と呼ばれるアビスガーディアンが現れたのだ。ゲーム内でも最強だった魔物。

ヴォルフラム殿下が魔物を抑え込んでいる間に逃げることはできたけれど、そこでいきなり『刻《とき》魔法』が発動してしまった。そして俺にはヴォルフラム殿下が真っ赤に染まった姿が見えてしまった。

放置なんかできるわけがない。俺は持っていた自作転移魔術陣を握りしめ、ヴォルフラム殿下のもとに転移した。

そこには、先ほど魔法で見たのとまったく同じ姿で、血に染まったヴォルフラム殿下が倒れていた。俺は震える身体に活を入れて、必死でヴォルフラム殿下を掴み、一番安全な場所に転移した。目を開けるとそこには、麗《うるわ》しの兄様の顔。そう、俺が転移した場所はうちの温室だった。

確かに俺にとって一番安全な場所に辿り着き、あまりの安堵に俺の涙腺は決壊した。

そうして一緒に移動したリコル先生と近くにいてくれたブルーノ君の尽力で、ヴォルフラム殿下は一命を取り留めた。

そこで思ったのだ。

自分の死亡フラグをへし折ったからもう大丈夫と心のどこかで思っていたけれど、実はあのゲームのストーリーはアプリと同じように進んでいるんじゃないか。

もしかして、この国自体はとても危ういところまで来ているのではないか、と。

俺は、その魔物を倒しにいくという兄様とブルーノ君の後を追って、アビスガーディアンのところに戻った。そこにいたのは、ミラ嬢とツヴァイト第二王子殿下、そしてアドリアン君。

兄様とブルーノ君も戦いに参加して、俺の後からヴォルフラム殿下とリコル先生が来たことで、奇《く》しくも攻略対象者全員と主人公が勢揃いで、目の前の巨大な脅威と戦うことになった。

アビスガーディアンはとても強くて、ゲーム内で俺が何度も何度もくじけそうになりながら必死で戦って倒した魔物。けれどそれは主人公と最推し二人だけのとき。

今は全員揃っている。だったらきっと出来るはず——

そう信じた俺は持てる前世の知識を全てさらけ出し、兄様たちの能力を活かしてアビスガーディアンを討伐したのだった。

そこで脅威は去った——そう思ったけれど、まだまだ災害は続いた。

学園祭に、魔物が現れる元である魔力の塊……魔核《まかく》が発生したのだ。

ミラ嬢とヴォルフラム殿下でなんとか消し去ったけれど、そこでヴォルフラム殿下の魔力が暴走してしまい、俺と兄様で止めに走る事態となった。

けれどヴォルフラム殿下を助けたときに不用意に発してしまった一言で、俺が『刻《とき》属性』であることが王弟殿下にバレてしまった。

そして王弟殿下に呼び出しを食らい、そこで俺はゲームの通りに国が崩壊寸前であるということを知ったのだ。

そんな、色々あって疲れ切ったその日の夜、俺の魔法が発動した。

目の前には、とても素晴らしい笑顔の兄様がいた。

周りの景色は、どこか神殿のような雰囲気の場所。

その場所を、俺は知っていた。

ヒロインと攻略対象者が国を救って、愛の告白をする場所。

そんな場所で幸せそうな笑顔の兄様が宝玉を手にしていた。つまり、そこには絶対に兄様の相手がいるはず。

相手が気になる、それに兄様の笑顔をまだまだ視《み》ていたい、と、俺は兄様が口に詰め込もうとするブルーノ君の飴を拒否した。

すると一瞬後、口の中に血の味が広がった。

何事!?　と驚く俺の唇を、兄様の唇が塞いでいる。目の前に浮かび上がる光景と口の中の鉄臭さに半ばパニックに陥った。

俺が拒否したせいで、兄様が取った行動は、一番手っ取り早く、そして一番させちゃいけない魔力回復方法だった。

兄様は自分の手を傷つけ、その血を口に含んで俺に飲ませていたのだ。

血だらけの兄様を見た俺のその後のパニックは筆舌に尽くしがたい……

――話がずれてしまった。

主人公と攻略対象者が手に手を取って、魔力を注ぎ入れる宝玉。では一体誰がヒロインなのか……、友達エンドでも国は助かる。それに、ヒロインポジションであるミラ嬢と兄様は仲がいいけど、恋心はなさそうだ。

それなら、兄様とミラ嬢が？　と思いながら気軽に話を聞いていたけれど、実は宝玉は、たくさんの人の命を吸った恐ろしいものだということを知った。

そして、国を支える宝玉の魔力が尽きようとしている今、ツヴァイト第二王子殿下がその宝玉の生贄的なものになろうとしていることも。

いやいや、ゲーム内で、宝玉はそんなに恐ろしいものじゃなかったんだけど！　キャッキャうふふで手に手を取って、二人で仲良く魔力を注げば、国は助かるはずなのに。

どうしてそんなに大変なことになってるんだ。

そんな俺の言葉を、王弟殿下とヴォルフラム殿下は信じてくれた。

そんなこんなで、俺たちは第二王子殿下による魔力注入の決行の日を迎えた。

俺は知っている。あの宝玉に魔力を注入するのは兄様だと。

その頃には、俺の気持ちは一つに定まっていた。

とても素晴らしい笑顔で魔力を注入する兄様の相手がとても気になる、じゃ済まない。

笑顔の兄様の隣に立つ相手のことを思うと胸が痛い。

どうせなら、それは俺でありたい。

——いや、俺以外であってほしくない。

だってあそこは、愛の告白の場所だから……

そんな気持ちを胸に秘めて、俺は皆と共に宝玉の間に乗り込んだ。

そこで見たものは、ぐったりした第二王子殿下と、まだまだくすんだ国の中枢、守護宝玉。

皆が第二王子殿下にかかりきりになっているとき、兄様の視線は宝玉に向かっていた。俺が「兄様が選ばれた」とすでに伝えてしまっていたから。きっと兄様は手を伸ばす。

不本意ながらも兄様の血のおかげで魔力は今までにないくらい満タン。

だったら、と俺は兄様と手を繋いだ状態で、宝玉に手を伸ばして——

一、エンディングのあとは、軟禁

『オルシス様を、誰よりも、愛しています」

『アルバ、僕と結婚して、ずっと一緒にうちで暮らそう。兄弟のままではダメ。アルバがそのうち誰かのものになってしまうなら、僕と、ちゃんと結婚しよう』

そんな告白とともに、宝玉に魔力を注ぎ入れた俺たち。

アプリでは、ここでエンディングが流れて、最後に国は豊かに戻った、というナレーションが入るのだが、現実ではそうは行かず。

神殿内に入れなくて扉の前で立ち往生していた王弟殿下や騎士団、宰相さんと国の中枢の者たちによって、俺たちは移動を余儀なくされた。

案内された場所は宝玉の間からかなり遠くて、宝玉に魔力を吸われまくった第二王子殿下、兄様、そして俺にとってはかなり大変だった。

一応、王弟殿下たちから、魔力回復薬を一本ずつもらえたけど、隣を歩く兄様と第二王子殿下はどう見ても長距離を走ったような息切れをしていて、全快には程遠いのが見て取れる。

それは俺も同じだ。数階分、階段を上っただけで疲労がドッと襲ってきて、今は不本意ながら、アドリアン君に片手抱っこされての移動と相成っている。

兄様が抱っこをしようと申し出てくれたけれど、あんな疲れきった兄様に抱っこをしてもらうなんて鬼畜なことは絶対にできない。

　リコル先生は第二王子殿下につき、ブルーノ君は兄様の横についていてくれるから、消去法でこうなった。

「オルシスでなくてすまないな」

　俺がそんなことを思ったのを敏感に察知したのか、アドリアン君がそんなことを言う。

「いえ、兄様を休ませてくれてありがとうございます……」

　慌てて首を横に振った。疲れた兄様を休ませてくれるという点では、アドリアン君はとても素晴らしい。さすが兄様推しのアドリアン君。そして姫抱っこじゃなくて子供抱っこに近い形なのも少しだけ救いだった。アドリアン君の姫抱っこは俺的にダメージがでかすぎる。

　それに謝るべきは、どっちかというと国王陛下やその周辺だ。宝玉の間が王宮の一番奥深くにあるのは理解できるけれど、その後これだけ歩かされるのはさすがにしんどい。

　時折会話を交わしつつ、ようやく着いた場所は、王宮の本殿の一室だった。

　調度品がとてもお高そうで、ソファもふっかふか。ただ全員が同じ部屋に入れられたわけではなくて、第二王子殿下とヴォルフラム殿下は別の部屋に連れていかれてしまった。

　下手すると一人一部屋で、メイドさんが一人ずつ配置という状態になるところだったらしいけれど、そこは宰相さんが取りなしてくれて、俺は無事兄様たちと同じ部屋に入れてもらえた。

　あわや一人になりそうだった俺は、余程情けない顔をしていたんだろうと思う。ちなみに俺を運んでくれていたアドリアン君、ブルーノ君とミラ嬢も一緒だ。

リコル先生は何か思うところがあったのか、第二王子殿下についていくと言って出ていってしまった。

遠慮なく兄様と共にソファに身体を沈めると、ドッと疲れが襲ってきた。

ここまでアドリアン君に抱えられてきたのにこの疲れ、情けない。

見上げると、兄様も心なしかぐったりしている。まだ魔力が全快には程遠いんだろう。

「兄様、大丈夫ですか」

ぐっと手を握って声を掛けると、兄様はフッと微笑んで、ギュッと手を握り返してくれた。

「大丈夫だよ。アルバこそ、今のうちにゆっくり休んでおくこと」

「はい。それにしても、ここまでが遠かったですね。アドリアン君、ありがとうございました」

俺がアドリアン君にお礼を言うと、アドリアン君は肩をすくめた。

「俺は宝玉に関してまったくの役立たずだったからな。あれくらいはさせてくれ。流石にオルシスもアルバをここまで連れてくるのは難儀だっただろ」

「……返す言葉もないな。今回だけは譲る」

クッと悔しそうに言い返す兄様に、アドリアン君が苦笑する。

悔しそうな兄様を見るのは珍しくて、思わずほうっと息を吐く。すると兄様に髪を撫でられて、思わず顔が緩んでしまう。

そんな俺たちを見て、ブルーノ君が呆れたような溜息を吐いた。

「一瞬で空気を戻すよな、お前たちは。それにしても……この後は陛下と謁見、か」

「多分な」

兄様が頷く。アドリアン君も肩をすくめながらブルーノ君に視線を向けた。

「国の大事だからな。今日は家には帰れないと思うしかない」

えっそうなの!?

慌ててミラ嬢を見つめると、ミラ嬢も肩をすくめていた。

「さっきお義父様と目が合ったけれど、後で詳細な説明を要求されるでしょうね」

ブルーノ君はミラ嬢の言葉に「だろうな」と頷くと、盛大に溜息を吐いた。

「まずは陛下との対面とかだったらいいんだが、会議の場に出されたらちょっと不味《まず》いかもな」

「むしろ皆でいられる会議のほうがよくない？　殿下たちも合流できるでしょうし」

「違うことを答えたらだいぶやばいだろうな」

「どちらにしろ、さっさと終わらせてアルバを休ませたい」

四人が顔をつきあわせて、小声で話をしている。部屋の隅にはメイドさんも騎士も控えているので、聞こえたら全て筒抜けになるはずだけど、テーブル付近にこっそりと兄様が防音の魔法をかけていた。魔力は大丈夫なのかなと少しだけ心配になる。

そもそも、王城の使用人さんたちの目の前で、こんな風に魔法を使ってもいいのか疑問だけれど。

何も言われないからいいんだろうか。

周りを気にしている俺を置いてけぼりにして、兄様たちの話は進んでいく。

「僕とアルバが宝玉に魔力を入れたのはバレていないよな」

「ああ。状況を見る限りは、殿下とオルシスが協力したと思われるだろう」

ブルーノ君の言葉に、兄様が少しだけ表情を緩めた。

「ものは相談なんだけれど、僕と殿下で宝玉を満たしたということにしてはダメだろうか。アルバはふりとはいえ、王弟殿下と共に歩いていたとき、発作が起きたということになっている。だったら、アドリアンに運ばれたのはまだ具合が悪かったんだと思ってもらえないだろうか」

「そうだな、それはしっくりくるんじゃないか？」

ブルーノ君が頷く。それにアドリアン君とミラ嬢が目を瞠《みは》った。

「待て待て。そもそもやっぱりアルバがってのは問題あるのか？　褒賞とかそっち関係になったとき、アルバがまたそっちのけになるのはよくないだろう。前もそういう流れだったのに」

「そうよ、アルバ君頑張ったのに。本当だったら私がやらないといけなかったところよね……」

褒賞——まあ、確かに国を救ったのだから、褒めてもらえる方向に進むのかもしれない。

でも、別に国王陛下に褒めてもらえなくてもいいな。兄様の一番の見せ場はバッチリ特等席で見れたわけだし……なんて思っていると、兄様がぎゅっと眉を寄せた。

「出来ればアルバのことは殿下たち以外の王家には知られたくないんだ」

「「ああ……」」

ミラ嬢、アドリアン君の声が重なる。

俺が持っている唯一のチートである『刻《とき》魔法』。ほとんど使える人間がいないうえに、未来を見ることが出来るという便利さから、その魔法の使い手はほとんど王国に飼い殺しにされてきたという。

兄様はずっとそのことを警戒してくれていた。

ミラ嬢は俺のほうを見てから、ソファの上で唸るような声を上げた。

「――うん。そうね、ちょっと悔しいけれど、陛下と王太子殿下にはアルバ君が助けてくれたことを知られない方がいいと思う。あの人たちはダメだわ。きっとアルバ君のことを全然考えてくれなさそうだもの」

「だな」

うんうんと皆が頷く。皆、陛下がどんな為人《ひととなり》なのか知ってるんだ。それほどダメダメな人なのかな。……第二王子殿下を生贄にしたような人だった。あ、ダメな人だった。

「でも、殿下たちが先に質問されていたら、どうしようか」

「出来れば同じ部屋に通してもらいたかったなあ」

「でも王族と同じ控室とか、ありえないでしょう」

「そうでもないだろ。家格的に」

黙って皆の言葉を聞いていて、溜息を呑み込む。

やっぱり宝玉に、勝手に魔力を注入するのはまずかっただろうか。

褒賞云々より、罰を受けるかもしれないってことに思い至らなかった……

陛下に指定されていたのは第二王子殿下だけ。そして詳しくは知らないけれど、本来、王国に伝わる宝玉の満たし方では魔力を単独で入れるように書かれているっぽいから、魔力を注入した者は死ぬはずだった。

でも第二王子殿下は生きている。だから俺たちが手を貸したのはバレバレ。

他の人には、宰相さんが用意してくれた宝玉の部屋へ入るのを許可する書状があるから、その助けがあったことを問題視されないかもしれないけれど、陛下本人には書類を偽造して俺たちが何かを企んだとしか映らないかもしれない。

こういう時、ゲームにあったエンディング後の大雑把なストーリーがもどかしくなる。

『そして二人は……』というまるでおとぎ話のラストのような書かれ方しかしていない。

いや、ストーリー的にはそれが一番まとまっているのはわかるんだけれど。

でも、俺たちはこれからどうすればいいのか。

そして、勝手に宝玉に触れてしまった俺は、もしかしたらとんでもない所業をしてしまったのかもしれない。

兄様たちは、陛下直々に呼び出されたことがあるから、ワンチャンセーフ。けれど、俺は違う。

「あの……」

兄様の袖をギュッと掴みながら、恐る恐る口を開く。

「やっぱり僕がアレに触れるのはよくなかったんでしょうか。資格がないとか」

「「「そうじゃない」」」

すると、全員が一斉に否定してくれた。

四人が目を見合わせ、自然とブルーノ君が俺に向き直る。

「いいか、アルバ。あの部屋に入《はい》れた時点で、アルバには資格があるということだ。あの扉にはそういう魔術が施されている。だから、王弟殿下も俺たちが扉を開けるまであの部屋の前でやきもきしていただろ」

「そう、なんですか」

確かに王弟殿下も、宝玉の間に入れていなかった。

そうか、そんな仕組みがあったのか。

俺が頷くと、ブルーノ君がさらに言葉を続けた。

「問題なのは、アルバが俺たち並みに魔力があり、『刻《とき》属性』だということだ。陛下は光属性持ち。つまり、鑑定魔法が使えるから、下手にアルバを会わせると、『ラオネン病』が完治していることを知られ、属性がバレかねない。今描いている道筋は書き直さないといけなくなる。まあ、アルバが守護宝玉に魔力を入れて、今も生きている時点でだいぶ大事《おおごと》になってしまってはいるんだが……」

……陛下が鑑定。

ブルーノ君に教えられたことに、一気に血の気が引いた。

俺の『ラオネン病』はまだ治っていないことになっている。

特効薬が発表される予定なのは、俺が高等学園に上がった時。本当であれば、その時には第二王子殿下が臣籍降下して、うちを後ろ盾に自由になっているはずだった。

でも、陛下はきっと鑑定を使ってくる。そうしたら、『刻《とき》属性』を持っている俺は、兄様と引き剝がされてしまうだろう。第二王子殿下だって国を救ったという実績があると、自由になれないかもしれない。

どうしよう。流石に鑑定を阻止するやり方なんてアプリではなかった。

もしかして俺はまた病《やまい》に倒れた方がいいんだろうか。

真剣に、そんなことを考えてしまう。

そんな時だ。

「――ブルーノ・アン・ヴァルト様」

扉が開いて、侍従がブルーノ君を呼んだ。

そのしばらく後に、ミラ嬢。そしてアドリアン君。一人ずつ呼び出されて、どこかに連れていかれてしまう。

部屋が一緒だから、まさか分けて呼び出されると思っていなかった。

俺と二人になった兄様は、少しだけ険しい顔をしている。

そして、ついに兄様もこちらへ、と。

俺一人だけになるのかな、と不安になっていると、兄様は侍従についていこうとせずに口を開いた。

「すみません。僕も席を外したら、弟のアルバ一人になってしまいます。今日は体調も不安なので、それは避けたいのですが、一緒に向かうことはできないでしょうか」

「申し訳ありません。サリエンテ公爵嫡男、オルシス様しか呼ばれておりませんので、私共はアルバ様を連れていくことは出来ません」

丁寧に、しかしすげなく断られて、兄様がまた表情を険しくする。

けれど、すぐに表情を元に戻して、兄様は侍従に言葉を続けた。

「ではせめて、父に連絡を入れてもいいでしょうか。父が来たら、向かいます」

「申し訳ありませんが、王宮にて外部連絡の魔法を使うことは余程のことがない限り、許可されないかと思われます」

「では、アルバだけ先に帰すことは」

「それも、私共の一存では何とも」

「一度確認していただけませんか」

食い下がる兄様に、呼びに来た人はそれも出来かねます、と全拒否しかしない。

なんだかんだと兄様だけ連れて行く気満々だ。

でもこれで拒否したら兄様が不敬罪で捕まってしまうのではないだろうか。

それはよくない。

「兄様、僕は大丈夫です。ブルーノ君の飴もありますし。だから心配は……」

袖を掴んで兄様を見上げた瞬間、目の前にそれは現れた。

周りの景色が今いた部屋と全然違う。

これは、『刻《とき》魔法』で見える景色だ。

豪華というか装飾華美というか上品で豪奢な部屋で、真ん中には玉座。

兄様の後ろで、チラリと見えるようにそこに座っていたのは……

◆◆◆（Side　オルシス）

アルバの身体から力が抜けていく。

今までの経験と感覚から、アルバが今魔力暴走をしているのがわかる。

慌ててアルバを抱き上げ、魔力を流し込んだところで、自分もまたくらりと眩暈《めまい》に襲われた。僕もまだ全然魔力が回復していなかった。

膝をつきながら、僕を呼びに来た侍従を見上げる。

「……早く、父を呼んでください」

「……出来かねます」

「こんな、こんな状態で、弟を放置しろというのか……！」

ざわりと胸の中が熱くなり、なけなしの魔力が弾けそうになる。

けれど感情のままに相手にぶつけてしまうとアルバに渡す魔力が足りなくなる。なんとか感情を抑え込み、僕はアルバの身体を腕で包み込むように抱いて、立ち上がった。

王の間に通すためだけに存在している控え室だからか、アルバが休めそうな場所なんてソファくらいしかない。レガーレの飴を早く口に入れてあげたい。だが既に『ラオネン病』の特効薬があると認識させるわけにもいかない。

もどかしさに震えながら、僕は迎えに来た侍従を見上げた。

「せめてアルバが休めるところに移動させてください。このままここに放置など、絶対にさせないし、父が来るまで僕にはアルバを守る義務と権利があります」

せめて僕の魔力がなくなる前にアルバを父上に託したい。

こんな状態でも置いていけと言う、非情な者しかいない場所になど置いていけない。

まったく動く気配を見せない僕を見て、らちが明かないと思ったのか、王宮の侍従は少しだけ待つよう言い置いて、踵《きびす》を返した。

とりあえず無理矢理アルバと引き離されなかったことにホッとして、ゆっくりとソファに戻る。

ようやく、アルバと二人だけになった。アルバを抱きしめるように膝に乗せて腰を下ろす。

座ったことで、自身もまた疲弊しているんだということに気付いた。気を抜くと目を閉じてしまいそうだ。

アルバを腕に抱いたまま、ゆっくりと魔力を渡していく。

今もまだ、アルバには何かが視《み》えているのだろうか。

「遅くなってごめんね」

震えそうになる手を懸命に動かして、ポケットに入っているレガーレの飴を取り出し、アルバの口に含ませる。

飴が喉に行かないようアルバの頭を支えながら、ブルーノから渡された魔力回復薬を片手で取り出して、口で蓋を開けると、一気に飲み干した。

先ほども一本飲んだけれど、全然足りない。アルバに渡すには魔力が全く足りない。

少しずつ魔力をアルバに送りながら、不甲斐なさに溜息を呑み込む。

空の瓶が三本になったところで、部屋のドアがノックされた。

返事をすると、先ほど僕を呼びに来た者がドアを開けた。

その後ろにいたのは、父上だった。

険しい顔つきで案内の者を押しのけるようにして入ってきた。父上は僕たちの前に跪いて、目を開けないアルバの頬を優しく撫で、次いで僕の頬を撫でた。

「よく頑張ったな、オルシス」

父上のその言葉に、じわりと胸が温かくなる。

「頑張ったのは僕ではなくて、アルバです」

「私に言わせれば、どちらもだよ。二人とも自慢の息子だ。顔色が悪いが、体調は大丈夫かい？」

そう訊かれ、「大丈夫です」と答えようとしてから、僕は小さく首を横に振った。

「もう、倒れそうです……アルバをお願いしても、いいでしょうか」

本当は自分でアルバを看病したいし、他の者がアルバに魔力を注ぐなんて、考えたくもない。けれど、父上なら。

父上なら、信頼できるから。

僕の口から弱音が零れていく。

「陛下のもとに行かなければならないことはわかっているのですが……このような状態のアルバを放って来いと言う人物となんて、話をしたくもない。父上、アルバを、アルバを託してもいいでしょうか……」

これが終わったら、ちゃんと家に帰れるのだろうか。あの温かい我が家に。ここはとても、冷たすぎて……

父上の顔を見て気が緩んでしまったのか、鼻の奥がツンとした。

父上はフッと表情を緩めて、僕の目もとを拭った。

「大丈夫だよ。私が、君とアルバを守る。父親として」

「父上……」

きっとアルバが我が家に来ていなかったら、こんな父上はいなかった。

もうずっと昔の記憶だから、朧気にしか覚えていないけれど、母が亡くなった頃の父上とは、視線が合うことすらなかった。でもアルバが無理矢理父上の視線を僕に向けてくれて、父上の代わりにと毎日とても心がふわふわするような言葉を惜しみなくくれて、それを父上にも強要して。

あの時の困ったような父上の顔だけは、今もはっきりと覚えている。父上もこんな表情ができたのかととても驚いたから。

今は、父上の笑顔を見て、酷く安心した。

僕は一度アルバの身体をぎゅっと抱きしめたあと、父上にその力ない身体を渡した。

父上はアルバを受け取ると、僕の額にキスをした。

「どんなことがあっても私は君たちの味方だから」

父上の笑顔に背中を押されるように、僕は先ほど起こったことを全て父上に話した。

◆◆◆

気付いたら、見知らぬベッドに寝ていた。

ぐっと握られた手の先には、心配そうな義父の顔があった。

周りを見渡せば、リコル先生とブルーノ君がいる。唯一、倒れる前にあったはずの顔だけがない。

「に、さまは……」

声を出して、あまりの怠《だる》さに驚いた。

これはあれだ。大きな発作を起こした後に似ている。

そんなときに横に兄様がいないことに違和感があり過ぎて、グラグラしながらも必死で身体を起こそうとすると、やんわりと義父に止められた。

「オルシスは別室で休んでいるよ。アルバも少し休みなさい」

「休んでいる……？」

「ああ。オルシスも今日は少し無理をしただろう。アルバも。ブルーノに詳しい話を聞いたよ。無理しすぎだ。でも……頑張ったね。君は父様の誇りだ」

繋がれた手から、兄様によく似た魔力が流れ込んでくる。

でもほんの少しだけ違うその魔力が、今俺と手を繋いでいる相手が兄様ではないということを認識させる。

兄様は休んでいるのか。

そうだよな。今日はだってあんな偉業を成したんだから。

でも俺はなんで。

ベッドに沈むような感覚と眩暈《めまい》に抗えずに瞼を閉じながら、ふと考える。

そこで、さっき視《み》た映像を思い出した。

ああ、そうか。俺はあんなところで『刻《とき》魔法』を発動してしまったんだ。

流れてくる義父の穏やかな魔力に包み込まれているというのに、兄様の魔力との違いになぜだか泣きそうになる。

こういう時に兄様がいないの、もしかしたら初めてかもしれない。

あの時は確か、先に兄様が別室に呼ばれたんだ。兄様が俺を一人に出来ないと拒《こば》んだときに、魔法が発動してしまったんだと思う。

一瞬で意識が持っていかれたから、俺の魔力はあの時多分空に近かったんだと思う。なにせ全魔力を宝玉に注いだばっかりだったから。魔力回復薬を一本飲んだくらいじゃきっと回復していなかったはず。

でもそれは兄様もまったく同じ状況だったわけで。

俺が兄様の横で『刻《とき》魔法』なんて発動したら、兄様が放っておくわけもなく。

搾りかす程度の魔力しかない俺が今生きているっていうことはつまり——

「兄様は」

兄様の魔力の方が、俺よりもヤバいのではないだろうか。

なけなしの魔力を俺に渡していたら、兄様はどうなる。

こんなところで寝ている場合ではないんじゃないか。

だって、兄様に魔力を分けるべき義父はここにいて、俺に魔力を分けている。

「父様、こんなところにいないで、兄様についていてください」

閉じていたはずの目を開けて俺がそう言うと、義父は驚いたような顔になった。

寝ていると思った俺がいきなり声を出したからだろう。しかしすぐに義父は俺を安心させるように微笑みを浮かべた。

「大丈夫だよ。オルシスには王宮の治癒師がついているから」

「王宮の治癒師がついていないといけない程危なかったんですか。……僕があんなところで死にかけてしまったばかりに」

「そうじゃない、アルバのせいじゃない。オルシスはただ休んでいるだけだ。今はゆっくり身体を休めなさい。もしここが落ち着かないのであれば、家に戻れるようにしてくるから」

「きっと……それは無理だと思います。だって、今、王宮は一大事でしょう。僕もその当事者だから帰してもらえないです」

「アルバ……」

俺の言葉に、義父は痛ましそうな表情をした。

兄様が手を握っているのなら、どこだって関係ないのに。

そう思いながら、義父の手をギュッと握る。

「僕が魔力を譲渡すれば兄様も少しぐらいは楽になるんじゃないでしょうか。こんなところで寝ているわけにはいきません。父様、兄様のところに連れていってくださいませんか」

「それはだめだ。アルバも魔力が全く足りていない状態だというのは自覚できるかい？　オルシスはちゃんと回復薬で魔力も回復するから、今のアルバはオルシスに心配かけないように休むことが一番だよ」

そうか、そうだね。

義父だけじゃなくて、リコル先生とブルーノ君もここにいるってことは、兄様よりも俺の方が重症だったってことか。

起き上がっても俺は兄様のために何も出来ないらしい。身体もあまり動かない今の状態じゃ当たり前か。

細く息を吐いて、俺は今度こそ真剣に回復を優先すべく目を閉じたのだった。


しかし、二日経っても、家には帰れなかった。

部屋に来てくれるのはリコル先生と義父だけ。

お世話をしてくれる人は来るけれど、会話はないのでカウントしない。

兄様もブルーノ君も部屋には来なかった。それに、部屋には寝巻のような服しか用意されていなくて、不用意に王宮内を歩くこともできない。それを無視して部屋から出ようとしても、まだ寝ていてくださいと部屋付きと思われるメイドさんに止められる。

今俺がどこに寝かされているかもさっぱりわからない。

でも義父とリコル先生が来てくれるから、まだ王宮に軟禁されて命を搾り取られるわけではないようだ。それだけでもホッとする。

でも、兄様たちはどうしているんだろう。

ちゃんと家に帰ることは出来たのかと義父に聞いても、はぐらかされてしまう。

体調も復活してきて、歩いても食べても不調じゃなくなった俺は、今度は手持ち無沙汰になってしまった。

そして王宮暮らし五日目。やってきた義父に俺はおねだりを敢行した。

「父様。ここの衣食住はばっちりですけれど、どうしても娯楽に飢えてしまいます。体調も万全になったのに帰してもらえないのなら、せめて紙とペンをください」

なにせここは、本の一冊もない。

紙もなく、勉強用品も何一つない。

せめて本の一冊くらいは欲しいとメイドさんに頼んでも、断られてしまったんだ。

だったら、義父に頼むしかないだろう。

流石にここで魔術陣を大量生産してはいけないのはわかっているけれど、絵くらいは描いていいんじゃないか。それか、中等学園の勉強とか。教科書が欲しいと思う日が来るとは思わなかった。

すると、義父が少し考えるような表情になってから頷いた。

「紙とペンくらいなら大丈夫か。けれどアルバ。ここで絵を描くことはやめておいた方がいい」

「どうしてですか？」

「持ち帰れないからだ。オルシスを描いたとして、取り上げられたら悲しいだろう」

「ああ、そういう……」

確かに、兄様の姿を描いたものを取り上げられて王宮で焼かれたりしたら後悔しかしない。だったら落書きもダメか。でもだからといって何もしないのは辛い。

「それでもいいです。紙とペンが欲しいです。せめて中等学園の勉強をしたいです。そうでなくても休みがちで遅れているので。……家に帰れるのであれば何ひとついらないのですが」

「それはまだ難しいんだ。ごめんね。もう少しだけ我慢していて。わかった。紙とペンだね。家庭教師を派遣してもらおうか？」

「そんなに長くここにいるつもりはないですよ。ただ、暇なんです」

どうしても暇なんです、と力強く訴えると、義父は困ったように笑って、すぐに持ってくると約束してくれた。その言葉に少しホッとする。

何かをしたかった。何かをしていないと、兄様と会えない寂しさでどんどん心がささくれだっていくから。

どうして兄様と、皆と会わせてくれないのか。兄様たちは無事家に帰れたのか。

多分あの義父の様子から、兄様たちも王宮に留め置かれているんだと思う。兄様と同室にしてもらえたら、こんな我が儘なんて言わないのに。

フワフワ極上のソファに小さくなって座っていると、義父がすぐに紙とペンを差し入れてくれた。

「教科書は持ってくることが出来なかったけれど、許可が出るように掛け合ってみるよ。それと、これ」

義父はそっとポケットから小さな氷の蝶を取り出して、俺の手に載せてくれた。

風が囁くように、『アルバ、僕は大丈夫だよ。アルバは元気?』という兄様の声が耳に届く。

俺は思わず義父に抱き着いて、目から大量に汗を流してしまった。


次の日、俺は紙とペンを目の前に、腕を組んだ。

絵を描くのはよくない。史上最高にいい出来の兄様が描けたとしても家に持って帰れないとなると後悔しかしないから。

だったら、この紙に何を書こうか。

それを腕組みして考えていた。ペンを持ったままだと無意識に兄様を描いてしまうし、拝んで崇めてしまうから。圧倒的兄様不足でどうにかなりそうなのだ。

相変わらず護衛的な人とメイドさんは部屋の隅で立っている。あれが仕事だと思うと大変そうだ。俺には絶対出来ない仕事だと思う。

部屋の隅に立っているだけなので、俺が何を書こうとも気にはしないと思うけれど、そちらに背中を向けるような位置取りでペンを手にした。

そこでふと思いついた。

王国は、無事に宝玉に魔力が補填されたことで危機を回避した。

きっと大型の魔物も出なくなるだろう。

でも、あの宝玉に魔力を注入する方法があまりにも曖昧すぎるし、殿下たちから聞いた文献内容はいい加減すぎる。

だったら、次からはそうならないように攻略方法を書いておいた方がいいんじゃないだろうか。

これを残せというのではなく、ちゃんと清書する人とかは介してほしいけれど。

とても装飾の綺麗な高そうな紙に、ペンを走らせる。

『守護宝玉の正しい魔力補填の方法』。

どうして特定の人にしか方法を伝えないのかわからない。あの部屋には規定量以上の魔力を持つ者しか入れないんだから、そうそう宝玉の盗難は起きないと思うし、まず、盗もうとしても手を触れた瞬間魔力を吸われてしまうから、そういった問題は起こりづらいはずだ。

兄様や、ツヴァイト第二王子殿下程魔力の大きな人が二人そろって宝玉を盗もうとする偶然なんて、万にひとつもないと思う。というかあの宝玉は、宙に浮いていてとても神秘的だけれど、あそこから動かせる気がしなかった。多分俺一人くらい平気でぶら下がれるくらいにはしっかりとしていたような気もするし。

そんなことを思いながらまず、宝玉に魔力を満たすために用意するものを書き出す。

レガーレの飴を必ずお互いが用意すること。魔力を満たすときに宝玉から手が離れなくても、通常の魔力枯渇とは違って、身体は案外自由に動く。なので、魔力が枯渇しそうになったらすかさずお互いの口に飴を放り込めば、手が離れるようになる。

宝玉を満たした後は魔力が空になるので、魔力回復薬を飲ませてくれる人に側にいてもらう。

触れられるのは二人まで。二人が触れたら周りと隔離される。

それ以外にも数人配置が望ましい。

一人で宝玉には絶対に触れてはいけない。もし触れてしまったとき用に、必ずレガーレの飴を用意すること。魔力の放出が止まると手が離れる。一人で触れている場合、周りから隔離はされないようなので、他の者がレガーレの飴を舐めさせることは可能――

思いつくままに、次々書き込んでいってみる。

二人で触れている時は魔力が吸われていることを自覚出来ないことや、繋いだ手を通して魔力を通わせることで何倍にも膨らんだような状態の魔力が宝玉に流れること、周りの声が聞こえなくなることも注釈として付け加えておく。

アプリの時は、攻略方法なんてサイトを開けばすぐに調べることができたけれども、ここではそんなものは存在しないから、攻略方法をメモするのは大事なのだ。

たとえ取り上げられたとしても、中身を読めばここで保管くらいはしてくれるだろう。

まだ今は、レガーレの飴についてが秘密だから渡せないけれど。

あの時の感覚を思い出しながらメモしていると、部屋の扉がノックされた。俺が立ちあがるより先に、メイドさんが対応してくれる。

その間に書き洩らしがないか調べていると、義父が俺の服を持ってきてくれた。

久し振りにちゃんとした服に袖を通した俺は、義父から衝撃の言葉を頂いた。

「これから陛下と謁見ですか」

「謁見と言っても、小さな部屋でお茶に誘われる、という形をとるからそこまでかしこまらなくても大丈夫だよ。私も一緒に行くからね」

「父様が一緒なんですか。よかった。でも、陛下って鑑定魔法が出来るって」

「ああ。そうだね。必ずアルバのことは調べられるだろうね。大丈夫。堂々としていなさい」

「このまま家に帰れなかったりしないでしょうか」

「大丈夫だよ。私がそんなことをさせないから」

力強い義父の言葉に、久し振りに顔が緩んだ。

「あ、ちょっと待ってください」

さっきまで書いていた攻略方法の紙を、たたんで服のポケットにねじ込む。

もしかしたら兄様たちも呼ばれているかもしれない。兄様不足が深刻過ぎるから会えるならチラ見程度でもいいから絶対に兄様を視界に入れたい。

義父の横を歩きながら、わくわくした気分が止められなかった。

「父様は兄様とお話ししたり出来るんですか？」

「ああ。様子を見に行っているよ。オルシスもすっかり魔力が回復して、元気そうだよ」

「そうなんですか！　よかったぁ。あの時本当に兄様も僕も魔力がスッカラカンでしたから、心配していたんです」

「オルシスも全く同じことを言っていたよ。私にはアルバの魔力がどれほど回復しているのか見られないから、後ほどリコルに見てもらおうか」

「はい。リコル先生も顔を出すんですか？　陛下とのお茶会」

「いや、陛下とのお茶会は陛下と私と王弟殿下とアルバだけだよ」

義父に衝撃の事実を告げられて、俺の足は止まった。

兄様が、来ない。

兄様に会えないなんて。

「兄様は、今どこに……？」

「今は王宮の一部屋に滞在しているよ」

「やっぱり兄様も家に帰れていないんですね……」

「……オルシスはとても大変なことをやり遂げたからね。それの対処で今は王宮がてんやわんやだ」

「父様は……どこまでお話を聞きましたか」

兄様たちは、第二王子殿下と兄様が宝玉に魔力を注いだことにすると言っていた。多分俺のことを気遣ってくれたから。だから俺は単なる傍観者という立場になっているんだと思うんだけれど。兄様たちと連絡を取れないから、話がどうまとまっているのか全くわからないのが辛い。

陛下に呼ばれているのが俺だけということは、何かに気付いたか、鑑定で何かを知ったんだろう。

何より、陛下がどこまで事細かに鑑定できるのかがわからないのが怖い。

全てを見透かされたらどうしようか。そして嘘を吐いた兄様たちは隔離された、とかだったら。でも答え合わせも出来ないので、どうしようもない。発作を起こしたからわかりませんとだけ答えておこうか。ああ、でも、鑑定で確実にバレるのは、病《やまい》を既に克服していたことで——

「父様……もし、僕が家に帰れなくなったら、兄様をお願いします」

「そんなお願いは聞けないから、アルバもちゃんと希望を持ちなさい。ちゃんと私が家に帰ることが出来るように頑張るからね。安心して」

「父様……父様、大好きです」

「私もアルバを愛しているよ、我が息子」

見上げると、義父は、とても安心する、頼りになるいつもの笑みを浮かべていた。

◇◇◇

義父と共に立派な扉を潜ると、とても広い部屋の真ん中に豪華なテーブルが置かれていた。そのテーブルの上には、これでもかと綺麗で可愛らしいお菓子が置かれている。

そんなテーブルを囲むようにアームチェアとソファがいくつも置かれているが、そこにはまだ誰も座っていない。

とりあえず周りに置かれた調度品一つ一つがとても高そうだから、絶対に近寄らないようにしようと固く心に誓っていると、年配の人が陛下のお越しです、と伝えてくれた。

義父に倣《なら》って頭を下げていると、「よい、ここは公式の場ではない。頭を上げよ」と声がかけられたので、言われた通り頭を上げる。

国王陛下のことは今まで見たことがなかった。

初めて見た陛下は、王弟殿下とかなり似ていた。

「お初にお目にかかります。アルバ・ソル・サリエンテと申します」

「うむ。体調はどうかな」

「もうすっかりよくなりました」

「それはよかった。また体調が悪くなるとよくない。座りなさい」

そう言うと、陛下は一人掛けの椅子に座った。その後、王弟殿下も隣の椅子に腰を下ろした。

それを待ってから、俺も義父と共に座った。あまりの座り心地の良さに、驚いてしまう。椅子じゃないようなふわふわ心地が恐ろしい。人をダメにするソファとはこれか。

一人そんな感想を抱いていると、陛下がしげしげと俺を見ていた。

今まさに鑑定されているって感じだろうか。

ぴしりと身体を固めて、陛下を見つめ返す。

すると、わずかな間を開けて、陛下は驚いたような表情を浮かべた。

「ふむ。もしやヴァルトの倅《せがれ》はとうとうやりおったのか」

陛下の言葉に、王弟殿下が驚愕の表情を浮かべたのがわかった。

これは、速攻で俺の病《やまい》が完治していることがバレたってこと？

思わず肩が揺れそうになったけど、義父が普段と同じ雰囲気で俺の肩を抱いているおかげで身体が動かなくて済んだ。

義父はうすく笑みを浮かべて、陛下たちを見つめている。

「そうですね。うちのこれから先の主要案件となります。まだ形にはなっておりませんので、詳細を伝えることは出来かねますが」

「それの被験者がサリエンテの倅《せがれ》というわけか」

「むしろ、この子の病《やまい》を治すのが目的でここまで来た、というところでしょうか」

「これまで死病であった『ラオネン病』を完治する薬が出来たのなら、それは国を挙げて行う事業であるとは思わぬのか」

「思いません。まだ形になっていないと申し上げましたし、素材は簡単に手に入るものではありませんから」

義父はこうして、しれっと『ラオネン病』の特効薬がもうすぐ出来るんだということを陛下に伝えた。たしかその領地の産業について詳しく伝えてしまうと問題が起きるから、フワッと伝えればいいんじゃなかったっけ。

それなのに国を挙げてやることになってしまったら、折角うちの領地の特産になりうるものが国にとられてしまうのではないか。

ハラハラしながら陛下と義父の会話を聞いていると、王弟殿下がじっと俺を見ていることに気付いた。

「では、あれは、もしや……」

「あれ、とは」

「あ、いや」

　もしかして、控室で俺がやらかした時のことを言っているんだろうか。

　あれは病気の発作じゃなくて魔法発動なんだけれど、ここで言っていいのか判断がつかない。じっと見つめるだけでやめておく。

　出来るだけ表情を動かさないでいると、陛下が溜息を吐いた。

「……世に出せる物が出来上がったなら、一度王宮で話をしよう。他国への流れを作らないといけないからな……富が一つの家に集中するのはあまり喜べないのだが」

「王家乗っ取りや謀反などは考えたこともありませんので、ご安心ください」

「サリエンテ……言っていいことと悪いことがあるぞ。お前は一度、王宮を壊そうとしたではないか……」

「もう過ぎた事です。お忘れください」

　陛下が再びはぁ、と盛大に溜息を吐く。何やら義父にやり込められている感じが凄い。流石義父。兄様の父親なだけはある。

　義父はしれっとした表情のままで、目の前に出されたお茶を手にした。

「病《やまい》でないとなると、この間倒れたのはどうしてなのか、嘘偽りなく説明は出来るか、サリエンテの倅《せがれ》」

そんな義父を見ていたら、ご指名を頂いてしまった。

ここで嘘偽りを言ったら、罪になるということだ。一番怖い訊かれ方だ。

「それは……兄様が宝玉を光らせたから、安心して気が抜けたといいますか……」

「ほう。確かに、オルシスはよくやった。が、あの場に我らは入ることが出来ん。中で何があったのか、あの者たちしか知らぬということだ。そこに、サリエンテの倅《せがれ》もいたのだろう」

「はい。僕は、魔力が足りたらしく、部屋に足を踏み入れることが出来ました」

「では、中の様子を詳しく話してくれ」

「詳しく、ですか」

それだけ呟いて、口を噤《つぐ》む。兄様たちは不敬を承知で最初に話し合ったことを言ったのだろうか。

それとも、嘘を吐いてはいけないと、本当のことを話したのだろうか。

どっちがいいのか悩む。

でも、じっと俺を見つめる陛下は誤魔化しなんてすぐに見抜くんだろうなと視線を少しだけ落とす。

こんな十数年も王様業をしているような百戦錬磨の王様を出し抜くことなんて、俺には絶対に出来そうもない。

……もし兄様たちと話が合わなかったら、僕が嘘ついてましたとごり押しして、兄様たちに咎《とが》が行かないようにしようそうしよう。

俺は意を決して口を開いた。

「僕たちがあの部屋に着いたときには、第二王子殿下は既に魔力が枯渇に近い状態でした。すぐさまその……特効薬の試作品を口に含ませ、魔力の供給が止まったところで宝玉から引き離しましたが、大分危ない状態でした。あそこにリコル先生とブルーノ君がいなかったら、殿下はまだ寝込んでいたかもしれません」

「その時の宝玉の様子はどうだったか見ることは出来たか？」

「はい。まだまだ魔力は足りない状態でした。部屋の中も暗いままで。それでも第二王子殿下は這ってでも宝玉に向かおうとしましたので、兄様が……」

兄様が素晴らしいエンディング的立ち位置にいたので、特等席で見たいがために宝玉に触れてしまったのだ、とは言えない。明らかにそれは変質者だ。

またしても口を噤《つぐ》んでしまった俺に、陛下の視線がビシバシ刺さる。

だったら言葉を変えて……あの主人公角度からの兄様が眼福で……違う！　殿下のいた立ち位置に立った兄様の姿が神々《こうごう》しくて、あの魔力に満ち溢れた神殿の中心で立つ兄様見たさに……違う！

どう説明したらいいのか悩んだ俺は、ぐっと手を握りしめた。

瞬間。ポケットからカサリと音がした。

もうブルーノ君の飴についてもバレてしまったし、口で説明するよりも、これを渡してしまった方が早いのではないか。

兄様不足で脳内から兄様を賛辞する言葉しか浮かばなくなるところだった俺は、その紙の存在にハッと我に返り、ポケットの中の紙を取り出した。

その紙をぐっと手で握りしめて、俺は陛下に視線を向けた。

「兄様は今、どこにいるのでしょうか」

「王宮の一部屋に滞在している」

「それは、なぜでしょうか。僕も兄様もまだ家には帰れないのでしょうか」

「帰すわけにはいかない。なぜかを一番よくわかっているのは、お前ではないか？」

じっと見られて、ああ、と嘆息しそうになった息を呑み込んだ。

「ツヴァイトでは無理だった。では、誰が。あの時の状況を見ればわかる。中に入った者の中で、魔力が枯渇状態だったのはツヴァイトとサリエンテの倅《せがれ》二人だ。お前が言った通り、ツヴァイトは最初に一人で宝玉に触れ、失敗しておる。となると、魔力を入れたのはサリエンテの二人以外にはいない。相違ないな？」

「……はい」

陛下はもう最初からわかっていたんだ。俺と兄様で魔力を入れたことを。そして、俺が嘘を吐いて誤魔化さないかを確認していたんだろうか。

俺たちが成し遂げたことは、こんな尋問されるようなことではなく、この国の救世主ともいうべき偉業なのに。

「陛下。確かに、僕と兄様があの宝玉に触れ、魔力を満たしました。これで、この国は魔物も減り、平和になるということですよね」

「そうだ」

「でしたら、それに関して僕たちにご褒美とかはないのでしょうか」

「ほう、自ら褒美を強請《ねだ》るか」

「はい。だって兄様はこの国の救世主ですから。最高に素晴らしい事を成し遂げましたから」

どう考えても王宮に監禁とか、おかしいだろ。

じっと陛下の目を見てハッキリと言うと、陛下は「ふむ」と目を細めた。

「サリエンテの倅《せがれ》よ。もう病《やまい》はお前の身体から消えておるな。ということは、魔法属性の検査をしても大丈夫ということか」

どうして突然属性の検査の話になるのか。

陛下は、俺が『刻《とき》属性』持ちじゃないかと疑っているってことなのかな。

それに、ここで検査を受けたら、ハッキリと俺の属性がバレてしまう。それこそ監禁エンドだ。

けれど、病《やまい》がもう治ったとバレた今、検査を断ったらそれはそれで怪しいと言っているもの。

俺は何と答えていいか分からないまま、唾を呑み込んだ。

もしかしたら陛下も何らかの情報を持っているのかもしれない。どこから洩れたのかなんてわからない。そういう情報を集める手駒とか、普通に何人も抱えていそうなので、一概に俺の関係者が話してしまったとはいえないのが辛い。

陛下のいきなりの言葉に怯えた俺を見かねたのか、義父が顔を顰《しか》めて俺の肩を抱いた。

「陛下、アルバの問いに答えておられませんよ」

「いいや、これは必要なことだ。褒美をやるとなった後になって、実は他の者が魔力を入れていたと言われたら、もう訂正が効かぬ。それは絶対に避けなければいけない事態だからだ」

そう言われて、顔を上げる。

「僕です。僕と兄様で魔力を注入しました」

「では病《やまい》は治ったということだな。ならば属性検査を出来るはずだ。用意せよ」

有無を言わさぬ感じで、陛下は王弟殿下に命令した。

王弟殿下もここで焦ってはいけないとわかっているのか、少しだけ眉を寄せ、俺を見た。

もうここまできてしまったら、俺も覚悟するしかない。小さく頷いてから、俺は改めて紙を陛下に差し出した。

「陛下を騙しているわけではありません。ええと、これをお渡しします。必ず保存して、後々また魔力が減った時に活用していただけたら幸いです」

そんな顔をさせてごめんなさい、と目だけで王弟殿下に訴え、俺は手に持っていた紙を陛下の前に開いた。

魔力を入れていた時の、感じたことと、方法。

次の人にも使えるようにと、必死でまとめたものを、陛下は手に取り視線を落とした。

視線を落としたまま、王弟殿下に「早く持ってくるのだ」と促すと、王弟殿下は深く溜息を吐いて、腰を上げた。

それを見送ってから、陛下はこちらにまた視線を向けた。

「よく書けておる。が、わしが知る肝心なことが抜けておるな。お前は誰から詳細を聞いた？」

「詳しく教えてくださったのは、王弟殿下です」

「私が彼に詳細を伝えました」

俺の言葉と被せるように、扉の方から戻ってきた王弟殿下がフォローしてくれる。詳細は最初から知っていたけれど、詳しい話をしてくれたのは王弟殿下だから、嘘を吐いているわけではない。

陛下は紙から顔を上げて、腰を下ろす王弟殿下に視線を向けた。

何かを言うでもなく、嘆息した陛下は、またしても紙に視線を落とした。

しばしの沈黙が辺りを包む。

声を掛けることも出来ずに膝の上でぐっと手を握りしめていると、ノックと共に属性を調べる大ぶりの真珠のような輝きを持つ玉が届けられた。ルーナの属性を調べた時と同じものだ。

「さて」

陛下が魔術陣とその真珠のようなものを手にするのを見て、怖くなる。

あれは、魔力がほぼ空になるまで吸われる奴だ。魔力がなくなる時に兄様がいない場合、毎回最悪に近い状態になっていた。

だから、陛下がそっと俺の前にそれを差し出しても手を伸ばす気になれない。

そんな俺を試すように陛下が見つめていた。

「その魔術陣を手に取り、その上に属性魔石を乗せると、お前の属性がわかる」

「やり方は……わかります」

でも、魔力がなくなってしまうとわかるのに手を出す気にはなれない。怖い。

震えそうになる手をギュッと握ると、義父がそっと俺の手に自分の手を重ねた。

「陛下、よろしいでしょうか。アルバは今までずっと、魔力枯渇の辛さを誰よりも味わってきた子です。ましてや属性魔石を使うと命が危ないという状態で今まで生きてきました。このやり方は、親として承諾出来かねます」

義父が庇ってくれたことが嬉しくて、目が潤みかける。

それに、触れるときっと『刻《とき》属性』だというのが陛下の目にさらされてしまう。二重に怖い。

けれど、これで誤魔化したら、それこそ調べられたら困る属性だと言っているようなものだ。

どちらにしろ、陛下に疑われた時点で詰んでいる。

それなら、義父が責められる前に、せめて一生監禁だけは回避したい。

兄様と、約束したんだから。天にも昇るような幸せな約束を。

「……父様、大丈夫です。触れます」

顔を上げて言うと、驚いた表情の義父と目が合った。

俺はそのまま視線を陛下に移す。

「きっと魔石に触れたら、僕は倒れてしまいます。今までそのようなときはいつも、兄様や父様にフォローしてもらいました。僕が昏倒した場合の対処を一番分かっているのは、父様です」

そこで一度言葉を止めて、俺は義父を見上げた。

義父は俺を安心させるように、兄様そっくりの優しい笑みを浮かべてくれている。そっと義父の手が俺の手に重なった。その体温に、とてもホッとした。

「もし僕の意識がなくなったら、絶対に父様の指示に従ってほしいです。こんな、属性を調べるためだけに二度と目が開けられないなど、きっと死んでも死に切れません。これだけ約束いただけたら、その魔石に触れます」

　重ねられた義父の手の温かさに勇気づけられて、手の震えが止まる。

「了解した」

　陛下が頷くと、すぐさま王弟殿下が口を挟んだ。

「私が、今の約束事の立会人となろう。兄上、アルバ君が倒れたら、全てをハルスに委《ゆだ》ねることを誓っていただきます」

「そこまでするのか」

　王弟殿下の言葉に、陛下は驚いたような表情を浮かべた。

　きっと皆にとって、属性検査はそれほど大変なことじゃないんだろう。だから、文字通り俺にとっては命がけだということも、ただ知識としてあるだけなんじゃないだろうか。

　義父の手が、俺の手をぎゅっと握る。俺はその義父の体温がなかったら怖くて逃げ出していたかもしれない。

　宝玉に触れた時は兄様がいたから怖くなかった。

　けれど、いつでも側にいて俺に魔力を注いでくれて、命を繋いでくれる兄様がいないだけで、魔力がなくなることがこんなにも怖い。

　震えそうになる俺を見て一瞬だけ痛ましそうに目を細めた王弟殿下は、改めて深く頷いた。

「もちろんそれくらいは致します。アルバ君にとっては、他の者たちにはただ魔力を一時的に吸われるだけの代物も、その命を蝕《むしば》む毒となります。ましてや今は、宝玉に魔力を入れ、枯渇からようやく回復したばかり。そこまでしないと、きっと彼は触れられないでしょう。無条件に魔力を枯渇させる決断をするために我々がアルバ君から信頼を得るには、時間が少なすぎる」

王弟殿下の真剣な表情に少しだけ気圧《けお》されるように、あいわかった、と頷いた陛下にホッと息を吐いてから、俺は義父を見上げた。

——属性検査を受けたら、結果が出る前に意識を失って逃げる。

義父がいなかったら、絶対に取れない手段だった。

ここでバッチリ俺が意識を失ったら、きっと義父がよくしてくれるはず。というか、俺が意識を失った瞬間、俺の身柄は義父の手に戻るんだ。

ふわりと目を細めた義父は、きっと俺の意を汲んでくれるはず。

俺の身柄だけじゃなくて絶対に側にいないといけないから、と、兄様のことも呼び戻してくれることを心の中で希望しながら、俺は魔術陣に手を伸ばした。

魔術陣は、魔力の多さを光で表し、内面の魔力を相応しい形に変えてくれるものだというのが読み取れる。せめてギリギリ魔力が残るように魔術陣に刻んでくれたら、怖がらずに触れられるのに。

ああ、でも、今回に限りそれはダメだ。精いっぱい魔力を込めよう。

「父様、後はよろしくお願いします」

そう伝えると、俺は自ら魔石を手に取り、魔術陣に載せた。

幕間　光属性と王の資質（side 王弟デューク・サン・ブレイド）

アルバ君の手の中で形を変えていく魔石に、我々三人は注目していた。

この魔石は、魔力を受けるとその属性に応じて色と形を変える。光属性と闇属性は太陽のような形になり、それぞれ色は光を纏《まと》った白と黒に。炎属性の場合は赤く色だけが変わる。水属性は雫の形に、氷属性はひし形に、地属性はグレーに変色し四角くなる。特殊属性は前例がなさすぎるのと、そのすべての形が違ったことから、同一形があるのかどうかも定かではない。

今、アルバ君の手の上にある魔術陣は眩《まばゆ》い光を放ち、彼の内包魔力がかなり多いことを示している。

その光が強すぎて、しばしの間、私たちは魔石を直視することができなかった。

フッとアルバ君の身体から力が抜け、光が収まっていく。

ハルスの腕にアルバ君の体重がかかると、その手からコロリとテーブルの上に魔石が落ちた。

その魔石は、白い太陽の形をしていた。示されているのはアルバ君が光属性であること。

アルバ君の属性を知っている私とハルスは声を出しそうになるのを辛うじて堪え、その魔石を凝視する。けれど、陛下はそれを確認すると納得したように頷いた。

「やはり光属性だったか」

「やはり……？」

内心驚いていた私は、陛下の言葉に思わず聞き返してしまった。

けれど、同じように目を瞠《みは》ったハルスは、すぐに意識を失ったアルバ君の身体を支えると、手を握って魔力を分け与え始めた。その表情はどこも動揺しているようには見えなかった。

アルバ君の属性は『刻《とき》属性』であり、光属性ではなかったはず。

それは私の目の前でサリエンテ公爵家の者たちが肯定していて……

思考を巡らせていると、ハルスと目が合った。ハルスはまるで私に何かを伝えるかのように、ゆっくりと一度瞬きをすると、アルバ君をその腕に抱えた。

「失礼します。陛下、この子は、生まれながらの病気で、治った今でも魔力の回復はなかなか出来ない身体なのです。ここから回復するには、オルシスとブルーノ、リコルが絶対に必要となります。今回の件に関わった者全員を公爵家へ連れ帰ります。私の指示に従ってもらえますね」

「そういう約束だったな……しかし、光属性か。サリエンテの倅《せがれ》が守護宝玉に魔力を入れることが出来たわけが、わかった」

頷く陛下にハルスは一度だけ目を細めたが、何かを言うことはなく、椅子から立ち上がった。

二、我が家に帰ってきた

心地よい微睡《まどろみ》の中、目を開けて最初に飛び込んできたのは、麗《うるわ》しの最推しの超ドアップだった。

ここは天国ですか。天国ですね。

魔力の属性を検査しただけで天国に行くとか、俺どんだけ弱いの。でも幸せ。

なんてボーっと麗《うるわ》しいかんばせを見ていると、綺麗な紫の水晶のような瞳から、まるでダイヤのようなキラキラと綺麗な雫が一つぽたりと落ちてきた。

その雫の感触に、あれ、と疑問が頭に浮かぶ。

手をそっと動かして、その雫を拭ったのに、続けざまにぽたりぽたりと顔に落ちてくる。

「アルバ」

「ああ、幻聴も聞こえる……よかった。向こうに行く前に、最高に素晴らしい声が一言でも聞けるなんて……この幸せに浸ったまま、逝けるなんて……」

「アルバ！　アルバは生きてるからね！」

背中に腕が差し込まれ、上半身がふわりと宙に浮いたと思った瞬間、その逞《たくま》しい腕に抱きしめられて、俺は幸せの絶頂の更に上の気分を味わってしまった。

まて、今最推しはなんと言った？　俺が、生きてる……？

でも、兄様も俺も王宮にとどめられて、全然顔を合わせることが出来なかったはず……。それが目の前にいるっていうことは。

「天国……」

「そうじゃなくて、うちに帰ってきたんだよ」

抱きしめられたまま、最推し、もとい兄様に耳元で教えられて、俺はようやく覚醒した。

兄様と一緒に、うちに帰ってきた。

そして、今、俺は兄様にギュッと抱きしめられていて。

これは夢でも天国なんかでもなくて、現実で。

把握した瞬間、俺の涙腺も決壊した。

兄様の背中に腕を回し、ぎゅうぎゅうと力を入れながら、その胸と腕を堪能していると、ようやく情けなく垂れ流されていた涙が落ち着いた。

散々兄様の胸で「会いたかったです！」とか「兄様の顔を見たかった」とか大騒ぎしたせいか、宥めるように背中を兄様にポンポンされている。

最推しに会えて荒れ狂った心は収まってきた。けれど、顔は、上げられない。

散々騒いだせいか、俺が目を覚ましたことに気付いた家族たちが、ぞろぞろと部屋に入ってきたからだ。

今度は羞恥で顔を上げられない。大騒ぎして恥ずかしすぎる。

「アルバ、もう落ち着いた？」

「……はい」

「じゃあ、皆に顔を見せてあげて」

兄様に促されて、俺はそっと兄様の横から顔を出した。

　そこには、義父と母とルーナ、スウェン、そしてブルーノ君がいた。

　ちゃんと、皆が揃っていた。

　その事が嬉しくて、声が震えそうになってしまう。

「王宮にいた時は、もうこんな風に皆と一緒に暮らせないんじゃないか……って、思ってました」

「アルバのお陰で帰ってこれたよ」

「はい。父様、ありがとうございます。母様、心配をおかけしました。ルーナ、ただいま。ブルーノ君、ブルーノ君のお陰で、兄様のことをそれほど心配することなく過ごせました。ありがとうございます」

　俺の言葉にルーナがベッドにダッシュしてきて、よじ登った。そして、俺と兄様の間に割り込むように、ぎゅうぎゅうと抱き着いてきた。

「アルバにいさまとオルシスにいさまがいなくても、ルーナが母さまを護っていました！　安心してください！」

　半泣きでそんな素敵なことを言う天使に、俺は心置きなくハグした。

　義父はきちんと俺と兄様たちをサリエンテ家に連れ帰ってくれたようだ。

　しかし、魔力が空になってからの半分復活、そしてまた空になったことで、俺はまたしてもしばらくベッド生活を余儀なくされた。とにかく身体が怠《だる》かった。

　この間までの絶好調はやはり兄様ありきだったようだ。

　自力ではやっぱり半分の容量までしか魔力が回復しないらしい。

また魔力譲渡しようね、と兄様に流し目をされて、心臓が破裂するかと思ったのは秘密だ。変な期待をしてしまいそうで心臓がバクバクする。

ついでに、この功績について何か褒賞を貰えるから考えておいてと義父に言われてしまったので、ただいま必死で頭を悩ませている。

だって褒賞とか、何を貰っていいのかわからない。

それにあの王様から何かを貰うとか、ちょっと考えてしまう。だって俺、あの王様が好きじゃないから。借りを作りたくないというかなんというか。

思わず義父にそう言うと、義父は苦笑しながら、「これは正当な報酬だから、借りにはならないよ」と言ってくれたけれど、なかなか心情的に折り合いがつかない。

さて、そんなこんなで数日が経ち、ようやく家の中なら動いていいと許可が出た俺は、一つ気になることがあったので執務室にいる義父を突撃した。ちなみに兄様も一緒にいる。帰ってきたあの日から、俺は兄様を探す癖がついてしまったみたいだった。

「父様、僕の属性の魔石はどうなりましたか」

「ああ、あれか。持っているよ」

義父は頷いて、一つの魔石を机の引き出しから取り出した。

俺の手に載せられたそれは、太陽みたいな形の、白い魔石だった。

「ルーナの魔石よりも複雑な形だ。これが刻《とき》属性の魔石ですか……」

マジマジと見ていると、義父は苦笑しながら俺の言葉を否定した。

「この形と色は、『光属性』のものだよ」

「え？」

義父の言葉に思わず声を上げてしまう。

待って、俺、本当は『刻《とき》属性』じゃなくて『光属性』だったの？

手の上でコロコロと転がしながら、だったら今までの素晴らしすぎる最推しのスチルは、やはり俺の妄想や想像の産物か、と考えていると、義父が「でもね」と口を開いた。

「アルバは、間違いなく『刻《とき》属性』だよ。その光属性は、レガーレの特性でツヴァイト第二王子殿下の魔力がアルバに定着したものだ。今回は、それに助けられた形となるんだ」

「助けられた……？」

「陛下が、アルバは光属性だと信じたからこそ、私たちはここに帰ってくることが出来たんだよ」

「ああ、なるほど……」

もしこれが『刻《とき》属性』だったら、たとえ俺の言葉があろうと、王弟殿下の後押しがあろうと、義父が頑張ろうとここに帰ってこれなかったかもしれないということか。

第二王子殿下のおかげだ。

「今度顔を合わせたら、拝んでおきます」

「それは本人がとても困るだろうからやめておこうか」

兄様に突っ込まれ、素直にはいと答える。

兄様は俺の魔石を手にすると、義父に向きなおった。

「父上、改めてお願いがあります。この魔石を、アルバと交換してもいいでしょうか」
「それは……アルバがいいと言えば、私は何も言えないな」
「魔石を交換……？」

義父が苦笑しているのを見て、俺は首を傾《かし》げた。

魔石を交換って、何か意味があるのかな。

聞いたこともない。というか、まともに魔石を見たのって、ルーナが属性を検査したときに見ただけだし、他の人が自分の魔石を持っていることも知らなかった。けれど、それこそ俺みたいに病気だった人以外はほぼ属性検査をするわけだし、魔石がないわけがない。

いったいどんな意味があるんだろうと考えていると、兄様が手の上の魔石を見つめながら言葉を続けた。

「魔力の属性検査は、本当であれば家族で見守るはずなのに、王宮で無理やりなんて本当は納得していません。ただ、それを言うと不敬になってしまうので、口を閉じます。けれど、せめてこの魔石を手元に置きたいと思います。たとえ第二王子殿下の力を分けられたからと言って、初めてアルバが魔力を込めた魔石ですから」

兄様はかなり真剣な顔をしていた。

それがどんな意味なのか訊きたい気もしたけれど、兄様のとても素晴らしすぎて、普段魅せる、いや、見せる笑顔とも違う顔に見惚れてしまって口を挟むのを忘れてしまった。

兄様はどんな顔をしていても尊いというのはわかったけれども。

さて、それから義父に聞いたところ、属性魔石の交換というのは、自身の魔力で初めて成し遂げた物を相手に捧げる——つまり要するに、初めての○○を貴方に捧げる的な魔力のある人たちの風習のようなものであり、結婚のときに指輪を贈るのと同じようなことだった。

この世界に指輪を贈る風習はないけれども。

あれですよ。兄様は、俺と、け、け、結婚したいと。

あの土壇場の滅茶苦茶いい雰囲気に流されての求婚とは違い、現実味を帯びた主張でした。

兄様は俺に自分の魔石を贈りたいそうです。それを聞いて顔から湯気が出た俺。

俺も、俺も心から俺の魔石を贈りたいです。

けれど、兄様が今手に持っている俺の属性魔石は、なんていうか……

俺って、『刻《とき》属性』なんだよね？

あれだけ兄様スチルをゲットしたのに、やっぱり光属性でした、なんてことはないよね。光属性が後付けで付いたことを見破った第二王子殿下に、ちゃんと俺の属性を見てほしい所存。

それをそれとなく主張すると、第二王子殿下は今、ブルーノ君と共に研究所の方にいるから呼ぼうという話になった。

さっさとやってきた第二王子殿下は、サクッと俺を鑑定してくれてから、肩をすくめた。

「もともと、その人の属性っていうのは、鑑定の魔法で見られるものじゃないんだ。だからアルバに光属性が見えたのは俺の魔力だからわかったっていうか。今俺が鑑定してわかるのは、リコル先生が見えるのと同じような事柄ばかりだよ。人に対しての鑑定なんてそんなもんだ。ああでも、体重と身長はわかる。チビすぎ、痩せすぎ」

「それは見ただけでわかることですし僕も知ってます！　指摘されると辛い……！」

「食え、そして太れ。でもセドリックのようにはなるな。最近俺の背を追い越しそうな勢いでデカくなるから、段々可愛げがなくなってきてるんだよ」

確かにセドリック君の成長著《いちじる》しいですけれども！

顔を覆って悲しんでいると、兄様の手が俺の肩を優しく撫でてくれた。

「アルバはどんなアルバでも可愛いよ。健康になるのが一番だけれどね。今のアルバも可愛い」

「兄様が可愛いというのなら、このまま成長しないよう極力食事量を減……」

「どんなアルバでもって言ったでしょ。だから勿論僕より大きくなったってまったく問題ないからちゃんと食べようね」

「はい！」

兄様、優しい素敵素晴らしい。

感動していると、第二王子殿下が耐えられないとでもいうように噴き出した。

「ぶっ……、くくく、またこうして二人のイチャイチャが見れるなんて思わなかったよ」

その言葉に、兄様が余裕たっぷりの表情で肩をすくめる。

「これからたっぷり見せてあげますよ、殿下。ところで、後付けの光属性ってことは、やはりアルバはもともとは光属性ではなかったということでいいんですか？」

「当たり前だろ。光属性に過去未来を視《み》る魔法なんてないって。そんなんあったら王家が刻《とき》属性を飼い殺しにしたりなんかしないだろ。自分たちで鍛錬すればいいだけだから。アルバは間違いなく刻《とき》属性。な、サリエンテ公爵」

　そう言われて、義父が頷く。

「そうですね。ただ、今回は殿下の光属性に助けられました。陛下は疑いもしませんでしたし、王弟殿下はきっと陛下の間違いを正すことはしないでしょうから」

「陛下を出し抜けたっていうのが今回の一番の朗報だね。国も救われたことだし、早く卒業してこの子になりたいんだが」

　第二王子殿下は伸びをすると、行儀悪く頭の後ろで手を組み、チラリと義父を見た。

　義父はにっこり笑って「後ろ盾になるとはうちの子にするという意味ではないですよ」と一刀両断した。

　そんな微笑ましいやり取りはいいとして。

　俺は兄様に向けていた視線を無理やり第二王子殿下に戻して、疑問に思っていたことを聞いた。

「この魔石を本来の僕の属性の形にするには、どうすればいいですか？」

「え……っ」

　俺の質問に、皆が同じような顔になった。つまり、ぽかんとした表情だ。

「違う属性にする……？」

「こ、これはいわば僕が殿下からもらい受けた仮初《かりそめ》の属性ですよね。本来は違う属性だというのなら、そっちの形に出来るんじゃないんですか？」

「そんなこと考えたこともなかったな……公爵」

第二王子の視線を受けて、義父は困ったように眉を寄せた。

「私も、存じませんよ。大抵、一人が何個も魔石を使うなどありえませんから。ああ、でも、たしかに、アルバの属性と言われたらこの魔石はしっくりこないかもしれないですね」

義父も微妙な顔をして、兄様の手に大事そうに載せられている俺の属性魔石に視線を向けた。

そもそも、『刻《とき》属性』の形ってどんなものなんだろう。

「僕の全魔力を注いだんですよね……」

あの時、確かに魔力がなくなって昏倒した。

だって目を覚ましたら女神がいたんだもの。

美しいダイヤモンドのような涙を零す、女神のような兄様の超ドアップなご尊顔を思い出してうっとりしかけた俺は、違う違うと必死で意識を女神から切り替えた。

兄様の手の上で、太陽の形の魔石が輝いている。

兄様もその魔石に視線を落としていたけれど、ふと顔を上げた。

「そもそも、あの宝玉を復活させた後、アルバの魔力はちゃんと回復したのですか？」

義父は、兄様の問いに、ふむ、と考えるそぶりを見せた。

「リコルは、アルバの魔力は通常通りに戻りました、と言っていたよ」

「そうですか」

なるほど、と兄様は頷くと、とてもいい笑顔で俺の方を向いた。

「殿下、アルバの魔力がどれほど回復しているか、見ることは出来ますか？」

「俺はリコルみたいに全体のどれくらい、なんて細かいところまでは見られないぞ」

「それでもかまいません。僕と比べてどれくらい差があるか見てほしいのです」

「ああ。それなら……大体オルシスの半分くらいの魔力量だな」

「ありがとうございます」

兄様の半分。ってことは、やっぱり俺は自分で回復できる魔力は半分しかないってことか。

ということは、兄様にあれだけ毎日回復させてもらっていたのは、無駄に終わった……と。

「なんて不甲斐ない……」

思わず顔を両手で覆うと、兄様が優しくフォローしてくれた。

「アルバは不甲斐なくなんてないよ。それに、また僕が魔力を補充すれば問題ないでしょう。むしろ、そのおかげで陛下にアルバのことが知られずに済んだ」

「それは、ちょっとよかったなとは思いましたけど。でもじゃあ、王宮の属性検査時は魔力半分だったんだ……ってことは、魔力が全回復した時に全力で属性を調べていたら、この形じゃなく、僕本来の魔石が出来ていたかもしれないってことですね……」

結果的に、本来の属性がバレなくてよかったとはいえ、なんとなく悔しい。

俺は兄様に向かって顔を上げると、その麗《うるわ》しい顔を見つめた。

「兄様、折角魔石の交換を言い出してくださったのですが、少しだけ保留にしていてもらえますか？　もし魔力が全快したなら、もう一度属性魔石を使って、本当の僕のものを形作って渡したいと思います」

兄様の手の温もりを感じながら言うと、兄様はそっと俺の額にキスをした。さりげなく。

行動自体はさりげないのに、俺の心にはとても突き刺さりました。

あああ、兄様のキス。何度頂いても有頂天になる。

顔を覆ったまま、今度は違う意味で悶えていると、耳元で、身も心もとろけるような兄様のイケボで囁かれた。

「でも、魔力が空になるのが怖い時は、無理はしないで。この魔石でも十分だから。ね」

「怖いことなど、何一つありません！」

だって兄様がいるし！

ぐっと拳を握りしめて顔を上げると、とても楽しそうなニヤニヤ顔の殿下が目に入った。

この際、気になることを聞いてしまおうか。

俺は一度兄様愛でヒートアップした心を落ち着けるようにお茶を飲んでから、改めて殿下に尋ねた。

「王族の方たちって、『刻《とき》属性』のことをどう思っているんですか？」

俺の質問に、第二王子殿下は少しだけ眉根を寄せた。

「難しい質問だな。俺が読んだことのある文献では、王の指南役だったか何かで王宮に徴用されたとか書かれてたけれど。それも大分前のことだ。でも大事にされていた、とは思う。ずっと横に置いたらしいし、どんな話でも王は必ず耳を傾《かたむ》けたとあったから」

「もし僕が何かを視《み》た事を陛下に伝えた場合、陛下はどう動くでしょうか。その文献のように耳を傾《かたむ》けたりするのでしょうか」

第二王子殿下が腕組みして、うぐぐと呻く。

「陛下の動き……か。難しいな。あの人は、息子の俺が言うのも何だけれど、結構な俗物だぞ。何なら叔父上の方が王たるに相応しい心根だと思う。ついでに言えば、俺の兄も陛下そっくりだ。あの人たちなら、自分に都合のいい事だけ信じて、ヤバい事はスルーするか、誰かに何とかしろと丸投げしそうだ」

「そうなんですね……」

第二王子殿下の言葉に、俺は少しだけがっかりしていた。

王弟殿下がとても尊敬できる人だったので、そのお兄さんである陛下ももしかして、と思ったんだけれど、違ったらしい。確かにほんの少しだけ話した陛下の印象は、あまりいいものじゃなかったけれども。

ああでも、とちらりと義父を見上げる。

この聡明な義父は、その陛下にそっくりな王太子に嫌気がさして王宮を辞したんだった。そういう人なんだ。

それが分かっていると心構えが違ってくる。

どの時代にも色んな王がいるというし、全ての王が賢王だったなら、世に戦乱はなかったはず。

この世界に国家間の戦争はないとはいえ、国内での反乱はそこそこあったと歴史では習ったので、そういうことなのだろう。もしも、文献の通りに陛下が『刻《とき》属性』の魔術師を大事にするのなら、名乗り出るのも……とそこまで考えて、首を振ることでその考えを打ち消した。

どっちにしろ自分に都合の悪いことを進言してきたら、陛下にとって目ざわりだろうし。

はぁ、と溜息を吐いて、もう一度自分の魔力が込められた魔石を覗き見た。


その日の夜、俺は兄様の部屋にお呼ばれした。

ホクホクと、いや、ドキドキしながら向かうと、兄様が何やら机の中から綺麗な装飾の箱を取り出して、俺に差し出した。

「アルバにこれを。僕の魔石だよ」

「え、兄様の？」

こっそり見たいなと思っていたお宝が目の前に差し出された。

推しの、最推しの魔石とは。

これはもうキーアイテムではないですか。主に俺のテンション爆上げ用の。

変な声が漏れそうになるのを必死でこらえながら、箱を開ける。手が震えるのはご愛敬。緊張するよね。手垢とか付かないようにしよう。

箱の中には、綺麗なビロードのような布に埋め込まれるようにして、ひし形の薄い空色の魔石が入っていた。ルーナの魔石と似ている。

まるで宝石のような輝きを発するその魔石は、神秘的で何やら目が離せなくなりそうな美しさがあった。兄様が全魔力を以て作り上げた魔石。そう考えただけで、何物にも代えられない最上級の宝物のような気がしてしまう。

　魔石をじっくりと目で堪能してから顔を上げると、神々《こうごう》しくも柔らかく、見ているだけで胸が温かくなるような笑顔の兄様と目が合った。

「これが、兄様の……僕なんかが、貰っていいのでしょうか……」

「アルバに持っていてほしいんだ。アルバには、ずっとこの家で、僕の隣にいてほしいから」

「あの時雰囲気に流されて思わず求婚してしまったわけでは、本当にないんですよね……？」

「アルバ」

　だって、こんな最上級に素晴らしく美しい女神のような兄様が、俺に求婚するとか、未だに夢なんじゃないかって考えてしまう。俺が都合よく見た夢なんじゃないかと。頬を抓《つね》って痛くても、そもそも痛みを感じる夢なんじゃないかって。

　箱を抱えたままの俺を、兄様がひょいと膝に載せた。

「僕がそんなものに流されるとでも？　本心だよ。アルバがいなかったら、今の僕はないと思っている。アルバがいなければ、まだアルバが小さい時に言っていた何の感情も持たない僕が出来上がっていただろうし、父上も同じようになっていたと思う。僕が子供の頃の父上はまさにそんな感じだったから」

　間近でフッと兄様が寂しそうに口元を持ち上げる。

　笑っているけれど、笑っていない表情。その顔が胸にぐっとくる。

兄様は俺を見ると、目もとを和ませた。

「……あの頃の父上は、僕を見ても、愛情を注ぐべき自身の子供だともしかしたら思っていなかったのかもしれない、と今の父上を見ると思うんだ。そして、今の父上がちゃんと僕を愛してくれているのもわかってる」

寂しそうに持ち上げられていた口元は、今度は嬉しそうなものに変わる。

もうあの表情筋の死滅した最推しの面影はどこにも見当たらない。

「でもね、それだけじゃなくて、僕は、今までずっとアルバに溢れるほどの愛情を貰っていたんだ。それが当たり前になってしまって、アルバの愛情がないと生きていけない身体になってしまった。きっとアルバが目の前から消えてしまったら、僕の心も同じように消えてしまう。アルバの笑顔がなかったら、僕の笑顔も消えてしまう」

「兄様……」

ふと兄様の綺麗な瞳を見ると、俺を覗き込むその瞳に熱のような感情がたっぷり込められていた。

まるで宝石のように綺麗な紫の瞳は、ゲーム画面からはわからなかった様々な感情を乗せて、俺に心をさらけ出してくれる。

その熱が、俺の胸にも熱を灯してくれる気がした。

「僕は、アルバにずっと隣にいてほしいんだ。それこそ、互いに生を全うするまで。父上には既に了承も得ているし、跡取りはブルーノとルーナがいるから問題ない。何より、父上も母上もまだ若いから、弟がもう一人くらい何とかなるかもしれない。沢山の可能性があるんだ。勿論……」

その瞳同様に熱のこもった兄様の言葉は、そこで一度止まった。そして、兄様の綺麗なアメジストの瞳がふと陰る。

「……アルバがそれを望まないのであれば、僕は、それを受け入れるよ。だから、強制じゃない」

「兄様……」

兄様が、感情の乗らない表情を俺に向けた。

兄様の瞳が陰ると、途端に最推しと似たような雰囲気になる。それが余計に、あの『光凛夢幻∞デスティニー』の最推しオルシス様と兄様の違いを俺に気付かせてくれる。

けれど、兄様の顔が、あの最推しがエンディング後に主人公に告白した時の表情とふと重なった。

どうして告白にあんな顔をするんだろう、とずっと疑問に思っていた。笑顔で告白してほしいとずっと思っていたけれど――

こういう表情が、胸に突き刺さる。

見ているだけで、心がキリキリと絞られるような気がする。

俺はその最推しに重なる表情を崩したくて、魔石の入った箱をそっと目の前のテーブルに置くと兄様の顔に手を伸ばした。

最推しの、どんな無表情も愛していた。愛していたはずなのに、兄様のこんな顔は見ていたくなかった。どんな表情でもご褒美のはずなのに。

そっと手を伸ばし、兄様の頬に手を添える。

膝抱っこの今なら、少しだけ身体を捻れば届くから。

ぐい、と上体を伸ばして、兄様のとても形のいい薄めの唇に、自分の唇をちょんとくっつけた。

途端に兄様の目がこれでもかと開かれる。

目の前のアメジストが驚きに彩られて、その後、すぐにスッと細められた。綺麗な銀の睫毛に半分程隠れた瞳は、見ているだけで嬉しいと伝えてくれる。表情が変わったことに満足して膝から降りようとした瞬間、身体をギュッと抱き締められて、逃げる間もなく、魔力補充をされてしまった。

舌が絡まって、胸の辺りが熱くなる。

ああ、兄様の魔力が、とうっとりしかけて、はたと気付く。

魔力補充は、いつもはお布団の上。

そして今は、兄様の部屋、ソファの上。兄様と大事な話をしていて、とても素晴らしい情熱的な言葉を頂いて、返事の代わりに俺は何をした。

キスだ。子供でもするような可愛らしいキスだったけれど、確かに自分からキスをしてしまった。

そして今ココ。

今俺は、兄様と情熱的なキッスをしている。

舌が絡まるような大人のキッスをしている。

もしかして、これは、魔力補充では、ない……？

自覚した瞬間、頭がパーンとなった。

そして俺は、半ば兄様に支えられるようにして、愛と魔力をしこたま頂いてしまった。

胸が熱い。物理的に。これは兄様の魔力だ。

こうして魔力を貰わないと全回復しない俺のポンコツ身体は、たまにはいい仕事もするけれど、それ以外は全然ダメダメだ。

兄様の舌の絡まりに官能を刺激されて、ささやかな愚息が反応しそうで怖い。

そしてこの大人なキッスを思い出して、毎日の魔力回復がやっぱり苦行へと早変わりするんだ。

俺の理性、ザイル並みに強くなってくれないかな。鋼鉄の平常心が欲しい。愚息が反応しない程度の。

あふ、と唇と唇の間に隙間が出来た隙に何とか息継ぎすると、今度は唇を啄《つい》ばむような動きに変わった。それがまた、理性をちぎれさせそうな甘さを含んでいる気がして。

「に……さま」

「なに……？」

息も絶え絶えに兄様を呼ぶと、囁くような、掠《かす》れたような、途轍もなくセクシーな美声が甘やかな色気を纏《まと》って俺の耳に飛び込んできた。

はい陥落。一瞬にして理性はブチ切れました。

もうダメです。こんな兄様は、誰にも見せたくないし独り占めしたい。離れたくないし、もっとキスしたい。

「兄様の魔力で、僕をいっぱいにしてほしいです……」

溢れんばかりの魔力が俺の中に溜まれば、きっと俺本来の属性の魔石を兄様にプレゼントできる。

そうしたら、口だけの約束も、形あるものに……

そんなことを考えながら口に出した言葉は、思った以上に兄様を慌てさせた。

「……っ、流石に、まだ早い！　アルバがもう少し大きくなったら遠慮なく魔力を満たすから！今はそういうことを言わないこと……！」

少し乱暴に膝上から隣に移動させられて、いきなりのことに驚いていると、兄様が両手で顔を覆った。

「兄様……？」

「ごめん……ちょっと頭が破裂しそうになった……少し冷静になろう」

ふぅ、と盛大に溜息を吐いた兄様は、さりげなく長い足を組んだ。

その足の組み方がかっこいいなと思いながら、俺も少し冷静になろう、と深呼吸した。

深呼吸をすると、なんとなく元気になった愚息が落ち着くような気がして。見られないようにそっと足を閉じて手を膝に置いたのは、バレていないと信じたい。

ああ、早く兄様を姫抱き出来る程大きくなりたい。そうすれば、こんな風にまだ早いなんて言われないで、いい雰囲気に持っていけるかもしれないのに。

愚息を落ち着けようとする俺の脳裏には、めくるめく官能の世界に身を委《ゆだ》ねた最推しの喘ぎシーンが流れては消え、なかなか愚息は落ち着かなかった。

だから、アドオルは解釈違いなんだよ！　最推しの相手はアドリアンじゃ納得できないんだよ！

誰かこの葛藤をわかってほしい！

その後、何やら微妙な雰囲気のまま、俺は自室に戻った。

少しだけ重かった身体は大分軽くなったので、兄様の魔力はちゃんとここに入ってるんだ、と胸を手の平で撫でる。

でも今日の雰囲気からして、これから魔力補充する場合は大人なキッスと混同してしまいそうだ。その都度お元気になったら、そのうち絶対バレそうだ。

どうやってお元気になってしまったモノを隠せばいいんだろう。一人だけ反応するのはかなり恥ずかしいし、まだ早いと釘を刺されてしまったばっかりだ。

はぁ、と溜息を吐きながら、お布団に潜り込む。

兄様はあんな風に愛を囁いてくれたけれど、お元気にはならないのかな。公私混同しないんだとしたらそれはとても凄いことだと思う。もしくは、まだ俺がちんちくりんすぎてそういう魅力がないとか。

そこまで思い当たって、頭を抱えた。

……ない。ないわ。魅力。

アドリアン君くらい立派な体躯になったらきっと男の色気も出てくるだろうけれど、今はそんな魅力も色気も欠片も見当たらないよ。

結婚するっていうことは、そういうことも視野に入るってことだよな。

最推しとそういうことを。違った。兄様とそういうことを……なまじ詳細なデータがあるから、想像は容易《たやす》いですね！

絶対にそういう兄様は可愛くて綺麗で妖艶で儚《はかな》げで最高ですありがとうございます。

忘れるどころか、更に思考を発展させてしまい、悶々としてしまった結果、この日はなかなか寝付けなかったのだった。

◇◆◇

ごく一部の上層部以外には極秘の、国を支える守護宝玉。

ゲームでは宝石となっていたから宝石宝石と言っていたけれど正確には『守護宝玉』というらしい。

魔力が枯れかけていた宝玉に魔力を注ぎ、国を救ったという最上の功績は、その秘匿性のため、大々的に称えるわけにはいかないらしい。

なので、兄様には極秘裏に陛下が褒美を取らせるとのこと。表向きには、殿下と兄様が魔物の発生を抑えることに成功したとして、二人が臣下の人たちの前で報酬を貰う。そうでもしないと特別予算が下りないから。なるほど納得。

どうして俺の名前がないかというと、俺の褒美にそういう条件を付けたから。そして義父と兄様もそれを支持してくれたからだ。

守護宝玉に魔力を注ぎ、国を守ったという栄誉には王族が関わっていたほうがいいという陛下への言い訳だったけれど、なんとか理解してもらえた。

第二王子殿下は最初「アルバの功績を盗んだみたいで気が進まない」と難色を示していたけれど、逆に矢面に立ってもらうことで、隠れ蓑に出来るからと説得したら納得してくれた。殿下としても、俺が前に立つのはヤバいと思ってくれていたらしい。

なので、俺は地味に単なる中等学園生に戻ることにした。しばらく王宮はこりごりだ。

でも、たまに気になる、あの時見た映像。

あれは兄様には全く関係のなかった映像だった。

むしろ、それを口に出したら、あの陛下なら「謀反だ」と言って即座に俺の首でも斬りそうだ。

だって、あの時見えた映像は――

玉座に座っていたのは陛下ではなくて、見たこともない王太子殿下でもなくて。

あの人が王様だったら、きっといい国になるのに、と思わせてくれる人だったから。


ようやく復学となった朝、兄様と共に馬車に向かうと、馬車の中にはブルーノ君と第二王子殿下が乗っていた。

にこやかに挨拶されて、思わず動きを止めてしまう。

「……なんで？」

挨拶を忘れてそんなことを呟いてしまっても仕方ないと思う。

兄様は苦笑していて、アドリアン君は肩を震わせている。

「面白い挨拶だね。今は俺もブルーノの研究所に居を構えているんだけれど、その様子だと知らなかったのかな」

クスクス笑う殿下に、息を呑む。知らなかった。

「……たまたま遊びに来ていたわけではなくて、居付いていたのですね……」

「その通り！　卒業まではここで暮らすからよろしくな、アルバ」

馬車に乗り込んだ俺の正面で、第二王子殿下はとてもいい笑顔で笑った。

外ではいつも通りアドリアン君が、護衛の人と共に馬に乗って並走している。

どうしてこんなにもゲームの主要人物がうちに集まったんだろう。

正しくはアドリアン君は自分の家からうちに毎朝通ってくれているんだけれど。

なんとなく、ここにヴォルフラム殿下がいなくてホッとしている俺がいる。

ちなみに、第二王子殿下は既に王位継承権を手放したそうだ。だからこそ、うちに引っ越してくることが出来たんだとか。

宝玉に魔力は満たされたわけで、陛下にとって既に魔力の多い第二王子殿下たちは不要になったからすんなり出てこれたというか、どうやら逆に人気の高い第二王子殿下に王位を簒奪《さんだつ》でもされそうでむしろ追い出したくなっていたらしい。

そうだよね。光属性で魔力が多いし、人当たりもよく社交的な第二王子殿下を王様にしたい人がいるのも当然だ。王太子殿下はどうやら自分の意見を曲げることがあまりない人で、支持も半々らしいし。

まあ、これは第二王子殿下の言葉だから本当かどうかはわからないけれど。

第二王子殿下曰く、「魔力も多くて人気者の俺が疎ましくて、俺を追い出す隙を窺っていたんだよ」とのこと。王族のごたごたは聞きたくなかった。せめて陛下は自分の息子に対してそんなことを思っていてほしくはない。けれど、その息子の見立てでは、あの人こそ権力に取りつかれた人だ、ってことだ。怖い。

「あれが本当になれば、すごくいいのに」

思わず呟いた言葉は、馬車の中にいた全員に聞こえていたようだった。

「アルバ、あれって、どのこと？」

「それはもしかして、アルバが視《み》たものか？」

「公爵様には伝えたのか？」

三人にいきなり詰め寄られて、俺は学園に行く馬車からお家に逆戻りするはめになった。

執務室で仕事をしていた義父は、いきなり子どもたちに乗り込んでこられて驚いていた。

学園にも行かずにどうしたんだ、という表情で俺たちに視線を向けたけれど、俺が兄様に抱えられるように連れてこられた時点で何かを察したらしい。

義父はスウェンにお茶を頼むと、俺たちに応接室への移動を促した。

「それで、何かあったのかい？」

全員で着座すると、穏やかに義父が訊いてくる。その視線が直接俺に注がれているのがとても気になる。

義父は俺が何かやらかしたと思っているだろうけれど、俺は馬車から拉致られた方だからね。

ちなみにアドリアン君もちゃっかり一緒に来ているけれど、皆学園は大丈夫なのかな。

義父は黙っている俺を見てから、何かに気が付いたようにしっかりと遮音の魔法を使うと、さあ、と俺に促した。

「……先程、ちょっと馬車の中で呟いてしまったら、ここに連れてこられて」

「そうそう、公爵。アルバが、あれが本当ならとか何とか呟いていたから、もしかして何かが視《み》えたのかと思って連れてきたんだ」

「『あれ』とは……？　アルバ、それはいつ視《み》たものだい？」

俺の説明に被せるように第二王子殿下が補足し、義父が首を傾《かし》げる。

だって義父がいるところでは魔法発動していないからね。心配そうな顔は、もしかしたら一人でいる時に発動でもしたのかと思っていたりして。

「夜、とか……魔法が発動したのかい？」

義父に聞かれて、俺は首を横に振った。

「父上、もし夜に発動するようだったら、僕が夜も一緒に……」

「兄様。夜じゃありません。大丈夫です！」

兄様がとんでもないことを言い出そうとしていたので、慌ててその袖を引く。

夜も兄様と一緒なんて、俺の心臓が休まる暇がない。お隣に兄様のご尊顔があるなんて想像しただけで寝不足必須。

それはダメだ。

しかも俺を見張るために兄様が寝不足に陥ったらと思うと、自己嫌悪で地に沈む。

じっと兄様を見上げると、複雑そうな顔をした後、兄様がハッとした。

「もしかして、王宮で魔力が抜けた時に視《み》た……？」

兄様当たりです。でも、視《み》たとは言っても、アレが本当になるなんてほぼありえないような内容だった。だからあれが『刻《とき》魔法』なのかどうか、実はよくわからない。魔力枯渇すぎて倒れて見た夢かもしれない。

そんなことを思いながら曖昧に頷くと、ブルーノ君が軽く溜息を吐いた。

「アルバ、もしも重要な何かを視《み》た場合は、せめてオルシスか公爵様には言うべきだと俺は思うぞ」

「でもあれは、もし言っちゃったら不敬罪で首を切られるかもしれないような光景だったので……」

怖くて口に出せないよ。陛下の性格を知ってしまった今は余計に。

そう口を尖らせると、義父と兄様が揃って俺の頭を撫でた。

「アルバ、私たちが知ることで、対処も出来るんだよ。放置しておけば、変わるはずの事柄も変わらなくなってしまう。そうだろう？　それを証明してみせたのがアルバじゃないか」

「そうだよ。僕たちはアルバが何を言おうと陛下に告げることは絶対にないから。安心して」

「……そこは疑いませんけど」

じっと皆に見られて、俺は実は、と王宮で視《み》た事を伝えた。

「僕は謁見の間を知らないのですが、その謁見の間と思われる所にある玉座に座っていたのが、陛下ではなくヴォルフラム殿下で」

いったん口を閉じてちらりと義父を見ると、義父は優しい顔のまま、「そうか」と頷いた。

そしてその隣にいたのは、すごく綺麗なドレスを着て、滅茶苦茶目の前の人に啖呵《たんか》を切っているミラ嬢だったんだ。

そう付け足した瞬間、第二王子殿下とアドリアン君が噴き出しそうになっていた。

三、最推しとの魔石交換

ようやく普段通りの生活に戻った俺。

兄様たちも褒賞やら何やらを受け取って、一応落ち着いた。学園通いの日々に戻り、毎日を平穏に過ごしている。

魔物が大量発生することもなく、落ち着いてきたのは宝玉に魔力がちゃんと満たされたからか、秋になると豊作だという報告が相次いだらしい。

よかった。主人公が誰かと結ばれたとかそういう話はまったくなかったけれど、国が落ち着くのはいいことだ。

そう思いながら、何事もなく時は過ぎ、兄様たちが最終学年になった。

俺ももう中等学園四年生。兄様のお陰で、体調も万全のまま、しっかりと高等学園にも通えそうだ。

そうなると、やりたくなるのが、最推しの隠れスポット巡り。

放課後や昼休憩時に、各キャラが好んで過ごしている場所というのがあり、最推しの場合はメノウの森の入り口付近にある小さな狩猟小屋だった。最推しはそこを拠点に放課後魔物を屠《ほふ》って力をつけていたから、会いたいときは『森に訓練に行く』という選択肢を選ぶと高確率で会うことが出来た。

とはいえ、今の最推しは兄様なわけで。兄様は学園が終わると俺を迎えに来るから、森になんて行かないので、入り浸りスポットではないんだけれども。

小さな、とはいえそこら辺の掘立小屋なんかよりは大分豪華な小屋で一人寛ぐ最推しは、色々な関係が煩《わずら》わしかったんだと、好感度が上がると教えてくれた。自分の抑え切れない負の心を持て余していたと。

そう考えると、今の兄様はアプリの最推しよりもよほど人間が出来ている気がする。負の心とか、抑えまくりだし見たことないし、最高に優しく尊く素晴らしい人間性だから。

思わず呟いた言葉は、目の前にいた第二王子殿下にも届いてしまったらしく、目の前でゴフッと噴き出されてしまった。

「アルバ、最初に言っとくぞ。オルシスはかなりの俗物だからな。ことお前のことに関しては絶対に負の心に負け続けてるし、抑える気もない」

「まあ、その通りだな」

第二王子殿下の言葉に、ブルーノ君も肯定した。

二人とも兄様のどこを見ているんだろう、と眉をひそめると、眉間を兄様の指が撫でた。

「アルバ、皺が寄っているよ。それに二人の言うことは正しい。僕はアルバを僕のものにするためなら妥協はしない。そして、その為ならどんなことだってするし、それが世間では褒められないことだって躊躇《ためら》わないと言い切れるよ」

「欲望のままに動くよな、オルシスは」

「当たり前だろう。これだけ慈《いつく》しんできたのに横からかっさらわれたら、きっと、アルバが僕以外の奴を望んだとしても、自分のためにそいつを消すよ」

にっこりと極上の笑顔でそんな黒いことを言う兄様は、最推しよりも更に魅力的に見えた。

「黒い兄様も最高に素敵です……！」

あまりの眩しさに胸を押さえて呻くと、ブルーノ君と第二王子殿下から軽いチョップを貰ってしまった。

「どっちにしろアルバはオルシス全肯定なんだよなあ。俺もそんな兄弟が……やっぱり気持ち悪いからいらないな。クソ兄……王太子殿下からそんな言葉を貰ったら俺、次の日には死を覚悟するわ」

「殿下の兄弟殺伐過ぎる……」

「だろー。あのクソあ……王太子殿下は、俺が目障りすぎた反動で、今とてつもなくハッピーらしいぞ。俺が王宮を出て王位継承権を手放したからって。有頂天になり過ぎて何かやらかしたら滅茶苦茶面白いのにな」

「殿下も言い過ぎです」

今度はブルーノ君が第二王子殿下にチョップをかました。仲良し。

それにしても、と晴れ渡った空を馬車の窓越しに見上げる。

王太子がもし何かやらかしたら、次は誰が立太子するんだろう、と思考を巡らせた。

勿論、俺の知っているアプリゲームの結末は、二人は結ばれました、で終わっている。むしろ今は、結ばれていないけれど世界は救われました、のその後。これから先どうなるかなんてちっともわからない。

だって王様が俗物だって王太子が俗物だって、変わらず国は回っていて、兄様はお優しく麗《うるわ》しく今日も極上だから。


中等学園四年生にもなると、皆一様に大人への階《きざはし》を登っていく。

俺の周りの同級生たちも例にもれず、セドリック君とはかなりの差が出来た。何の差とは言わない。この学園が身長順で並ぶ伝統がなくてよかったと言わざるを得ない。

教科書を手に、今日も俺は恒例となったリコル先生との対面授業へと向かった。皆は魔法実技で実習場に向かっている。

ちなみにまだ薬の完成には至っていないと義父がごり押しして、俺はまだラオネン病にかかっていることになっている。リコル先生も仲間だから隠すのはそうそう難しくはないんだけれど、一度だけここ数年で成長した皆の実技を見学した俺は、絶対に実技は混ざれないと実感した。

皆殺意高すぎる魔法しか使わないのはなんでだ。

攻撃魔法がガンガン飛び交い、お互い怪我も何のその、臆することなく打ち合っている。非常時に慌てることのないよう実戦形式でなんてとても恐ろしいことを教師は宣っていた。

混ざれない、混ざれるわけない。何ならずっと魔法の実技はやらなくてもいいと思う。

なるほど、結構攻撃も出来る第二王子殿下が攻撃は苦手だと言っていたわけがわかった。殿下が苦手なんじゃない。皆が好戦的すぎるんだ。

廊下をコツコツ歩いていると、向かいから歩いてきた後輩たちとすれ違う。

まだ一年生かな、小さいな、と思って見ていると、「あんな奴クラスにいたか？」なんていう会話が聞こえてきた。

「僕はまだ一年生と同じ身長なのでしょうか……」

リコル先生の前に座ってズンと落ち込んでいると、リコル先生は困ったように笑った。

「私が見ている限り、アルバ君の身長はここ数年でぐんぐん伸びましたよ。いつも不調を抱えているにもかかわらず、ここまで大きくなれたのは逆にとても素晴らしいと思います。大丈夫、これからは体調も良好ですから、身体の中のエネルギーはアルバ君の成長に回りますよ」

「その言葉、信じていいんですね……！」

下唇を噛みながらリコル先生をじっと見ると、リコル先生は優しい顔で微笑んだ。

生きるか死ぬかの心配をずっとしてきた俺にとって、身長が伸びる伸びないなんてとても平和な悩みになったなと自分でも思う。

けれど、これだけは譲れない。なにせ正式に兄様と魔石を交換したのだから。

こうなったら鍛えて伸びて兄様を横抱きに出来る程に肉体を作るべきなんだ。

だって体力がなかったら、いざという時兄様を満足させてあげられないから。

そんな決意を胸にしている俺の前に、リコル先生が一枚の紙を差し出してくれた。

「最初はゆっくり。出来れば誰かと一緒にやるように。体力がついたと思ったら、また一緒にメニューを考えましょうか」

そこには、無理のないように俺の体力を伸ばすためのメニューが書かれていた。

俺はそれを手に取り、とてもいい返事をしたのだった。

今度こそ無茶はしないで頑張ります！　兄様に満足してもらうために。

次の日、気合いを入れてリコル先生の立ててくれたメニューを見ていたら、部屋がノックされた。

返事をすると、兄様とブルーノ君が顔を出したので、リコル先生経由で俺がまた体力作りを始めることを聞いたんだと気付く。

二人とも身体を動かしやすそうなラフな恰好をしていて、とても眩しい。

俺も早速着替えると、二人と共に庭に出た。

前に無理をして身体を壊したメニューの約半分くらいの運動量だったけれど、初日の俺は息切れがすごかった。

リコル先生が言うには、また一からゆっくり魔力を増やしていくスタート地点に立ったんだそうだ。すごく気まずげな顔をして、「魔力譲渡は、毎日……そう、毎日してほしいのですが……」と言っていたので、きっとまだ全然魔力が溜まっていかない状態なんだというのがわかる。

あれだけ大変な思いをして、兄様を血だらけにしてしまいながら満タンになったはずの魔力は、全て宝玉に吸われてしまった。

まったく、またしても兄様の時間を割いてもらって魔力を補充しないといけない日々が来るとは。

今も自分で魔力を回復するのは半分までだと、はっきりとリコル先生にも言われてしまっている。

悪くはないし、眼福なんだけれども。

問題が一つ。

俺の愚息がね……

兄様から魔力を受け取るたびに毎回反応してしまいそうになることに、溜息しか出ない。

もう少し身体を鍛えて健全になれば、気合いでなんとかなる……って、思春期の男の子って気合いではどうにもならないのでは……！

顔を覆って俯けば、ふわっと身体が浮いた。

慌てて手をどかすと、目の前には女神のご尊顔が。

「もしかしてまだ具合が悪い？　今日は学園を休もうか」

「いいいいいえ！　なんの問題もありません……！　行きます！　行かせてください！」

慌てて心配そうな兄様にそう答えれば、兄様はほんとかなあという疑わしい目を向けた。

俺はただ、毎夜の魔力譲渡のことを考えてしまっていただけなのです。

破廉恥な俺を許してほしい。

地面に下ろしてもらった俺は、少しだけ熱くなった頬を隠すように、汗を拭いた。

そんな感じで一週間ほど体力作りメニューを続けると、なんとかそこまで息切れすることなく全てのメニューを消化できるようになった。

終わりの柔軟をしながら、さらに鍛錬をする兄様とブルーノ君を見るのが日課となっている俺は、今日も二人の素晴らしい剣技に見蕩れていた。

兄様とブルーノ君の剣技は見応えがあり、二人とも騎士になっても問題なくやっていけるくらいの腕を持っている。

俺もあんな風にかっこよく動けるようになれば、兄様を大満足させてあげられるようになるのかな。

なんて呟いた瞬間、目の前に頬が上気した兄様の麗《うるわ》しい顔が現れた。

こここれはずっと兄様を意識している俺の妄想か……!?

「兄様……っ！」

その顔があまりにも艶《つや》やかすぎて、思わず声を上げてしまう。

少し薄めの唇から、舌がチロリとはみ出して、そっと近付いてきて——

「あああ……」

重なる！　と焦って声を出した瞬間、口に甘い物が突っ込まれた。

途端に消えていく、目の前の麗《うるわ》しい兄様の顔。

まるでディープなキッスを強請《ねだ》るような、舌を出した艶《つや》めかしい兄様が消えてしまった……

コロリと口の中で甘い物が転がり、その慣れた味にフッと肩の力が抜ける。

ああ、今のは俺の妄想じゃなくて、『刻《とき》魔法』か。

なぁんだ。妄想じゃなかった。残ね……いやいや、ホッとした。

コロコロと口の中でブルーノ君飴を転がしながら胸を撫で下ろす。

いや、ホッとしてどうする。魔法ってことは、あぁ～んな兄様がいつかどこかでお目見えする現実があるかもしれないということに他ならないじゃないか……！

ガバッと顔を上げれば、さっきまで艶《つや》めかしい表情で舌を出していた兄様と同じ位置に、心配そうな兄様の顔があった。

ボッと頬が熱くなる。

視線はついつい兄様の口に向かってしまう。

その口がそっと開いた。

「……アルバ？」

兄様の声が耳に入ってきて、ハッとする。

ようやく自分の今の状況が理解できて、俺は冷や汗が出そうになった。

朝からあんな破廉恥な兄様を見るなんて、俺の精神ヤバいんじゃないか。もしかしてこれは欲求不満というものだろうか。

「……自己嫌悪に陥りそうです……」

思わず零すと、兄様の大きくて綺麗な手が、俺の頭をわしわしと撫でた。

「何か視《み》えた？」

「……ちょっとここで言えるような内容ではありません……」

「今日は学園休んで父上と話し合いする？」

兄様が膝をついて俺を覗き込むような恰好をしている。

ちょっと傾《かし》げられた首がとんでもなく可愛い。

あの内容を義父に伝えるのはどうなのかな。どんなものでも伝えたほうが……いやダメだ。兄様に伝えるのもちょっと躊躇《ためら》われる。

頭を抱えながら、口の中の飴をついついガリガリと噛んでしまう。

口の中に飴がなくなったところで、また何かが浮かんできた。

それは、兄様が今まで見た中で一番綺麗な笑みを浮かべているシーンだった。

その手には複雑な形の石がついたネックレスが載せられていた。

そっとそれにキスをする兄様は、チラリとこっちを見て、そっと近寄り……

またしても口の中に甘い味が広がり、映像が途切れた。

そして、繋がれた手から兄様の魔力が身体の中に流れこんでくる。

「僕また……」

「……今日は学園を休んだほうがいいかもしれないね。こんなに続けざまに魔法が発動するなんて、心配すぎて学園に行かせられない」

じわりと温かい魔力が流れこんできて、俺の中を満たしていく。

確かにこんな状態だと、いつまた魔法が発動するかわからない。

それに今の発動は全く自覚できていなかった。兄様に飴を突っ込んでもらって、ようやく魔法だったんだと自覚できたくらいだ。

俺は兄様に向かって、こっくりと頷いた。

「そうですね……お休みします」

「今日は僕と一緒にいようね」

兄様に手を引かれて、そっと立ち上がる。

この魔力の暴走は体力作りのせいではないよね。

そしてさっき見えた兄様が持っていたあのネックレスは、もしかして、属性の魔石では……？

あの形は、どの属性のものなんだろう。

そういえば俺は、氷属性と光属性のものしか見たことがない。

あんな形のものがあるのかな。

手を繋いだまま、俺は兄様を見上げた。

「魔石の交換か……」

確かに兄様の魔石は俺が保管している。けれど、俺が渡したのは、家族に見守られながら調べた属性の魔石なんかじゃなくて、無理矢理に近い形で陛下に調べさせられたものだ。

ちゃんとした魔石を渡したいとは思ってたけれど、それが実現するためには、俺の魔力が満タンじゃないといけないわけで。

ああでも、さっき見たあれが属性の魔石かどうかもまだわからないんだった。

思わず眉を下げると、兄様は少しだけ険しい顔になった。

「どんなことを見たのか、しっかりと聞かないといけないね」

「そんな、たいしたことじゃないんですけど……」

兄様の気迫がすごくて、俺はちょっとだけ逃げ腰になってしまった。

内容がね、本当にそんな重要なことじゃないんだよ。

という訳で、連れてこられた兄様の部屋。義父は仕事が立て込んでおり、後で仔細を聞くそうなので、ここに連れてこられてしまった。

せめて兄様は学園に行ってほしいと訴えても、兄様にシュンとした顔をされた挙句俺が心配だと言われてしまっては無理に行けとも言えない。くそう、兄様可愛すぎか。

ブルーノ君は兄様同様俺の様子を見るために学園を休んでくれてしまっていた。

今は一人用ソファに腕を組んで座っている。

俺はもちろん兄様の隣にちょこんと座っている。

お茶を淹《い》れてくれたメイドさんはもう下がっていて、この部屋には三人しかいない。

確かに、前に俺が何かを視《み》たらちゃんと報告してほしいと兄様と義父にお願いされている。けれど、あんな欲望丸出しの光景を伝えていいんだろうか。

いや、全然よくない。

ドン引きされるのは目に見えている。

けれど約束が……ああ、どうすれば……

俺が葛藤していると、ふと眉間が撫でられた。

「皺ができてる」

ん、と視線を動かすと、兄様の指がすぐ目の前にあった。

「寄り目になってるよ」

クスクス笑いながら兄様がさらに俺の眉間を指で撫でた。

皺を伸ばしていたらしい。

――可愛すぎか！　なんだこの可愛い生き物は！　こんな、こんな兄様に俺は欲望丸出しのあぁ～んなことをさせてしまって……！

いやいや、まださせてないから未遂だけれども！

「アルバ、ここには僕とブルーノしかいないよ。そして防音の魔法も使ったから、そろそろ何を視《み》たのか教えてくれる？」

ね、と顔を覗き込まれると、否《いな》なんて絶対に言えない。

チラリとブルーノ君を見てから、俺は兄様の袖を掴んだ。

「兄様が、何やらよくわからない形の魔石を持っているのが視《み》えて……それはこの間僕の属性を調べたときの魔力で出来上がった形とは全然違っていました。兄様はそれをとても嬉しそうに、本当に嬉しそうな顔で手に取っていて……」

諦めて無難な方の内容を伝えると、兄様もブルーノ君もすごく食いついた。

「それはどんな形だった？　オルシスのようなヤツか？」

「それはアルバが見たことがあるから、全く違う形だろ。どんなんだろう。『刻《とき》属性』の形ってことかな。ブルーノ、どんなのか知ってるか？」

「いや、詳しい形は出回っていないはずだ。ここの書庫にも学園の書庫にもそんなものが書かれた本はなかった」

なかったときっぱり言い切る辺り、ブルーノ君の頭脳はちょっとヤバいなと思う。一度読めば全て記憶できるんだっけ。

二人に一斉に視線を向けられて、俺はしどろもどろに説明した。

「四角い形が何個も不規則に重なったような状態で……」

上手い説明が思い浮かばずうーんと唸ると、ブルーノ君がさっとポケットから紙を取り出した。何やらメモらしきものがたくさん書かれた紙だった。すると兄様がすぐさま腰を上げて、ペンを持ってくる。

俺はそれを受け取って、脳裏に焼き付いているあの石の形を紙に描いた。

「……こんな形の属性はないな」

「そうだね。僕も見たことがない」

「そもそもここしばらくは『刻《とき》属性』の者は見つかっていないし、『ラオネン病』の子供は『刻《とき》属性』の確率が高くても属性検査をまずしないからな。これが『刻《とき》属性』の形なのかもな」

「そうだね。今まで『ラオネン病』の子たちは属性検査をできなかったからね」

二人ともその形が『刻《とき》属性』のものだと疑っていないみたいだった。

「でも、もしかしたらこれはそもそも魔石なんかじゃなくて単なるアクセサリーかもしれませんよ」

「「それはない」」

俺が口を挟むと、二人とも即座に否定した。

確かに、アクセサリーにしては形が斬新すぎるし、こんな風に宝石をカットしたものを見たことはない。

「これがアルバの魔石か……見てみたいな」

兄様が紙をじっと見ながら、フッと笑って独り言のように呟く。

そんな切なそうな顔をされたら、見せないといけない気がしてくる。というか兄様が満足できるように頑張る。

そうなると、魔力を満タンにするには、兄様から分けてもらわないといけないわけで。

そういえば前に一度だけ魔力が満タンになって体調がすこぶるよかったときがあったような。

あの時の魔力補充を思い出し、俺は動きを止めた。

兄様の顔と手と俺の顔が血だらけのカオス状態で、俺は大泣きベッドは汚れ……

あの時は義父まで泣きそうな顔になっていたよね。

でももう兄様の血を貰うのは精神衛生上よろしくない。だったら、それの代わりの……

体液。

体液を。

……どの、体液を？

俺はナニを貰ってあの魔石を完成させた？

そこで浮かんだのが、兄様のあの艶《つや》めかしい舌だった。

もしかして今度こそ大人の……そう考えた瞬間、顔から火を吹くかと思うほど頬が熱くなった。

「アルバ？　もしかして体調も悪い？　顔が赤いよ」

「ちち違います、これは、その」

あわあわと否定すると、兄様が俺の前髪を手で持ち上げて、オープンになったおでこに自分のおでこをくっつけた。

「ちょっと熱い……？」

「はわぁあぁぁ……」

違うんです。この熱は俺の破廉恥な魔法が原因なんです。

あああ兄様の顔が近すぎて心臓が破裂しそうだ。

そうでなくても朝からあんな刺激的なモノを見てしまっているし。

チラリと助けを求めるようにブルーノ君に視線を向ければ、ブルーノ君はそれに気付いたように頷いた。頼りになる！

「オルシス。どうやらアルバの顔が赤いのは、朝に見た『刻《とき》魔法』が原因みたいだぞ。魔力満タン

になって属性魔石を作ったってことは、アルバの体質上誰かから魔力を満タンにしてもらったって
ことだ。ってことは、誰かが、アルバに手っ取り早く魔力を……」

「ブルーノ君！　それフォローになってない……！　追い打ち掛けてます……！」

お前人前でやめとけよ、を期待していたのにまさかの言い当て！　流石ブルーノ君！　……じゃ
なくて、瀕死だからちょっとストップお願いします。

兄様はブルーノ君の言葉を聞いて、迷いなく袖をまくり始めた。

「アルバの魔力を満タン……腕を切ったら泣かれたから次はどこを」

「もう兄様の怪我したところは見たくないです」

「うーんでも、僕は僕以外がアルバの魔力を満タンにするなんてことは絶対に考えたくないか
ら……」

がしっと兄様の手が俺の身体を掴まえる。

「に、兄様……？」

「ブルーノがいれば暴走しても止めてもらえるから」

独り言のように呟いた兄様は、ぐっと一度口を引き結んだ。

「アルバの魔力を満タンにしよう」

兄様はそう言うと、俺の身体を腕で固定した。

そして、ゆっくりと俺に顔を近付けた。

俺が固まっている間に、兄様の口がいつもの魔力補充のときのように重なる。

「ん……っ」

重ねられた唇から、じわりと魔力が注がれる。

ゆっくりと俺の身体を浸透してくる魔力に、胸が少しずつ温かくなっていく。

目の前にある兄様の睫毛がとても光り輝いている。どうして睫毛の一本だけ見ていてもこんなにも美麗なんだろうと見蕩れていると、スッと口の中に柔らかいものが入ってきた。

途端に流れこむ魔力量が濃厚になる。

そのあまりの濃さに思わず目をぎゅっと閉じると、舌が搦《から》め捕《と》られて、さらに流れこむ魔力が増えた。

胸が、口が、そして頭が熱い。

兄様の舌が絡まる口の中はとても気持ちよくて、思わず鼻から抜けるような声が漏れてしまう。

「……っん、ふ……っ」

身体の中に巡る魔力がとても心地よくて、ふわふわしてきて、ついその供給元を貪ってしまう。

積極的に舌を絡めていくと、それに応えるように兄様の舌が口の中の気持ちいいところをなぞっていく。

どうしていいかわからなくて、兄様の腕をぎゅっと掴むと、宥めるように兄様の手が俺の背中を優しく撫でる。

リコル先生に見てもらわなくてもわかる。俺の中に魔力がたまっていくことが。

身体中を兄様の温かくて優しい魔力が巡っているのがわかる。

なんて気持ちよくて、なんて甘美……

もうわけがわからない。とにかく兄様は尊い。それ以外考えられない。というか頭がパンクしそうだ。

されるがままにうっとりと兄様の舌を堪能していると、いきなり兄様の舌が口から抜けていった。

もう終わり……？

そっと目を開けると、ブルーノ君にがっつりと頭を押さえられている兄様がいた。

「アルバが目ぇ回してるからやめろ」

「……ああ、ごめん」

兄様は、ブルーノ君に顔を押さえ込まれながらも、なぜか謝っている。

まだほわほわする頭で目の前の光景をぼうっと見ていると、ブルーノ君の手が目の前で振られた。

「もう、終わりですか……？」

ブルーノ君を見上げてそう訊くと、ブルーノ君が俺の髪を掻き混ぜた。

「休憩だ。休憩を挟まないとオルシスがヤバい」

溜息とともに零されたその言葉を聞いて、俺はハッとしたように身体を起こした。

「兄様！　僕に魔力を渡しすぎなのでは!?」

ブルーノ君の手を掻き分けて兄様に詰め寄れば、兄様はフッと眉尻を下げて笑みを浮かべた。

「大丈夫。僕の魔力はまだまだあるよ。そうじゃなくてね……アルバがあまりにも……」

最後のほうはとても小さな呟きで、まだぼんやりしている俺の耳では拾うことができなかった。

でも兄様の魔力が少ないなら、いつまでもこうしているわけにはいかない。

「すごくふわふわしていて、身体が軽いんです。魔力を戻すのもやぶさかではありません」

キリッと気合いを入れて兄様に近付こうとしたら、ブルーノ君と兄様二人の手に阻《はば》まれた。

「魔力はまだまだ大丈夫だよ。それよりもほら、身体が軽く感じるくらい魔力が溜まってるなら、魔石に込めてみてもいいかもしれない」

兄様に言われて、ハッとした。当初の目標を忘れるところだった。

「確かに！　もしかしたら、今ならちゃんとした属性の魔石になるかもしれませんね」

用意してもらってもいいですか？　と二人を見上げたら、兄様がすぐに氷の蝶を作った。

「あっ、魔法を使ったら兄様の魔力が」

慌てて手を伸ばしたその先を綺麗な青い蝶がくるりとひとまわりし、フッと姿を消した。

「大丈夫だよ。あの伝言魔法はほとんど魔力を使わないから」

「そうなんですか？」

「うん。アルバに軽く魔力をあげるときよりも少ないよ。それに、さっきも言った通りまだまだ魔力はあるから心配しないで」

ね、とウインクする兄様は、たしかにどこも調子が悪そうには見えなかった。俺を支える腕も浮かべる笑みもしっかりしている。

ホッとしていると、ドアがノックされ、義父たちが顔を出した。

「オルシス、アルバの体調はどうだい？」

俺を気遣いながら、義父と母とルーナが入ってくる。

最後に、手に立派な箱を持ったスウェンが入ってきて、そっとドアを閉めた。

「リコルにも声を掛けたから、後から来る」

義父は俺の前に膝をつくと、そっと俺の顔を覗き込んだ。

兄様と義父、二人の美麗な顔が並んで、俺は咄嗟に顔を覆いたくなった。

目に、目に眩しすぎて脳が処理を放棄している……！

「顔色はいい。魔力も大丈夫そうだな、アルバ」

「はい。兄様に魔力をたくさん分けてもらいました」

俺の返事に頷いた義父は、今度は兄様の頬に手を添えた。

義父の優しい表情からは、ちゃんと兄様を慮《おもんぱか》っていることが伝わってきて、見ているだけで尊い気持ちが溢れてくる。

「オルシスは、大丈夫か？」

「僕はどこもなんともないです……」

義父の手に戸惑いながらも、兄様はすいっと視線をずらしながらそう答えた。

視線を逸らす兄様なんてレアだ。これはやっぱり魔力枯渇……？

魔力、返したほうがいいのでは？　俺が貰った方法と同じように。

同じように……はい、自分からは無理。

ボン、と音を出しそうな勢いで顔に血が上った俺は、熱くなった頬を両手で押さえて、兄様と同じように視線を逸らした。

◇◆◇

俺も兄様もきちんとソファに座り直し、ようやく場が落ち着くと、スウェンが俺の前に持っていた箱を置いた。

ルーナが義父の膝の上で、目を輝かせて箱を見つめている。

ブルーノ君も兄様の後ろに立って、俺の様子をうかがっている。

テーブルを挟んだ目の前のソファには、母と義父とルーナがいて、兄様は俺の横に腰掛けている。

腰に手が回っているのは、俺がいつ倒れてもいいようにだと思うと、気遣いに胸がとても熱くなる。

スウェンは優しい目つきで俺たちを見守る位置取りをしていて、目が合うと目尻の皺を深くした。

「……じゃあ、改めて」

俺は手に魔術陣の紙を載せると、その上に兄様が丸い魔石を載せてくれた。まだ何にも染まっていない魔石は、窓から射し込む陽の光に照らされて、淡い光を放っていた。

手から落ちないようにそっと魔術陣で包み込むと、目を閉じた。

手に魔力を溜めて、魔石に流す。

陛下に渡されたものに入れた時よりも、ずっと丁寧に。兄様にあげるんだから、最高の仕上がりになるように。

魔石はどんどんと際限なく兄様に貰った魔力を吸い込んでいった。この国を救った時のように、自分で魔力を止めることはできなかった。

けれどその感覚はあの宝玉に魔力を込めた時とは違い、『ラオネン病』の時に魔力が抜けていく状態に似ていて、少しだけ怖くなる。

目を瞑《つむ》っているにもかかわらず目の前がグルグルと回ったような気がして、身体が傾《かし》ぎ、フッと意識が飛んだ。

「ン……」

でも次の瞬間、意識が明瞭になった。

それから唇に当たる柔らかさと胸が熱くなっていくことに気付いた。

ビビりながら身体を硬くする。

この味はあれだ。鉄の味だ。前に味わった兄様の血の味に似ている。

だんだんと頭が回ってきて、この間の大惨事の場面が頭に浮かぶ。

もしやまた兄様は！　と焦って目を開ければ、兄様の麗《うるわ》しい睫毛のどアップが目の前にあった。

キス……してるのに血の味……？

にゅ……と口の中で兄様と俺の舌が絡まって、そこから微かに鉄の味がした。

ぎゅっと兄様の袖を握りしめると、兄様の睫毛がゆっくりと開き、アメジストの美しくも麗《うるわ》しい瞳に俺の目が映った。

口が離れたので深く息を吸うと、新鮮な空気で肺がいっぱいになった。そんな俺を見て、兄様が微笑んだ。

「アルバ、もう平気？」

「兄様、怪我は」

間近から優しい目つきで俺を見つめてくる兄様に聞けば、これ？　とそっと舌を出された。

端の方を少しだけ怪我している。

「自分で噛んだんですか……？」

「うん。流石に剣で手を切ると大惨事になっちゃうからね」

冗談めかしてウインクする兄様にクラクラしそうになって顔を手で覆った俺は、ハッとしてもう一度兄様に舌を出してもらった。

こう？　と舌を見せる兄様が可愛すぎる。

変な声が出そうになるのを我慢しながら治癒魔法をかけると、兄様の舌が綺麗に治ったのでホッとする。

そこで、自分が手に何も持っていないことに気付いた。

「そういえば魔石は……」

兄様の膝の上で横になっていた身体を起こそうとすると、兄様の腕が俺の身体を引き寄せてくれた。

「アルバ、これを見て」

義父の声の方に顔を向けると、義父の手の中には、前に陛下のところで出来上がった属性魔石とは全く違う、そして俺が朝ふと視《み》た魔石があった。

とても複雑な形の属性魔石はうっすらと紫がかった薄青色をしており、とても神秘的だった。

「よかった。成功したんですね」

思わず顔を緩めると、皆がホッとしたような顔をした。

そこで気付く。

チラリと周りを見渡すと、家族が全員その場に揃っていた。そしてブルーノ君と、いつの間にか来ていたリコル先生も。

公開キッスですか。しかも舌をたくさん絡めたやつ。

すでに誰も何も言わない。それが逆にいたたまれない。

兄様はなんてことないようにニコニコしているし、俺一人だけ反応するのは余計に恥ずかしい気がする。平常心平常心。

すーはーすーはー深呼吸をしてからそっと義父から属性魔石を預かり、陽の光に掲げる。

キラリと光を通す魔石は、朝に見たものとまったく同じ形をしていた。

「不思議な形ですね……」

そう呟くと、兄様が目を細めて、そうだね、と頷いた。

「見せて見せて！」

義父の上でルーナがぴょんぴょん跳ねはじめたので、兄様の膝から降りて立ち上がる。

眩暈《めまい》も何もないのがすごいなと感心しながらルーナに近付き、義父の上からルーナを抱き上げた。

「見て。僕の魔石だよ」

「きれい。アルバ兄様みたいにきれい」

「あはは、僕は綺麗じゃないよ。綺麗なのは兄様とルーナでしょ。月の光を顕現させたかのようなこの白銀の髪、宝石の中でも一等級の美しさを持つアメジストを閉じ込めたようなその瞳。父様が言うように、ルーナはまるで美の女神ルーナグレース様の祝福を受けているのではと思わせる美しさだよ」

　きっとその言葉は、義父と兄様とルーナにこそ相応しい。そんな思いを込めてルーナを見れば、ルーナはこれでもかと目を見開いて俺を見ていた。

「兄様かっこいい……」

　ほぅ、という溜息がルーナから漏れたので、苦笑する。

「かっこいいのは兄様とかブルーノ君のことだよ。そしてルーナもかっこいい」

「アルバ兄様もかっこいいの！」

　訂正した瞬間、ルーナの頬が膨らんだ。可愛い。

「アルバ兄様、これからもずっとルーナのおそばにいて。アルバ兄様はもう女神様につれていかれちゃうことはなくなったんでしょ？　ブルーノ兄様がそう言ってた。だから、アルバ兄様はずっと側にいて」

「もちろん。我が家のお姫様」

　約束ね、と微笑んだ瞬間、ルーナがぎゅっと首に抱きついた。

何度も俺が倒れるところを見ていて、そして今も目の前で俺が意識を失ったのを見て、何かを感じたらしい。

ルーナの柔らかくウェーブのかかった銀髪を優しく撫でていると、スウェンから何かを受け取った義父が立ち上がって俺を見下ろした。

「アルバ、改めて訊こう。君は、オルシスと生涯を共にしたいと今もまだ願っているかい？」

「最初から最後まで、僕の願いはそれ以外にありません。兄様の幸せが僕の幸せ。兄様が僕を望んでくれるのであれば、それを叶えないという選択肢は僕にはありません」

「そうか……そうだな。では、今日は皆でオルシスとアルバの婚約式を行おうか」

どうせ学園は休んだのだし、これは早いほうがいい、と義父は手にした書類にさらりとサインを入れた。すかさずスウェンが受け取り、さっと部屋を出ていってしまった。

「これから忙しくなるよ。アルバもオルシスも制服から礼服に着替えておいで。ルーナも、いつも以上におめかししよう。ブルーノも、準備を」

義父が手をパン、と叩くと、部屋に控えていた人達が一斉に動き出した。

その動きについていけなかったのは俺くらいで、ルーナも俺の腕からぴょんと飛び降りると、母と一緒に部屋を出ていった。

「……婚約式？」

首を捻っていると、側に来ていた兄様が笑いながら教えてくれた。

「司祭立ち会いのもと、魔法を使った婚約の誓約をすることだよ。僕たちの婚約の書類はもう提出しているけれど、誓約の式はまだだったからね」

「式なんて今は高位貴族ですらほぼしないけどな」

そんなことまでするんだ、と驚いていると、ブルーノ君が補足してくれた。

「「王家にアルバを取られないために」」

二人に声を合わせられて、俺はハッと顔を上げた。

そういえば、あの宝玉に魔力を込めたのが俺と兄様だってことは陛下に知られてるから。もし俺の属性がバレたりなんかした場合のための保険的なアレかな。

でも、ちゃんと俺の居場所を全力で作ってくれているのが嬉しい。

魔法で誓約なんて、もう二度と俺と婚約を撤回できないくらいなのに、躊躇《ためら》いなく笑ってくれる兄様最高すぎる。

「……嬉しいです」

鼻にツンとくる何かを誤魔化しながら万感の思いを込めて呟くと、ぎゅっと兄様が俺の身体を抱きしめた。

もう何度感じたかわからない、生きててよかった、という気持ちが、胸いっぱいに広がった。

慌ただしい動きに合わせて、俺は兄様とおそろいで作った礼服に身を包んだ。

もう何枚兄様とおそろいの服を作ったかわからないくらい沢山あるけれど、今袖を通しているのは今日初めて身に着ける服だ。

手伝ってくれるメイドさんが、俺の胸元に紫色のチーフを使った花のような飾りを付けて、シルバーの鎖を垂らしてくれる。

首には、兄様の魔石がジャボと呼ばれるレースに隠れて下がっている。

俺の魔石は兄様が持っていったので、きっと今頃どこかに身に着けているはずだ。

流石に魔石交換を人前でやるわけにはいかないので、すでに交換した体《てい》でやるとさっき義父から説明された。もう書類は提出しているから、おかしくはないらしい。

もうすぐ用意が終わるというところで、兄様が部屋に迎えに来てくれた。

「どう、用意できた？」

部屋に入ってきた兄様は、月の化身のようなこの世の者ではないような美しさを醸し出していた。

繊細な刺繍が銀糸により施された、濃いめの紺色を基調にした礼服は、兄様の銀色の髪をこれでもかと引き立てている。とても美しく全体的にキリッと引き締まった雰囲気なのに、柔らかいレースのジャボが怜悧な印象を和らげてくれていて、とても素晴らしい仕上がりとなっていた。

胸のポケットからチラリと見えるハンカチーフは、俺の瞳の色であるピンク色をしていて、引き締まった中に置かれた暖色系の差し色がとても鮮やかで最高だった。

ああ、こんな美の化身をこの世に生み出してくれた義父と兄様のお母様、感謝します……

思わず手を組んで天を仰げば、兄様の苦笑顔が目に入った。

対する俺は、兄様と同じ意匠の刺繍を暖色系の上着に銀糸で入れてもらった。よく見るとおそろい、という感じだ。服に着られているというか七五三というか。似合っているのかは俺には判断できないけれど、胸元を飾る紫色のハンカチーフは俺のお気に入りのものだ。これが一番兄様の瞳の色に近いんだ。

兄様もしげしげと俺の姿を見下ろして、満足げに目を細めた。

「アルバもとても似合ってるよ。行こう、皆が待ってる」

スッと手を差し出されて、その手に自分の手を重ねると、兄様がフッと身を屈めて俺の手に唇を落とした。

「うぐぅ……兄様が最高オブ最高すぎて心臓止まりそう……」

「これくらいで心臓止めないの」

あははと声を出して笑った兄様は、俺の手を引いて、婚約式会場となる広間へ向かった。

広間は、すでにすっかりパーティーのような様相を呈《てい》していた。お客さんがいるわけではないし、見守っているのは家族と、この屋敷で働いてくれているメイドさんや使用人たちだけだ。

いきなりの婚約式だし、学園がある日なので、知り合いを呼ぶこともなかった。

それでも、今日ついさっき決まったことなのにすでにこのパーティーの状態って、この家の人たちは有能な人しかいないよね。知ってた。

義父もしっかり着替えて、来てくれた司祭の人と話し合っていて、俺たちに気付くと目を細めた。

「主役も来たし、始めようか」

義父の一言で、場が引き締まった。

義父と母を筆頭に、見守ってくれている人たちがズラリと並ぶ。

その間を俺と兄様がゆっくりと歩を進めると、ブルーノ君が魔法で花びらを宙に舞わせてくれた。

使用人たちの温かい拍手と共に、粛々と式が進む。

俺たちは広間をまっすぐ進み、司祭さんの前で足を止めた。そこで、司祭さんに微笑まれた。

司祭さんは手にした紙を広げ、それを小さいテーブルに置くと、ゆっくりと俺たちに頭を下げた。

「光よ、前に進むべき長い長い道をお二人が迷わぬよう、祝福したまえ」

司祭さんが詠唱をした瞬間、身体が温かい何かに包まれて、ふわりと光った。

何だろうと兄様に目を向けた瞬間。

俺の口から思わず変な声が出そうになった。

兄様の身体の周りを光が踊るように回り、兄様の美しさをこの上なく引き立てている。

……この世のものとは思えないような、神秘的な兄様を見てしまった……

うっとりと兄様に見蕩れていると、キラキラと輝く光は、兄様と俺を包み込むようにしてくるりと上昇し、宙に消えていった。

今のは光属性の魔法かな。どんな効果があるんだろう。

なんだかとても幸せに包まれたような気持ちになった。

兄様もそう感じたのか、幸せそうにふわりと微笑んだ。

眼福……この顔を見ただけで、昇天しそう……

「このお二人の洋々たる未来を明るく照らすこの素晴らしい門出を『婚約』という形に変えて、祝福いたします」

司祭の言葉と同時に、俺はハッと我に返った。

こちらへ魔力を込めて下さい、と先ほどの紙を渡され、兄様と二人で魔力を込めると、誓約書のような紙の下側に、まるでペンで書かれたように俺たちの名前の文字が浮き上がった。すごい、紙まで神秘的。

一つ一つの感動していると、そんな俺を見ていた司祭さんがまるでスウェンのような温かい眼差しを俺たちに向けて頷いた。

「これにて、婚約の誓いはなされ、祝福されました。婚約の書類はすでに提出済みで、魔石の交換も終えているのですね。では、この誓いの書を以て、何者にも切ることのできない絆がお二人に出来上がりました。それでは、これで正式な婚約式は終了といたしましょう」

司祭さんが紙を丸めて懐にしまうと、義父が司祭さんに手を差し出した。その後ろでは、俺たちを見守っていてくれた使用人たちが一斉に動き出す。

「では引き続き、我が可愛い息子たちを祝う宴を。司祭様もぜひご参加をお願いいたします」

「これはこれは。ではぜひそうさせていただきます」

司祭さんは義父の差し出した手をしっかりと握り、にこやかに了承した。着替えてくるといって司祭さんが俺たちの前からいなくなると同時に、ワッと後ろの方から歓声が上がった。

振り返れば、そこには第二王子殿下とヴォルフラム殿下、ミラ嬢にセドリック君、アドリアン君にリコル先生、ジュール君までいた。気付かなかった。

俺たちが用意をしている間に兄様が皆に連絡し、学園から馬車を走らせて駆けつけてくれたらしい。

それにしても、と兄様に手を引かれて壇上から降りながら、広間の中を見渡す。

全攻略対象者と大事な友人たち、そして家族たちが一堂に揃って俺たちの婚約式に来てくれているなんて。こんなことがあっていいんだろうか。

これぞまさにハッピーエンドと銘打っていいのではなかろうか。

胸に何かがこみ上げ、俺は足を止めてしまった。

「兄様……」

小さな声でぽつりと兄様を呼ぶと、兄様が振り返った。

「どうしたの？」

「なにやら、夢を見ているようで……」

本当に、いいの？

声にすらならなかった呟きを、兄様はきちんと掬い上げてくれた。

「いいもなにも。僕が望んだんだよ。……幸せすぎて、人目を憚《はばか》らず泣きそうだよ……」

兄様の声も、俺に負けず劣らずとても小さかった。けれど、それ故に、その声にはとても感情が込められているような気がして。

顔を上げれば、兄様のアメジストの目が潤んで、いつもよりもキラキラと輝いていて。胸がぎゅっと熱く締めつけられた。

四、最推しの聖地巡礼

俺の胸元には、兄様の魔石が下がっている。

その魔石を見るたびに蘇る、あの感動の婚約式。

兄様は駆けつけた皆にもみくちゃにされて、せっかくの衣装がヨレヨレになっていた。

けれどヨレヨレの兄様もそれはそれは可愛らしくて、思わずいいなぁと呟いた瞬間俺ももみくちゃにされてしまった。

ルーナはしきりに素敵と綺麗を繰り返し、ブルーノ君のズボンを掴んで「私もこういうお式をしたいの」と訴えていた。ブルーノ君も「仰せのままに、姫」とにやり顔で返していて、義父をハラハラさせていた。

本当にあの時は楽しかったし素敵だったし、一生の思い出だ。

兄様は、流石に俺の魔石を誰かに見られるのは得策じゃないと言って、認識阻害系魔法をかけて、首から下げている。たまに俺と同じような仕草で胸元を掌で押さえるので、きっと気持ちは同じはず。その行動を見ると顔が綻《ほころ》んでしまう。

今日もそっと制服の上から魔石を確認してから、俺は、馬車の中で兄様を見上げた。

兄様の隣にはツヴァイト第二王子殿下がいるけど、今は兄様だけを見つめる。

「今日は、中等学園が午前中で終わりなのです。なので、僕が高等学園にお迎えに行っていいですか」

千載一遇のチャンスなんです。最推しスポット巡りの。

最近ではメノウの森も落ち着いてきたらしく、入り口付近は魔物の姿も見ないらしいし、何ならゲーム内で最推しが現れるのは森といっても学園敷地から森への出入り口とでもいうようなところなのだ。

そして今日の兄様たちは午後まで授業がある。

これは行くしかないでしょう、ということで、俺はお迎えを提案してみた。兄様は一瞬目を瞠《みは》ってから、わずかに首を傾《かし》げる。

「それは嬉しいなあ。けれど、一人で高等学園までの移動は危なくないかな」

「馬車での移動ですし、御者さんがついていてくれますから。それに広いですけど、学園の敷地内移動ですから」

「まあ、うん、そうだね、でも、うーん……」

兄様はあまりいい顔をしなかった。

今もアドリアン君は、俺の護衛をしてくれている。一緒に乗ればいいのにと言っても、馬が好きなんだと言って聞いてくれない。

だからこそ、護衛もなく兄様たちもいない状態での移動が心配らしい。

俺はどこぞの令嬢のようですね。今まで沢山心配かけた自覚はありますが。

「ダメでしょうか」

少しだけ口を尖らしてしまうと、隣で俺たちの会話を楽しげに聞いていた第二王子殿下が「だったら」と口を開いた。

「セドリックに頼んでみるか。一緒のクラスだと喜んでいたから、セドリックも一緒に高等学園に来るよう誘ったら喜んでついてくるだろう。最近剣の腕も上がったようだし」

「それはセドリック君が大変では……」

「楽しむんじゃないか。どうせだったら三人一組ってことでジュールも誘えばいい。中等学園生なら学生証があれば高等学園に入れるからさ」

決定決定、と満足げに頷く第二王子殿下に、兄様がジト目を向ける。その視線は「何を勝手に」と訴えているようだった。

確かに、いつの間にやらお迎えが高等学園見学に変わっている。でもそれに乗らない手はない。セドリック君たちさえいてくれたら、兄様は頷いてくれるかもしれない。だったら頭を下げる以外の選択肢はない。

だって思い出の最推しスポットに行ってみたいんだもん！　見学したい！

兄様が難しい顔のまま中等学園に到着し、兄様と第二王子殿下は揃って俺の教室に向かった。

ちなみに今日はアドリアン君が馬車で高等学園に向かっていった。馬は一頭だからね。殿下と兄様のタンデムか……

教室に入ると、既にセドリック君とジュール君が来ていた。

声を掛けると、二人は後ろに立っていた兄様たちに目を向けて、驚いたような顔をした。

「おはようございます。今日は兄上が護衛なんですか」

「そうそう。たまには気分転換でいいだろ？」

「それは、そうかもしれないですけど……」

セドリック君は第二王子殿下に挨拶すると、チラリと意味深に俺に視線を向けた。何か言いたそうだ。

「兄上は誰かのお供をするような身分じゃないんですから……自重してください！」

腕を組んで呆れたような顔をするセドリック君は、まるでミラ嬢に対してと同じように第二王子殿下に注意をした。そんなセドリック君の苦言を、第二王子殿下はにこやかに遮った。

「あのさ、セディ。今日、授業が終わったら高等学園に遊びに来ないか？　アルバと一緒に。よければジュールも」

「遊びって、何もない日に遊びに行くのはあまり褒められることじゃないですよ」

「堅い、堅いぞセディ。俺たちは一緒の馬車で来ているわけだ。だから、中等学園が終わって一度アルバを家に帰すことにすると、帰路はアルバ一人なわけだ。何かあってからでは遅いだろう？」

「だろう？　って僕に言われても。まあ、確かに一人で帰すのはちょっと心配ですけど……兄上が僕のことをセディって呼ぶ時点で何か企んでいることはわかります。高等学園までのアルバの護衛ですか？　そういう理由付けだったらまあ納得できますけど」

「流石セディ！　話が早くて賢い甥っ子だなあ」

嬉しくない、という顔をするセドリック君の頭をガシガシと掻き混ぜた第二王子殿下は、ニコッと笑って兄様を振り返った。

「ほら、セドリックの了承は得たぞ。これでいいだろ」

「……アルバを高等学園に呼んで、何をする気ですか」

「べっつにー？　何も企んではないよ。ただ、アルバが来たいのなら気軽に来れるようにしようという単なる老婆心」

ほらほら、遅刻するから行こうぜ、と言いながら兄様の背中を押す第二王子殿下に手を振りながら見送る。それからどうして僕も誘われたんだろう、と困惑するジュール君に苦笑しながら席に着いた俺は、ワクワクしながら授業を消化した。

放課後。うちの馬車はしっかりと中等学園に来てくれていた。

セドリック君とジュール君を乗せてきた馬車は、しっかりと第二王子殿下から伝令が届いていて、馬車寄せには来ていないことを、管理の人に教えてもらった。用意周到すぎだろ。

そのまま三人で馬車に乗り込み、敷地内の整備された道を通って高等学園に向かった。

馬車の窓から見えるのは、中等学園と高等学園の間に立ち並ぶ林。この林があるからこそ、学園間の移動が大変だったりするんだ。ちなみに、メノウの森は学園敷地内ではないけれど、どちらも国が支援しているので、学生が自由にイベントに使えるようになっているみたいだった。

なので、もし皆にメノウの森の入り口を見てみたいと言ったら、反対されそうではあるんだけれど。だってゲーム内では魔物が普通に跋扈《ばっこ》する、レベル上げのための森だから。

高等学園の生徒は腕慣らしや補習で、よく放課後や授業に森に入るらしいんだけれど、今の時間も森に行っている生徒はいるのかなあ。

「まったく、何が目的なんですかね」

隣で景色を見ながらセドリック君が呟く。

……俺の私利私欲のためとはとても言いづらい。

目的などは誤魔化しつつ、流れ行く木々を何とはなしに眺めながら、三人で雑談をして高等学園へと近付いていく。

家族たちがいない時にこうして高等学園に行くのは、実は初めてだ。

最推しスポット、どこか一つでも見ることが出来るだろうか。こういうのを聖地巡りって言うんだよね。尊いね、聖地巡り。胸が高鳴る。

学園の前で馬車を降りると、そこには兄様とブルーノ君と第二王子殿下が待っていてくれた。今は昼の休憩時間中だそうだ。そう言えば昼ご飯を食べずに出てきたからそんな時間でもおかしくはないかな。早めに授業は終わっていたので。

第二王子殿下が、待っていましたとばかりに満面の笑みで、俺たちを高等学園の食堂に連れていってくれた。

「高等学園は中等学園よりは食堂の料理が美味しいのが救いだよな」

しみじみ呟く殿下に、思わずホッとする。兄様は中等学園に入学したての時は食堂のご飯が美味しくなくて困っていたからだ。高等学園ではそんなことないみたいでよかった。

微笑んでいると、セドリック君が第二王子殿下を見上げて、そういえば、と口を開いた。

「兄上。中等学園の食堂は、今年から味がよくなりましたよ」

「へぇ、セドリック何かしたのか？」

「ジュールと二人で昨年、総会から学園側に生徒の八割の署名と嘆願書を集めて提出したところ、今年から調理人の予算が増えて腕のいい者を雇ってもらえました」

その言葉に、殿下がやるじゃないか、と言わんばかりに噴き出した。

「なるほど。その手があったか。俺たちの時はまずい飯も鍛錬、みたいな風潮があったからなあ」

セドリック君たちそんなことをしていたんだ、と感心していると、ジュール君が「今度一緒に食堂で食べてみますか」とそっと声を掛けてくれた。

それもいいかも。

ついつい頷くと、目ざといセドリック君が「まさか二人だけで行こうとしてないよな」と拗ねてみせた。

そんな俺たちを見て、殿下と兄様が苦笑している。

なんだかこの感じも久しぶりだった。

さて、向かった高等学園の食事はとても量が多くて、隣に座った兄様が俺のを半分程食べてくれた。

もちろん一人分はしっかりとお腹に収めたうえでだ。

この細い腰のどこにあの量の食事を収めることが出来るのか、とついつい兄様のお腹を注視していると、兄様は笑いながら「ほら、デザートを食べよう」と俺の顔をテーブルに戻してしまった。至福の腹筋が。制服で細さしかわからないけれど。

ご飯を食べ終わると、兄様たちはまだ授業があるからと戻っていった。

そうして残された俺たち三人の傍らに、リコル先生が現れた。

どうして？　と思っていたら、殿下から、俺が高等学園に遊びに来るから、案内してほしいという依頼があったらしい。もともとは高等学園の保健医をやっていたリコル先生なので、学園内の地理はバッチリ。これ以上の適役はない。流石第二王子殿下。隙がない。

「仕事中なのに御手を煩《わずら》わせて申し訳ありません」

「いいんですよ。たまにはこういうのも新鮮で楽しいですよね」

リコル先生に深々と頭を下げると、リコル先生は楽しそうに笑った。

中等学園の仕事はほぼ俺の専属だから、何の支障もないらしい。

では、と俺たちを一通り見回すと、「どこから見ましょうか」と口を開いた。

「僕は、実際の実技演習を見てみたいです」

セドリック君がはいっと手を上げて答える。

俺もその言葉を聞いて、大きく頷いた。

実技演習。それは最推しがとても輝ける場所。仲良くなると、実習場で放課後鍛錬デートが出来る。相手によって伸びる能力が少しずつ変わってくるんだ。

最推しの場合、精神の伸びがよくなる。

俺たちの反応を見て、リコル先生が微笑んだ。

「では、上部の観覧席から少し見てみましょうか。丁度どこかのクラスが実技をしていると思いますので」

「「はい！」」

三人でいい返事をすると、リコル先生は「ではこちらへ」と俺たちを案内してくれた。

ちょうど行われていた剣技の授業では、アドリアン君が参加していた。一人で全員を薙《な》ぎ払うような勢いで振られる剣には、上の方の小部屋から見ていても何やら圧倒された。

次はジュール君が見たいという特別棟へ移動。そこは専門的な事を学ぶ教室が詰め込まれた棟で、丁度授業を受けていたクラスを、廊下から見せてもらった。

実験器具的な物を使っていて、何やら楽しそうだった。

「では、アルバ君はどこを見たいですか」

リコル先生に訊かれて、俺はキリッと表情を改めた。

「メノウの森の入り口にある、管理棟を見てみたいです」

一番行ってみたかった場所です。

鼻息荒くそう言うと、三人がとても呆れた視線を俺に向けてきた。

「よりにもよってなんでそんな変なところを見たがるのかなアルバは」

「森の管理棟……何か、見どころはありましたっけ……」

呆れた目のセドリック君と、必死でフォローしてくれようとしているジュール君。

そんなに変なことを言ったかな、と首を傾《かし》げていると、リコル先生が考え込むようなそぶりを見せた。

「私はてっきり、オルシス君の授業を見学したいと言い出すと思ったのですが……」

「それも捨てがたいですね！　ちなみに兄様は今何の授業を受けているのかわかりますか？」

「魔法力学です。ツヴァイト殿下が、アルバ君が見学に来ても地味でつまらないと残念がっていましたから。お二人は同じクラスなので」

「魔法力学……」

僕にはとんと理解不能な世界ですね。真顔でそう答えると、セドリック君がブフッと噴き出した。

兄様がいるという魔法力学の教室に連れて行ってもらうと、教室は通常の教室ではなくて、教卓を囲んで円形に段になっているような作りだった。

俺たちが覗き込んだのは、生徒たちの背後にある上部の窓。

兄様の後頭部が見える珍しいアングルに悶えた俺。

丁度ブルーノ君が先生に突っ込んだ質問をされて、難なく答えているところだったので、ジュール君の目が輝いていた。

そこで第二王子殿下はチラリと後ろを振り返った。それから、俺たちに気付いたのか、横に座っていた兄様の脇腹を肘で突いて、兄様に凍える眼差しを向けられていた。その眼もクールで最高に痺れる。

兄様は俺たちに気付くと、クールな眼差しを一転、とても優しい目で振り返り、小さく手を振ってくれた。

「兄様が可愛すぎか……！」

思わず呻くように悶えてしまった俺の声は、思ったよりも教室内に響いてしまった。

皆の視線が一斉に後ろに向く。ついでに先生の視線も。

すると見たことのあるお姉様方が、一斉に手を振ってくれた。

「アルバ君！　お元気そう！」

「やだ、オルシス様を見に来たのかしら！　悶えてるわよ可愛い」

「オルシス様の今の顔、見ました？　とても素晴らしい笑顔でしたわよ」

「見逃しましたわ！」

一斉にお姉様方が立ち上がり、俺たちを手招く。

ミリィ嬢が先生に「これからここに入学してくる後輩は、見学者として教室に入れてあげてもいいのではないでしょうか！」と押し切り、俺たちは教室の中に招き入れられてしまった。

ここを少しだけ見て、メノウの森の管理棟に向かうはずだったんだけれど。でも兄様と同じ教室で授業を聞けるという事実に、メノウの森の管理棟は頭から吹き飛んだ。

中等部では、魔法力学というものを学ばない。

魔法力学とは、魔法に込められた属性ごとの魔力量の差による物質に与える影響と、周りに漂う魔素量の減少の大小を、計測器を使い明確に数値化し、その時にかかるエネルギーを求める科目、らしい。そんなことを言われても、ええと？　と首を傾《かし》げるばかりである。なにせ魔法学ですら皆とは進みが違うのだから。魔法学は魔法力学に行く前の、要するに基礎の基礎である。

四年生になった今、ようやく基礎から応用になっただけで、その上と思われる勉強など俺の頭ではパンク案件である。

皆、静かだった先程とは違って、楽しそうな顔をしていることから、この授業におけるイレギュラー案件は暇つぶしとして大歓迎のようだ。

そんなこんなですぐに次に移動することがかなわなくなり、俺たちは結局その時間ずっと兄様の授業風景を堪能した。

とても、とても有意義な時間だったとだけ伝えておこう。

真面目に授業を受ける兄様のきりりとしたお姿をここまで近くで見ることが出来たこと、とても得難い体験となった。ちなみにやっぱり授業内容はさっぱりだった。

「アルバたちは次はどこを見るんだ？」

殿下に質問されて、リコル先生が苦笑しながらメノウの森の管理棟と答えると、兄様とブルーノ君が俺に注目した。

何やら少しだけ複雑な顔をして、二人で頷き合う。

「アルバ、僕もついていっていいかい？　次の授業は既に合格しているから、参加しなくても大丈夫なんだ」

「俺も行こう」

兄様とブルーノ君がそんなことを言い始めた。

参加しなくてもいいって、けれどそれはやっぱりサボりというくくりに入るのではないだろうか。

授業をサボるちょっと不良な兄様もとてもワイルドでいいですが、俺がサボらせるのはちょっと、とごねごねと返事をしていると、リコル先生が頷いていた。

「では、私が微力ながら口添えいたしますね」

リコル先生がサボりを推奨してしまったので、俺だけじゃなくて、セドリック君とジュール君もびっくりした。

リコル先生はへにゃっとした笑顔で肩をすくめる。

「安全になったとはいえ、メノウの森は生徒の魔獣討伐練習を行う程度には魔物が出ますしね。私では力不足なので、オルシス君とブルーノ君に来ていただくのは願ってもないんですよ」

「なるほど。ということは……」

ご本人がその出現スポットにいるという垂涎《すいぜん》イベントが待っているということなのですね！

そんなこと……大歓迎です！　ああ、鼻血が出そうな気がしてならない……気合いで止めなくては。

ここで鼻血など出したらドクターストップがかかってしまう。

自分のせいで兄様の授業をサボらせるという背徳感と、一世一代イベントに胸をワクトキさせながら差し出された兄様の手を取った瞬間、教室内で黄色い悲鳴がこだました。

「きゃあああああ、オルシス様とアルバ君が手に手を取ったわ！」

「わたくし、オルシス様のとても優しい笑顔を見てしまいましたわ！　このお顔が見たかった……！」

「流石アルバ君ですわ！　あのオルシス様の表情をこれだけ柔らかくすることが出来るのですから！」

お姉様方が騒ぎ始める。そうか。皆、兄様ファンなんですね。兄様の笑顔はレアだから。

前に兄様は学園では笑わないという情報を貰っていたので、皆の悲鳴も納得だった。

ちなみに第二王子殿下は、ずっと王宮に籠っていたせいで次の授業に合格しておらず、一緒に行くことは出来なかった。残念。

兄様とブルーノ君を仲間に加えて、俺たちはメノウの森へ向かった。

一度校舎から出て、長い通路を渡り、そこに置いてある紙に記名し、通路の外に出る。

そこは既に敷地外の森の入り口。

少し先に、あのスチルの背景である管理棟がそびえ立っていた。ああ、最推しが管理棟に向かっている。通常は管理棟に移動してから出て来るのに、一緒に移動。

激レアで胸熱な体験だ。

「今、森へは三年Ｂ組が入っているみたいだぞ」

最後に記名して出てきたブルーノ君が、兄様に声を掛ける。

三年Ｂ組と言えば、ヴォルフラム殿下とミラ嬢が所属しているクラスだ。

ちなみに兄様たちはＣ組。成績順ではないようで、クラス編成のやり方は生徒たちに開示されていないらしい。

アプリでは選んだ人と一緒のクラスになるはずだけれども、今まで見てきた中で、ミラ嬢がヴォルフラム殿下に恋をしているようなそぶりは一度も見たことがなかった。

でもまさか、このクラス編成だからあの王宮のスチルが流れたわけではないよな。あの時はまだ今年のクラス編成すらされていなかったはずだし。

いやいや、考え込みすぎると、兄様たちに警戒されてしまう。

不思議に思いつつも、俺は兄様達と他愛ない話をしながら足を進めた。

管理棟の中には、当たり前だけれど学園職員さんがいて、俺たちの見学を快く許可してくれた。兄様たちがいるからと案内は辞退したけれど、ここまで足を延ばしてくれる中等学園生はほぼいないから嬉しい、と手放しで喜んでくれた。

……不埒な目的でちょっと申し訳ない。

しかし、とても高い管理棟の屋上から下を見ると、森の大部分が一望できて思ったよりもずっと壮大な景色が広がっていた。

木々の間から微かに見える道は、俺が覚えている森の地図とほぼ一致する。

「広いなあ……」

思えば、この森に来たのは三年の時以来だ。あの時は管理棟の屋上なんて上がらなかったからこんな景色は知らなかったし、その時の出来事が衝撃的すぎて森自体の印象がとても薄くなっていた。けれど、実際に見ると、下手に道のない場所に進むと遭難しそうな広さだ。

森から先に町はなく、広大な緑はそのまま山脈に繋がっていく。

そこはアンフィニ山脈と言われていて、国を跨《また》いでこの大陸を横断している。

霊峰とも言われ、アンフィニ山脈が地脈を運ぶと言われるほどに、魔素が濃くなっているそうだ。

そしてそこに魔物は一匹もいないんだそうだ。不思議だ。魔素が強ければ強い魔物がいそうなんだけれども。

もしかしたら宝玉の魔力が減ると魔物が多くなる状態と同じようなものなのかもしれない。王都は宝玉の魔素が行き渡っているから安定しているけど、僻地《へきち》は魔物被害が大きいもんね。

国の重要地は宝玉のあるところだけれど、世界規模ではもしかしたらアンフィニ山脈が宝玉のようなものだったりして。俺の想像でしかないけれど。

「ここからだとアンフィニ山脈がとても綺麗に見えますね……」

森を挟んでも、かなりの距離がある山々。

それなのにこんなにも迫力があるのは、いつもと違う視線で見ているからかもしれない。

「街は山脈から学園を挟んで反対側に広がっているからね」

「こうしてゆっくり景色を楽しめるなんて、とても贅沢な気がします」

「そうだね」

しみじみと兄様と平和を享受していた時だ。

森の一部から赤い煙が立ち上ったのが見えた。

「赤の狼煙《のろし》――――！」

兄様とブルーノ君が一瞬で表情を変える。

赤の狼煙《のろし》は、救援の魔術陣を使用した際に出る煙らしい。さらに同じ場所から光と闇と思われる連携魔法が撃たれた。ここまで見える程に大規模なものだ。

それに、光属性と闇属性を持っている生徒なんてそうはいない。あの連携魔法はきっとミラ嬢とヴォルフラム殿下のものだ。

「兄様……！」

隣にいた兄様の袖を掴むと、兄様は大丈夫、と俺の手の上に自身の手を重ねて、目を細めた。

「僕とブルーノが行ってくるよ。アルバたちはここで待機」

「でも、救援ということは、何か大変なことが起こっているのでは……！」

「アルバはいつも、僕を最強と言ってくれるだろう。赤の狼煙《のろし》だから、きっとあそこに腕の立つ生徒たちが集まるし、最強の僕と、剣で最強のブルーノも助力するから大丈夫だよ。それとも、いつもアルバが言ってくれていた最強っていうのは、方便だったの？」

「兄様はいつでも最強で最高です！」

「だったらここで見守っていて。逃げて来る生徒や傷ついた生徒も下に集まるかもしれないから、そちらはリコル先生に任せて。アルバはここの建物で待機ね」

「……お気をつけて」

そんなことを言われては、見送らないといけないじゃないか。

ぐっと手を握りしめて、俺が描いた魔術陣を握りしめる兄様たちを見送る。

兄様が助力したら、きっと百人力だ。

そうは思っても、やっぱりあれほど攻撃魔法を使うのが上手いミラ嬢がいるはずなのに、救援を求める狼煙《のろし》が上がるほどの魔物と対峙するのは怖い。

「では、下に移動しましょうか。怪我人を見ましょう。アルバ君たちは、管理人さんと一緒に救援物資を生徒たちに配ってください」

俺たちのいい返事を聞いて、リコル先生は満足そうに頷いた。きっとあの顔は、俺が現場に行く！　と言い出さなかった安堵だと思う。

それからしばらくの時間が経つと、兄様の言った通り、怪我をして別の生徒に肩を借りた生徒や、攻撃の魔法が苦手な生徒たちが森の入り口広場に集合してきた。

狼煙《のろし》が上がった場合、色を見て撤退するか助力するかをその班のリーダーが自分たちの今の状態を見て判断しないといけないので、戻ってきたのは班単位だろう。

下に着くと、管理人さんが怪我人の手当てをしていた。

リコル先生の顔を見て、安堵を浮かべている。

リコル先生が率先して怪我人の治癒を始めたので、俺とセドリック君は管理人さんから渡された水の入った水筒を持って生徒たちに配り、ジュール君は水魔法でリコル先生と共に怪我人を治癒していた。

水を飲んで何とか落ち着いた生徒たちは、いきなり魔物が増えたことを教えてくれた。

横で聞いていた俺は、魔核が壊された時にいきなり大量の魔物に囲まれた時を思い出し、ぞっとした。

この国はようやく地脈に魔力が行きわたって、魔力の流れが安定したんじゃなかったっけ。魔核って、地下で魔力が十分に流れ始めたらなくなるんじゃないの？　魔物が大量に出るのは、新しい魔核が破壊された時だった、はず。

宝玉に魔力を満たしたのに、既に新しい魔核が？

自分の考えに青くなっていると、セドリック君に無理するなと言われてしまった。

大丈夫と答えて、俺は止まっていた手を動かし始めた。

そうしてまた数十分が経った頃だろうか。

帰還する生徒たちも落ちついてきたところで、兄様たちがヴォルフラム殿下たちと一緒に戻ってきた。ミラ嬢とヴォルフラム殿下は所々怪我していたり、制服が破れていたりしている。

慌てて二人に駆け寄り、光魔法を発動させようとしたところで、一歩前に出たミラ嬢に捕まった。

そして、ギュッと抱き締められる。

え、え、と戸惑っていると、耳元でミラ嬢が俺にだけ聞こえるように囁いた。

「今咄嗟に回復魔法を使おうとしなかった？　私たちだけだったらいいけれど、ここではだめよ、アルバ君」

ハッと顔を上げようとしたところで、ミラ嬢が大きめの声を出した。

「アルバ君心配してくれてありがとうございます。私とても怖かったわ！」

「いいえ、ミラ嬢はクラスの中で一番勇猛果敢だった」

ミラ嬢の声に被せるように、ヴォルフラム殿下が口を開く。

ミラ嬢がその言葉に反応するように、俺を離してから腕を組んで仁王立ちした。

「殿下、それ、褒め言葉として受け取っておきますわ」

「勿論、最上級の賛辞だ」

あくまでサラリと躱《かわ》すヴォルフラム殿下は、ミラ嬢の手を引いてリコル先生の方に行ってしまった。

そこに残った俺と兄様、そしてブルーノ君は、ミラ嬢たちを呆然と見送ってから顔を見合わせた。

咄嗟に回復魔法を使おうとしてしまったのは失態だったけれど、ミラ嬢はどうしてそれを察知したんだろう。

彼女は何か野性の勘というものが備わっているんだろうか。

そんなことを思っていると、今度は兄様に抱きしめられてしまった。

「ご無事で何よりです」

「思った以上にアルバとミラ嬢の仲がよくて心が痛い……」

「誤解です」

「分かっているんだけれどね……アルバがああいう時どういう行動をするかなんて、僕たちだってわかっていたんだけれど、先を越されてしまった」

はぁ、と小さく溜息を吐いた兄様が可愛すぎて、抱きしめ返す。

見たところ、兄様もブルーノ君も怪我もなく帰還してきたことに改めてホッとする。

ミラ嬢たちは無事リコル先生に治してもらっていたので、そちらにもホッとした。

まだ抱きしめられているのをいいことに、俺はそこでそっと耳打ちした。

「魔力は安定したはずなのに、魔核が現れたんですか？」

「うん。よくわかったね。あの規模は出来たばかりのはずだ。一か所じゃなくて、ごく近いところに二つの魔核が発生したらしいよ。殿下はその目で発生したのを見たらしい」

「魔核ってそんなに簡単に発生するんですか？」

「去年までは多かったけれど、あの後はこういうことは一例もなかったはずなんだけれどね」

「じゃあ、王宮で伝えられてきた文献自体が間違えていた、とか」

「そこまではわからないけれど」

「お前らそこまで」

ほぼお互いしか聞こえない声音で会話していたはずだけれど、ブルーノ君からストップがかかった。

「そういうのはここで話すことじゃない。公爵邸に戻ってから公爵様も交えて話したほうがいいかもしれない。事と次第によっては、王弟殿下に報告しなくてはいけないからな」

やっぱりブルーノ君には聞こえていたらしい。

それじゃ他の人にも聞こえてしまうかもしれない。

名残惜しく思いつつも兄様から離れると、傷を治してもらったヴォルフラム殿下が近付いてきた。

そして、俺の頭をひと撫でした。

「本当にアルバ君は聡すぎて怖いな」

ヴォルフラム殿下の一言で、俺たちの会話をヴォルフラム殿下が聞いてしまっていたことが判明した。

驚いた顔を殿下に向けると、殿下は「警戒中だから闇魔法を継続して使っている」とのこと。闇属性は隠密向きだってことを忘れていた。

真相を知らない人たちは、今までの平和の方がおかしかったんだと魔核の発生を当たり前のものとして受け止めているようだ。

けれど、俺たちは知っている。

今はもう、こんなに簡単に魔核が発生するのはおかしいのだと。

なぜ、なんてここで考えていてもわからない。それに、俺が何かを出来るわけもない。もしかして、魔力を注ぎ込んだ俺が偽物の光属性だからダメだった、なんてこともありうるかもしれない。

俺の考えと同じことを兄様たちも考えていたらしく、三人は顔を見合わせた後、深い溜息を吐いた。きっと周りには、無事魔物討伐を終わらせた安堵の溜息に見えたんじゃないかな。

その後セドリック君とジュール君に、俺と兄様の仲の良さを揶揄《からか》われたりしたけれど、それを見たブルーノ君が真顔で「なんだジュール、俺に抱きしめてほしかったのか」と逃げる間もなく捕まえ、ジュール君を盛大に喚かせるというハプニングもあり、なんとか和やかに解散になった。

セドリック君はミラ嬢に一緒に帰りますよと声を掛けていたけれど、ミラ嬢はにこやかに「これから殿下の所に遊びに行く約束をしていたのよ」と言って躱《かわ》していた。

俺たちも、こっそりとヴォルフラム殿下に声を掛けられ、帰るのは公爵邸ではなくて王弟殿下の住む王宮敷地内の離れとなった。

授業の終わった第二王子殿下と護衛のアドリアン君とも合流した俺たちは、ヴォルフラム殿下の乗る馬車と共に王宮に向かった。皆でヴォルフラム殿下の離れに到着すると、先に連絡を貰っていた王弟殿下と義父は既に俺たちを待っていた。

——ここまで移動してきたのは、奇《く》しくも、主人公と攻略対象者全員プラス俺という、勢ぞろいともいえる総勢八人だった。


さて、アドリアン君、リコル先生含め、ここにいる人たちは全員これまでの事情を知っている。

だからこそ、今日のことをヴォルフラム殿下とミラ嬢が説明していくごとに、皆の周りの空気が重苦しくなっていった。

二人が言うには、やはり真新しい魔核が目の前で発生したんだそうだ。丁度ミラ嬢のいた班のすぐ近くで発生し、その近くを散策していたヴォルフラム殿下の班が合流した途端、さらにもう一つの魔核が発生。

これは危険だと二人は班のメンバーを避難させ、力を合わせて駆除しようとしていたんだそうだ。そこで避難した二人の班のメンバーが渡されていた救援の魔術陣を使用。それを見た兄様たちが助力し、なんとか魔物を全て倒した——という流れだったようだ。

なんというタイミング。もしも兄様たちが教室で授業を受けていたら、森の異変を察知は出来なかったし、学園側も救助が遅れて二人はどうなっていたかわからなかったなんて。

ミラ嬢に真顔で「二人を連れ出してくれていてありがとう」と言われてしまった。サボらせてお礼を言われるとは。

そこで、兄様が若干口ごもりながら俺のほうを向いた。

「もしかして、アルバは二人が襲われることが分かってメノウの森の管理棟に行きたいと言っていたのかい？　普段は見学したいなんて言われない場所だから、何かあるのかと思ってブルーノと共についていったけれども」

ハッとした。

もしかして、教室で兄様とブルーノ君が目配せしていたのって、『刻《とき》魔法』で未来を視《み》た俺が何かを伝えたいかもしれないと思ったからか！　きっとそこで何かが起こるかもしれないと予測したんだ。

違うよ。俺が、最推しスポットを巡りたかっただけなんだよ。

「い、いいえ……」

なんてそんなこと、この雰囲気では言えない。辛うじてそれしか言えなかった。

ご、誤解だ。けれどタイミング的にバッチリすぎてどう言い訳していいのかわからない。

「ただ僕は、あそこに立つ兄様が……」

見たかっただけなんです。しりすぼみにそう伝える。

「ということは……無意識のうちに視《み》ていたものが脳裏に残っていたのかな？」

続けて義父が呟いた内容には、実際、脳裏にはあの場所にいる最推しが色あせることなく残っているから違うとも言えなくて、窮地に陥った。

でも状況はまるで違うんだよ。言いたいけれど言えないジレンマが。

「……どうやら、君たちが命がけで手に入れたこの国の平和は、つかの間のものだったのかもしれないな」

王弟殿下が重々しく呟く。

俺はがっくりと肩を落とした。

「……やっぱり僕が魔力を入れちゃったからダメだったんでしょうか……正規の候補者であるミラ嬢が兄様と手に手を取って魔力を注ぎ入れていれば、こんなことには……！」

ぐっと手を握り締めると、ミラ嬢が呆れたように「ないでしょ」と軽くツッコんできた。

「あのねアルバ君。文献ってさ、いかにもそのことが正しいかのように書いてあるでしょ。でもね、こんな何百年に一度起こるかどうかの事柄について、文献が百パーセント正しいなんてありえないのよ」

ミラ嬢は肩をすくめながら苦笑した。

「途中誰かの思惑によって真実を捻《ね》じ曲げられたりもするし、前例が遥か昔のことなら、憶測を描く場合もあるの。私たち平民なんて、ほぼ口伝《くでん》でしか伝わらないから、尾ひれがついてとんでもない話になったりするわ。だから、どれが正しかったとかじゃなくて、今回はアルバ君とオルシス様が魔力を入れてなんとかなった。宝玉も復活した。それが全ての事実よ」

ミラ嬢の言葉を聞いて、皆がぐっと苦い顔をした。

その文献を、夜も寝ないで必死に調べた王族のお子二人が特に苦い顔だった。

「それに、あれだけあの場所が仰々しく光りまくってたっていうのにあれで失敗だったら、どうしたら成功なのか何もわからないじゃない」

「確かに……兄様が魔力注入を成功させた時、部屋は同じように光っていて、それからこの国は平和になったと感じたんですけれど」

だってエンディングの一番の見せ場だったから。

光り輝くあの部屋の真ん中で、真顔の最推しが……そして輝くような笑顔の兄様が、告白を。その姿と位置は、表情と台詞以外は寸分たがわず同じだった。

そう言うと、ミラ嬢はいつにもまして明るく微笑んだ。

「じゃあ一番正確なのが、アルバ君の情報じゃない。自分を信じなさいよ」

「ミラ嬢……」

ミラ嬢がカッコいいです。もしあのアプリの主人公がまんまこのミラ嬢だったら、もう少し楽しめたのかもしれない。最推しと主人公の恋を応援できたかもしれな……やっぱ無理。

兄様が相手だと考えただけで血反吐を吐きそうです。胸が痛すぎて。魔石の交換をしてから特に。

俺、こんなに嫉妬深かったんだろうか。

もっとこう、兄様が誰と幸せになっても応援的な事をしようと思っていた時期が信じられないくらい、狭量になった自分が怖い。最推し兄様が近くにいすぎるから贅沢になったのかも。一度贅沢になったらもう生活の質は落とせないって言うからもう俺は末期なのかもしれない。

結局、それ以上の情報はその場では出なかった。

「少しこちらでも調べてみよう」

最後に王弟殿下が溜息を吐きながら、義父にしっかりと頷く。

この時はそれで解散になったんだけれど。

それから十日後。俺たちはまた揃って王弟殿下の所に集合することになった。

「今回のことは、大事《おおごと》になる。というか、私が表立って動くことになる。下手すると、国が動く」

ハッキリと、王弟殿下はそう言った。

国が動く。それは、現国王が退位し、次世代の王が起《た》つということだろうか。

王弟殿下の言葉は、俺が前に王宮で見たあのスチルを確実な未来たらしめるようで、心臓が痛いほどに跳ねた。

幕間　誤った認識と愚かな選択（side 王弟デューク・サン・ブレイド）

ヴォルフラムによりメノウの森で新たな魔核が発生したとの報告が王宮に上がった。

メノウの森はアンフィニ山脈に隣接している。その山脈を越えると隣国の領土に入るが、アンフィニ山脈は決まった道以外を踏破するのは不可能とされているため、隣国との国交はその道か海路がすべてだ。

この国の宝玉の魔力が朽《く》ち果《は》てそうになっていた時は、地脈が弱り、地下の魔力が淀《よど》んだことで魔物の発生が相次いでいたせいでアンフィニ山脈を越える陸路は使えず、細々と海路で国交を続けたそうだ。

しかし、陸路に魔物が現れているということは、宝玉の魔力がなくなりかけていると隣国に気付かれているということに他ならない。宝玉のことはどの国も最重要機密。他国の宝玉がどのような状態なのかを知るには、国境付近がどのような変化をもたらしているのかということを随時確認する以外ではなかなか情報を得られない。

今回の報告は、メノウの森の魔核発生だ。この国の宝玉が力を発揮していないのか、隣国の宝玉が魔力枯渇しているのか、見極めるのが難しい。それに、私は実際宝玉の魔力が満タンまで充填された状態を見たのは、この間が初めてだった。その後どのように国の状態が推移していくのかは、しっかりと見極めなければならない。

私は溜息を吐くと、異変について調べるべく腰を上げた。

この前、アルバ君とオルシス殿によって、我が国の宝玉は満たされた。これからは、土地に魔力が満ちて、安定していくはずだった。

実際、あれから各地で豊作の報が伝えられていた。

あの時、神殿にあふれた光は、確かに宝玉に魔力が満たされた証だったはずだ。

消しそびれている魔核や、魔核になる前の小さな魔素のたまり場程度なら普段でも至る所にあるが、新しく魔核が出来るということは、どこかしらの地脈の魔力が滞《とどこお》ってしまっている、ということだ。

もしまだこの国が滅びに瀕しているというのなら、何かが起きているのは守護宝玉の間以外にはありえなかった。

何事もなければいいが。

あの光の溢れた希望に満ちた宝玉の間を思い出して、瞑目し何事もないことを祈った。

侍従に申し伝えて、部屋を出る。

「しばらく部屋を空ける。それから、宰相を呼んでくれ」

守護宝玉の間の扉には、今現在も魔力量が規定値以上ないと入室出来ない闇属性の魔法がかけられている。兄王と共に愚かしい間違いを起こした後、その魔法をかけたのは私だった。

闇属性の上級魔法。その魔法に新たな魔法を上掛け、または解消できるのは、その魔法をかけた者よりもその属性の魔力量が多い者だけ。

つまり、今現在でそれができるのは、私自身の息子二人だけだった。

長男エイダンも次男ヴォルフラムも、どちらも魔法の才能があり、闇属性の魔法を使いこなしている。そして私よりも魔力量も多かった。

王弟である私には継ぐ家督はなく、爵位も明確に決められてはいなかった。

王のスペア。ただそれだけのために王宮の一角に留め置かれた。無事兄が即位した際に王位継承権は既に手放している。王家の血を継ぐため、私の息子たちには王位継承権はある。けれど、その二人の息子すら、兄王の血が途切れた場合のスペアだ。

ずっと我が一家は王の予備として生きてきた。

エイダンはその扱いが気に入らないからと、自力で王宮の文官として独り立ちしてしまった。

ヴォルフラムはエイダンとは逆に、自身を王家のスペアだと納得しながらも、王宮を出たがっていた。ひとえにここに留まっていたのは、ツヴァイトの居場所を作るためだった。

ツヴァイトが無事王家から逃げられるとわかった瞬間に私に王宮を出る相談に来たほどだ。

長年の憂いだった守護宝玉の復活も果たした今、その願いはかなえられるはずだった。

「お呼びですか」

「ああ、守護宝玉の間に向かう」

私は宰相――ヴァルト侯を伴《ともな》って、地下への階段を降りていった。

王宮の奥深く、地下深くに、守護宝玉の間がある。普段は幾重もある扉ごとに騎士が控えており、王家の承認がないと奥まで行けないようになっている守護宝玉の間への道。

ゆったりと見えるように、しかし心持ち急いでその守護宝玉の間に向かった。

すると重厚な扉の前には、いつもはいるはずの騎士の姿がない。

持っている特殊な鍵で第一扉を解錠し、中に入る。

後ろから宰相がついてきているが、やはり騎士がいないことに顔を顰《しか》めていた。

奥に向かい、第二の扉をまたしても手持ちの鍵で開ける。

そこから先もやはり騎士の見張りはなく、静かだ。

「ヴァルト候、いつからここは見張りがいなくなった」

「私共の所にはそういう報告は一切来ておりません」

「ということは、誰かの独断か……」

「通常の会議で決まったことであれば、私共の所に報せが来ないということはありえませんので」

騎士を遠ざけたのは、指示を出せば聞いてもらえる地位。王家の者以外にはありえなかった。

こんなことをするのは誰か、と一番に浮かんだ顔に、溜息を呑み込む。

更に足を動かし、地下へ向かう第三の扉の前に立った。

その扉の前にも、ここを護るべき騎士は立ってはいなかった。

扉に手を掛けると、そこに鍵は掛かっていなかった。

「前の二つの扉には鍵が掛かっていたのに」

宰相と共に長い階段を下りると、条件を付加する闇魔法が掛けられた扉の前に立った。

そこは、私自身が掛けた魔法がある、はずだった。

「……これは……、魔法が上書き、されている」

思わず声が出た。

規定値以上の魔力値がないと入れないという条件が付けられたはずの扉には、私が規定した魔力値の下限を下げた闇魔法が掛けられていた。

つまり、この部屋に入れなかったはずの人間が入れるようになってしまっている。

私の魔法に上書き出来るのは、息子二人だけ——

嫌な予感が的中してしまったことに渋い顔をしていると、ヴァルト侯が扉を見て目を見開いた。

「……あの時と、雰囲気が違いますね」

宰相の言葉に、私は辛うじて唸り声を上げるのを堪えた。

魔力が満たされた時、壁沿いに魔力が流れ、宝玉の間の周囲にもそれはそれは綺麗な紋様が現れたのをこの目で見た。

あの時の感動は今もなお褪《あ》せてはいない。

けれど、その魔力の流れは、今、細く途切れそうになっている。

「どういうことだ……」

「何者かがここに入ったということでしょうね」

「あの後、確かにこの扉は私が封印したはずだが……」

魔力が満たされた時にその場にいたヴォルフラムが、こんなことをするはずがない。

とすると、もう一人だけ魔法を上書きすることが出来る者が、ここに何かをしたということになる。つまり、長男であるエイダンが扉の魔法を書き換えたのだ。

宝玉の間に足を踏み入れて確認をすることも出来ずに、私は一度引き返した。


「なぜ呼ばれたのかわかるか」

私が口を開くと、目の前に立っている息子——エイダンが表情を引き締めた。

「……心当たりがありません」

そう言いながらも、視線は気まずそうに私から外されている。

私はエイダンの様子を細かく観察しながら「なぜだ」と一言小さく問うた。

それが聞こえたであろうエイダンは、緊張からか身体を一度だけ震わせ、口を引き結んだ。

その態度が全てを物語っているというのに。

溜息を呑み込み、私はもう一度エイダンを睨《ね》めつけた。

「――宝玉の間の扉にかけた魔法を書き換えたのはお前だな」

そう問うと、しばらく無言を貫いていたが、最後は圧に耐えられなくなったのか、エイダンは仕方ないとでも言うように溜息を吐いて、口を開いた。

「……アイン殿下のご指示です」

「アインとお前は、事の重大さをわかっているのか」

「私はただ、この国の安定のためにしたまでです」

呆れた言い分に、眩暈《めまい》がしてくる。

私は落ち着こうと、少しだけ眉間を指で揉んだ。

「国の安定とは、どういうことだ」

「ツヴァイト殿下を次期国王にと声高に叫ぶ者たちがいるのは、父上もわかっているでしょう。昨年のツヴァイト殿下の功績で、その声が高まっています。今、国は王位継承を巡り、勢力が二分しようとしています。それを抑えるためには、アイン殿下にも何か大きな功績がなければいけないのです。王家が割れたら国が荒れますから」

エイダンの視線は、まっすぐこちらを向いている。

それだけに愚かしさが際立って見えた。

「そんな理由であの宝玉に何かをするのは、下策中の下策だ。お前の行いが逆に国を傾《かたむ》けるかもしれないというのは、理解しているのか？」

「もとはと言えば、父上があの場にヴォルフラムたちを連れて乗り込んだのがよくなかったのです。それに、あの宝玉には本当にそれだけの力があるのでしょうか。伝承などは全て頭に入っておりますが、実際にはそれほどの力があるのか疑問です」

エイダンにも、自身と同じ程の知識は伝えている。

王家にとって、この国にとっての宝玉の意味すら。

だからこそ、それを使ってアインの王太子としての地位を確立しようとするなど、王家の血を継ぐ者たちにとっては言語道断だった。あの宝玉は国を生かすけれど、使い方を間違えば人を、国を殺《あや》めるものだ。実際にあの宝玉に殺《あや》められた者たちを、私も兄王も知っている。

事の重大さを、アインもエイダンもわかっていなかった。それどころか、宝玉の力が弱まったことで現れた厄災の魔物の存在など忘れているようだった。

……溜息も出なかった。

呆れと諦念の視線でじろりとエイダンを睨みつける。

「理由については分かった。あの宝玉は、今現在本来の力を発揮していないようだが、お前たちは一体何をしたんだ」

「もはや私の方が父上よりも魔力、技能共に上です！　今まで見破られなかったのなら、それは父上にそれだけの力がなかったということでしょう。私は父上のように日陰者にはならない。アイン殿下が即位したら、私もまた、表に出してもらえると約束いたしました」

ぐっと拳を握り話すエイダンの言葉に、頭痛が起こる。

きっとアインは、爵位を与えることを条件としてエイダンを使ったのだろう。

エイダンにしても中途半端な今の状態が耐えられなかったのかもしれない。

わからなくはない。同じジレンマを私もまた、感じていた時もあったのだから。しかし……

「やっていい事と悪い事の区別くらいは出来るものだと思っていたが……」

こめかみを押さえて頭を振ると、エイダンは冷めた瞳をこちらに向けた。

「宝玉がほぼ機能していなかった時でも、作物は育っていたはずです」

「それでも、土地が痩せ細り作物が減っていたのはきちんと記録にあっただろう。あれはこの世界の核だ。なくなってしまえば、我々は生きていく土地を失う。厄災の魔物まで出た、本当にギリギリの状態だったのだぞ」

「ヴォルフラムが死にかけたという厄災の魔物は、生徒だけで討ったといいます。そこまで恐ろしいものではなかったのでしょう？」

半眼であり得ないことを口にする息子は、本当に私の息子だろうか。

あれほど、あれほど学ばせたのに。

気を抜けばその場に膝をついてしまいそうな身体を叱責した。

「あれは、一匹でこの都市どころか国を壊滅させるだけの力のある魔物だ」

「そんな魔物はおとぎ話の中だけの存在でしょう。古い文献でも言い伝えでしか伝わっていないと書かれていたはずです。そんなものをヴォルフラムたちが倒せるはずがない」

「どうしてお前は、お前たちは……失望した」

「父上に失望されたところで、痛くもかゆくもありません」

話を聞きもしないエイダンに、私はこれ以上の会話は無意味だと悟った。

席を立ち、声も掛けずにエイダンのいる部屋を出る。

痛む頭を押さえながらその足でヴォルフラムの所に向かうと、今度は彼を伴《ともな》ってもう一度宝玉の間に向かった。

五、最推しと復活させたはずの祭壇

「宝玉の能力に制限がかかっている？」

「ああ。どうやら我ら王家は長く続いた平和な世に危機感を忘れてしまったらしい」

俺と義父と兄様は今、王城にいる。王弟殿下に呼ばれたのだ。

俺たちを呼んだ王弟殿下は、溜息と共にそんなことを零した。

きっかけは王太子殿下が、第二王子殿下が厄災の魔物討伐と宝玉の回復で陛下に褒賞を貰ったことで、自身の立場を危ぶんだことらしい。

周りの第二王子派の貴族が、継承権を放棄したのにもかかわらず、次代国王は全てにおいて優秀なツヴァイト殿下がいいのではと騒いだことで、焦りを感じたようだ。

本人もそれなりに優秀ではあるらしいけれど、年も離れているのにずっと第二王子殿下に対して劣等感を持っていたんだそうだ。その魔力の多さを陛下が絶賛したことでさらにそれが強まり、事件が起きた、と。

「ええ……王家の方がそのような……」

不敬、と言われそうなので口ごもる。

度重なる功績に、とうとう王太子殿下は耐えられなくなってしまった。

けれど、自身の魔法では王弟殿下の魔法がかかっている扉を潜ることすら出来ない。

なので、自身の立場の不安定さに燻《くすぶ》っていた王弟殿下の長男を巻き込んで、功を焦って馬鹿なことをしでかしたらしい。

ちなみに、何をしたのかというと、王太子殿下も宝玉の間に入れるようにして、宝玉の土台を少し弄《いじ》って魔力が流れる回路のようなものを詰まらせたらしい。

魔力が宝玉に十分に回らなくなったら、魔物の出現率が上がるので、手持ちの騎士を動かして魔物退治の恩を売り、国民支持を上げたかったと。

「……これは、宝玉の魔力補充期間が長い弊害かな……あの宝玉の重要性が分かってないなんて」

話を聞いた俺が思わず呟くと、王弟殿下がなんとも言えない表情を浮かべた。

だってゲームのエンディングに直結する程の一番の見どころなんだよ、あの宝玉のエピソードは。それくらい大事なんだよ。あのアビスガーディアンを倒すことすら途中経過になるほどに。ちなみに、ゲームで魔力を入れなかったその後の国の描写はひとつもなかった。先のことを全く語られなかったんだ。

それがどういうことかなんて、今ここに立っているとよくわかる。

先はなかったってことだ。

ずっと宝玉のことを教えられてきた王太子殿下たちがその重要性をわかっていないって、それだけ宝玉の力が及ぶ期間が長すぎるせいに違いない。

しかもあの二人は魔力値が攻略対象者たちほど高くないから、ハッキリ言って、ゲーム内では宝玉にはまったく関わっていなかった。名前も出てこなかったくらいだ。そんな立ち位置で、かといって、自分たちの時代に魔力がなくなるとずっと危惧していた陛下や王弟殿下たちのように先を見越して試行錯誤したりもしていないなんて、どれだけこの宝玉を軽く見ているのか。

ツヴァイト殿下やヴォルフラム殿下は自身が関わることだからと苦悩を重ねてひたすら対策を練っていたというのに。立場の違いってここまで差が出るのか。

「流石に今回の出来事は、陛下も庇い立て出来ないだろう。もし二人をそのまま許すというのなら、私が責任もって退位を促す。……彼もまあまあ王位に固執していたから、難航するかもしれないがな……切り捨てることは、出来ればしたくないんだが……」

溜息と共に零された言葉には、王弟殿下の心情がたっぷりと込められていた。

あれか。最終的には王位簒奪《さんだつ》的な革命を起こす気満々ですかそうですか。

ミラ嬢がいれば一瞬で成功しそうだけれど。空気を読んで、そのことは口に出さない。

うんざりした表情を隠しもしない第二王子殿下とヴォルフラム殿下の顔をちらりと見て、それにしても……と心の中で嘆息する。

やっちまったな、王太子殿下。

第一と第三王位継承権を持つ王太子殿下と王弟殿下の息子さんが一気に消えるということで。もともと第二王位継承権のあった第二王子殿下はすでにそれを手放しているから、今後王位継承権があるのは、ヴォルフラム殿下一人になるっていうことか。

俺としては王太子殿下自体は、この先どうなろうとどうでもいいんだ。

ただ、俺の脳裏には、前に『刻《とき》魔法』で見たヴォルフラム殿下と、折角綺麗なドレスを着ていたのに腕を組んで啖呵《たんか》を切るミラ嬢が浮かんでいる。

ということは、なるようになるとはそういうことなんだろうな。恋愛的な意味だけじゃなくて。

でもそれ自体は悪いことじゃない。ヴォルフラム殿下はどう考えても善政を敷く、尊敬するに値《あたい》する賢王になるだろうし、ミラ嬢は心がとても強いから権力に負けるなんてことはないだろう。

第二王子殿下は、隣に座るヴォルフラム殿下の肩をポンポンと叩いた。

「本ッ当にさっさと王位継承権手放しててよかった。頑張れヴォル」

「私も外に出ると言っていたのに……」

「こうも継ぎたくない奴らが続出なんて、うち終わってるな」

力ない笑いでハハハと笑う二人に、王弟殿下が疲れ切った顔で「笑い事じゃないのだが」と注意する。本当に、笑い事じゃないよね。

さて、と王弟殿下がわずかに伸びをして、俺たちを見つめた。

「これから陛下と共に宝玉の間へ行くのだが……陛下は宝玉を満たしたサリエンテ家の二名を同行させろと言っている。来てくれるか」

「それは王命ですか」

王弟殿下からの要請に義父が険しい顔でそう訊くと、王弟殿下はしっかりと頷いた。

「断ることもできない、と」

「いや。……もし、アルバ君の体調が悪いのであれば、我々だけで行くように取り計らうこともできる」

頷いたけれど、俺を見る目には、色々な葛藤が滲んでいる気がした。なにせ王命を反故《ほご》にすることもできるなんて言うくらいだ。

もしかしなくても、王弟殿下は俺を陛下に近付けないようにしてくれているのかもしれない。

でも、王命か。少しでも兄様たちの弱みにならないようにしたいから……

「何も出来ないと思いますけど、行きます」

俺がはっきりとそう答えると、義父と王弟殿下が肩を落としていた。


陛下は宝玉の間に向かう一番最初の扉の前に数人の騎士たちと共に立っていた。

横には王太子殿下と王弟殿下の長男と思《おぼ》しき人たちもいる。

ヴォルフラム殿下のお兄さんは王太子殿下よりも少し若い気がするけれど、王太子殿下は義父と同じくらいの歳に見える。こんな年上の青年が弟に嫉妬して亡きものにしようとしていたのか。そしてそれを陛下は知っていて手を打たなかったのか。

第二王子殿下の苦労はいかほどか。流石、この乙女ゲームのセンターを張る過去の理不尽さ。

やらかした二人は、騎士を伴《ともな》ってというよりも、連行に近い状態のようだった。

対するこちらサイドは、王弟殿下を筆頭に、義父プラス攻略対象者全員集合とミラ嬢、そして俺。

こっそり王弟殿下が呼んでくれたらしい。

「連れてこいと言った人数より多いな」

「この者たちはあの時ここにいた者たちですので」

陛下はかなり多い顔ぶれを見て不満そうだったけれど、王弟殿下はしらっとごり押ししていた。

いや、あの場に義父はいなかったはずなんだけれど。それはスルーでいいのか。

皆でぞろぞろ宝玉の間に向かう。

地下に降りて、長い回廊を無言で歩き、俺の記憶と同じように、三度ほど扉を開けて奥に進んだ。

宝玉の間の扉の前に着くと、陛下はヴォルフラム殿下に扉を開けるよう指示した。

ヴォルフラム殿下の魔法で宝玉の間の扉が開き、あの神秘的な宝玉の間が見え……俺たちは息を呑んだ。

――開かれた宝玉の間は、前よりもかなり寂《さび》れた状態になっていた。

魔力が溢れたその日は、宝玉がとても力強く光に溢れ、壁に綺麗な文様のようなものが浮かんでいたはずなのに、今はそれがか細くしか浮かんでいない。うすぼんやりと光る部屋は、確かに異常事態を表していた。兄様たちもその光景を見て絶句している。

「これは……あの時の半分も力が出ていないじゃないか……」

呆然と第二王子殿下が呟く。

陛下は無言で目を細め、扉に向かって手を伸ばした。

しかし、まるで透明な壁があるかのようにその手が拒《こば》まれた。

魔力値が足りないと入れないというのはアレのことか。

ヴォルフラム殿下は第二王子殿下と違って、ただ静かに陛下を見ていた。

この状態を知っていたみたいに見える。

「ヴォルフラムよ、この魔法を解け」

「は」

陛下はやっぱり、王弟殿下でもヴォルフラム殿下のお兄さんでもなく、ヴォルフラム殿下にそう命じた。

ヴォルフラム殿下が魔法を唱えると、陛下を拒《こば》んでいた透明な壁がなくなったらしい。陛下はその部屋に足を踏み入れようとして躊躇《ためら》い、フッと小さく息を吐いてから一歩進んだ。

王弟殿下もそれに続く。騎士たちに連れられた兄ズも足を進めさせられていた。

「デュークよ、宝玉がどうなっているのか、お主はわかるか」

陛下に聞かれて、王弟殿下は目を伏せて答えた。

「はい。闇属性と光属性の何らかの魔法で本来の力を発揮できないようになっております」

「お主はそれが読み解けるか」

「光の方はなんとか。しかし、闇魔法は力及ばず」

「……これは、確かにそこのアインとエイダンが起こしたものなのか？　ツヴァイトとヴォルフラムではなく」

「状況は説明したはずです。エイダンは私よりも魔力が多いので、力及ばず読み解くことは出来ませんが、アインの魔法はなんとか読み解くことが出来ますので。むしろツヴァイトとヴォルフラムが起こしたことであれば、私は何一つわからなかったでしょう」

陛下の言い方にイラッとしていると、王弟殿下もそう思ったのか、少々きつめに返事をした。

ふむ、と陛下は二人の兄ズに視線を向けた。

名前を呼ばれた王太子殿下――アインとエイダンは項垂《うなだ》れている。

「アインよ。私はお主が立太子した際、誰よりも詳しくここのことを教えたはずだ。これがなくば、この世界の国自体が立ちいかんということはここにいる誰よりも詳しく習ったであろう。霊峰の向こうの国は、この宝玉が壊れたことで作物が育たなくなり、魔物が跋扈《ばっこ》する不毛の地となった。たった百年ほど前の話だ。だからこそ、この宝玉だけは手を加えてはいけないということを学んだはずだ」

しかし、陛下の問いにアインは、ぐっと歯を食いしばるように言った。

「宝玉の魔力は満ちたのでしょう。でしたら、この国もまたしばらくは安泰なのでしょう。宝玉が国のためにあるというのであれば、今現在割れかけている国をまとめるために用いてもいいのではないでしょうか」

「その言い分、やはりアインがエイダンに指示をしてこの扉にかけられた魔法を改変したのか」

「もっと長い期間この宝玉が魔力をとどめておけるようにしたのです。そうすればきっと国は安定し……」

「黙れ」

陛下は王太子殿下の言い分を途中でぶった切り、二人を睥睨《へいげい》した。

「あれほどにこの宝玉の事をその頭に詰め込んだのに、それほどの理解しかできなかったとは……」

その瞳には、しっかりと失望が浮かんでいた。この宝玉の大事さは、きっと陛下はちゃんと理解しているんだ。

それだけが救いだな、とそっと成り行きを見守りながら、ホッと息を吐いた。

陛下は疲れたような顔をして、一度周りを見回した。その状態に肩を落としたことで、陛下もまたあの光り輝くこの場所をその目で見たんだというのがわかる。

「それにアインよ。この宝玉に魔力を注ぎ復活させたのは、ツヴァイトではない。サリエンテ公爵家のオルシスと、そこにおるアルバの両名だ」

「な……っ」

王太子殿下が目を剥いて俺の方を見た。

その事実は知らなかったんだ。

第二王子殿下もヴォルフラム殿下親子も、功績を横取りしてごめんと謝ってくれたくらいだ。それでも、誰も王太子殿下に真実を伝えなかったというのが不思議でならなかった。

けれど、そうか。だからここまでのことをしでかしたんだ。

だからって国の要《かなめ》とも言われるこれに手を加えるなんてどうかしているけどね。

頷く俺を見つめつつ、陛下が言葉を続けた。

「私が立太子した際、自身の代でこの宝玉の魔力が切れるであろうことが伝えられた。宝玉の力が衰えた場合に起こる現象も」

そこで一度言葉を区切ると、陛下は王弟殿下に視線を移す。

「そこにいる弟と共に、真剣に宝玉に向き合ってきた。そのせいで散った命は十を超える。それも、私と弟よりも魔力の多い者がだ。将来有望な魔力保持者がここで無残に命を吸われた。それでも、少しでも宝玉の糧《かて》になるのであれば、と自分に言い訳をしながら、弟と共にここを封鎖した。高魔力保持者が現れるまではと」

陛下は、宝玉を前にして、まるで目の前で今語ったことが起こったかのように顔を顰《しか》めた。

「宝玉の糧《かて》にされた中には、学園で切磋琢磨《せっさたくま》した仲間ともいえる人物もいた。宮廷魔術師として、これからという人物もいた。皆、それぞれが優秀な者たちだった。それを、私と弟の浅慮で亡くしてしまった。——アインよ、お主にはわかるか。国の興亡が自身の肩に掛かる重さが。両足で踏ん張らないと、すぐに潰れてしまうような重さだ。お主の肩にかかっている重みは、とても軽いな。

これに細工をするとは。一番、王族として手を出してはいけない場所だった」

陛下は、そっと宝玉の方に手を伸ばした。けれど、触れはしない。触れた時の怖さを知っているからだろう。魔力が満たされた状態のときはまだいい。けれど、今はその限りではないのだ。

「もしツヴァイトが、自身を消されそうになったことに対する攻撃としてこれを壊そうとしていたのなら、まだ恩情を掛けることが出来た。しかし、自身の保身のためとは……」

チラリと自分の息子を見る陛下の視線には、既に息子に対する愛情やその他の感情は入っていないように、俺の目には見えた。

「アイン、エイダン、共に王位継承権を剥奪する。立太子はツヴァイト……」

「待ってください！」

兄ズが陛下の言葉に反論する前に、第二王子殿下がその言葉を途切れさせた。

「陛下！　私の王位継承権は既に正式な手続きのもと、破棄されております！　今更立太子しろなんてバカげたことは言わないでください！　一度王位継承権を手放した者はその血が途絶えてしまう非常事態以外にはいかなる理由を以てしても復帰できないと法で定められております！」

第二王子殿下の言葉に、陛下はしかしと表情の落ちた顔でヴォルフラム殿下を見た。

「残っている継承者はヴォルフラムのみ。しかしヴォルフラムは闇属性だろう」

「はいはーい！　ヴォルフラム殿下の立太子、賛成します！　今更属性は関係ありませんよ陛下。彼が一番この国をよくしてくれると思いますわ」

ミラ嬢がサッと手を上げて、勝手に発言をし始めた。

しかも彼が一番、と。目の前に国王がいるのに、それを差し置いてヴォルフラム殿下が一番と。

よく考えるととても不敬。でも、同意しちゃう。

ヴォルフラム殿下は、困ったような顔で、ただじっと口を閉じている。

「むしろ彼以外にはありえませんわ。いままで同じ教室でご一緒して、彼がとても優れているのはわかっております。腕も立ち、指揮も素晴らしく、何より、この国のことをとても真剣に考えていますから」

「しかし、この国は光属性を途切れさせてはいけないのだ。光属性なくば、この宝玉も次がない。闇属性の子しか生まれなかったらどうするのだ。国の終わりだ」

「いいえ。光属性の人からは必ず光属性が生まれるわけではございません。私の両親は光属性などではありませんもの。陛下が光属性だったのはただ運が良かっただけなのでは？」

うん、ミラ嬢、立派に不敬。陛下が目を剥いている。

兄様も横で溜息を呑み込んでいる。さっきまで怒っていた第二王子殿下も、呆気にとられたような顔をしている。ヴォルフラム殿下に至っては、横を向いて肩を震わせていた。

でも、ミラ嬢の言うことが多分一番正しいんだよね。

親の属性を継ぎやすいのは本当だろうけれど、俺の母も父も、刻《とき》属性なんかじゃなかったから。

俺たちが頷いているのを見て、ミラ嬢はうんときれいな笑みを浮かべた。

「そんなにも光属性が欲しいんなら、私が王妃になってポンポン光属性の子を産んでやるわよ。それでいいんじゃないの？」

「……そなたは王妃になりたいだけなのか？」

ミラ嬢の啖呵《たんか》に、流石の陛下も戸惑っている。

しかし、ミラ嬢は「はぁ？」とまるでチンピラのような口調で腕を腰に当てた。

「なりたいわけないじゃない！　私、平民だったの。そんな高貴な立場に立とうなんて思わないし、出来るわけありませんわ。でもですね、陛下。私がセネット公爵家に養女として入った時点で、王家としては魔力の多い光属性の子供を産ませることしか考えていなかったでしょう？　そんなわけないとは言わせませんよ。最初にそう説明を受けましたから。王家に嫁いで子を生《な》せと」

まあ、多分妾《めかけ》としてなんでしょうけどね、とあっけらかんと答えるミラ嬢に、王弟殿下まで戸惑った顔をしていた。豪傑とはこういう人のことを言うのではないだろうか。

少なくとも、この中で一番男気があるのは、唯一の女性であるミラ嬢だった。

正直言って、兄様の次に胸が痺れる。

「当初の目的が達成できるだけですよね、これって。どこか問題でも？」

きっぱりと言い切られ、陛下は言葉をなくしていた。

きっと普通に謁見の間で会話をしたのであれば、ここまで陛下も顔に出すことはなかったと思う。場所が悪いのか状況がそうさせたのか、それともミラ嬢の押しが強かったのか、陛下がたじたじになっていた。

同時に、さらに困惑していたヴォルフラム殿下がおずおずと挙手をする。

「待ってくれ、ミラ嬢。それは……ミラ嬢が私と婚姻するということだろう。君はそれでいいのか？」

「いいも悪いもないわよ。私は貴方を王様にしたいと思ったの。でもそれには光属性の人間が必要なんでしょ。だったらこうするのが一番じゃない。私はセネット公爵家にいようが王宮にいようがどこにいても変わりないもの。……もう、家には帰れないし……」

「ミラ嬢……」

ポツリと零した最後の言葉が、ミラ嬢の本心のようだった。

ヴォルフラム殿下も、ミラ嬢を気遣うような表情を見せた。それから、すぐにぐっと顔を上げる。

その表情は、責任を理解し、それでも負うことを決めた顔だった。

王弟殿下はヴォルフラム殿下を見て、わずかに微笑み、その場に膝をつく。

「――兄上、今まで王太子殿下、アインの鬱屈した感情を知りながらも、これ程拗《こじ》れるまでに放置し、このような災害級の事を起こした責任を取って、退位を願います」

陛下はそう言われることを分かっていたように、眉一つ動かさなかった。

「それを言うなら、そなたもだろう」

その言葉に、王弟殿下も頷く。

「私も、王宮を去ります。エイダンの責任はそのように教育した私の責任。エイダン、アイン、お前たちはここを正常に戻した後、北の塔で自身の行いを反省せよ」

こうして、目の前で陛下の退位とこの国の未来が示された。

◇◆◇

その後、アイン殿下とエイダン殿下の二人は何か言いたげだったけれど、陛下と王弟殿下のひと睨みで黙らされ、拘束を解かれても大人しくしていた。

二人が宝玉に近付いていく。

途端にドクン、と心臓が激しく鳴った。

目の前の出来事が早送りのフィルムのように目まぐるしく動いていく。二人の位置がわかるはずなのに、早送りで見ている彼らが既に宝玉に触れて悲鳴を上げる姿が視界に映り込む。

何が起こっているのか理解できないまま、俺は二つの視界を同時に見ていた。

まだ二人は触れていない。なのに、宝玉に触れた二人が一瞬で崩れ落ちることが分かる。

宝玉は激しい光で二人を包み込み、目の前で——

耳の中で、パリン、と宝玉の割れた音が聞こえた気がした。

「ダメ……っ」

思わず声が出る。

その声に反応して皆がこっちを見たけれど、俺の視界は粉々に砕け散った宝玉を映し出していて周りに気を配ることができなかった。

「アルバ！」

兄様に呼ばれても、その声に答える余裕はない。

割れた宝玉の破片を見て、陛下が激高して騎士に何事かを指示しているのがうっすら見える。

そんな景色が見えている間中、ガンガン魔力が減っていく。既に当たり前になった、けれど最近はほぼ感じることのなくなった、馴染みの魔力喪失の感覚。

「触れさせちゃ、ダメ……」

力が抜けかけたところで、兄様に身体を支えられる。

これが『刻属性《とき》』の魔法。本当にままならない。

これで、国王陛下に俺が『刻属性《とき》』だと分かってしまう。

今、口を噤《つぐ》めばそれで誤魔化せると理性が訴えるけれど、キラキラと散らばる破片が視界に映る中、これは誤魔化してはいけないものだと本能が告げた。

「殿下、宝玉には、触れないでください……！　砕ける……！」

それだけを必死で伝えると、騎士に剣を向けられていた殿下たちの幻影がフッと消えた。

口に甘い味が広がる。ブルーノ君が飴を突っ込んでくれたらしい。だからこそ、騎士たちの剣が王太子殿下の首に落ちるところを見なくて済んだ。

王太子殿下を切ったところで、宝玉が砕けたという事実には変わりないのだから。

兄様に抱き上げられて、ふわりといい香りのする髪が俺の頬にかかる。

兄様の肩にもたれかかったところでフッと意識を失いそうになったけれど、まだ駄目だと気力を奮い立たせる。

「兄上！　宝玉から離れてください！　触れてはいけない！」

ヴォルフラム殿下がサッと二人の前に身を躍らせて最悪の事態を回避してくれたのを、微かに見える視界でとらえた。

「どけ、ヴォルフラム。これは私たちの失態だ。それに元に戻せというのは陛下からの命だ」

「いいえどきません。触れてはいけません」

ヴォルフラム殿下は俺のかすかすの声をしっかりと聞き届けてくれたようで、兄ズを止めに入ってくれた。

ホッとしたのもつかの間、兄ズがヴォルフラム殿下をどかそうとする。

だめ、だめ、とうわごとのように呟く。今の俺にはそうすることしかできない。

けれど、俺の言葉は皆にしっかりと聞こえていたらしく、ヴォルフラム殿下の横にミラ嬢が、その横に第二王子殿下が並び、兄ズの動きを阻害してくれた。

「その者の病《やまい》は治っていたのではなかったか？」

同時に陛下が俺の様子を見ながら、眉を寄せる。

触れている兄様の手からは、温かな魔力が流れ込んでくる。飴も口の中で優しく溶けていく。

まだまだ全快には程遠いけれど、頭は少しだけ回るようになった。

そう。ここで魔法を発動するのは、一番やってはいけないことだった。

なにせ引退宣言をしたとはいえ、陛下がここにいる。

せっかく光属性だと誤魔化せたのに、自らの失態でばらしてしまったも同然だ。

俺の制止の言葉に、疑問を持たれたらそこでもうおしまいだ。

大丈夫、大丈夫だと信じたい。王宮で監禁して魔法だけ使わされるような生活にはならない。

だって、ヴォルフラム殿下が国王になるんだから。

「大丈夫」

ギュッと兄様の服を握りしめると、兄様が小さく囁いた。

「アイン殿下、エイダン殿下、お二人とも一度宝玉から離れていただけますか」

それから俺を抱き上げたまま、兄様もヴォルフラム殿下の側に立った。

それに倣《なら》い、他の人たちも兄ズの行く手を阻《はば》むように、二人と祭壇の間にずらりと立ちはだかる。

口の中の飴はもう小さくなっていた。

「――一体何が起きたのか説明をしてもらおうか」

まるで祭壇を守るように立ち並ぶ皆にかけられた陛下の言葉も、俺の耳を素通りしていく。

コロリ、と口の中の小さな飴が転がり、溶けていく。

固形がなくなった瞬間、またしても瞼の裏に映像が流れ始めた。

目を瞑《つむ》っていても、クラリと眩暈《めまい》がする。

瞼の裏に現れた守護宝玉の映像は、先程とは違ってまだ割れてはいなかった。けれど、光となって見える魔力の流れはある一か所で滞《とどこお》り、そこから宝玉に向かって逆流しているように見える。

どうして瞼の裏にこんな魔力の光が見えるんだろう。

次々魔力が減っていく。減っていく中で見えるのは、逆流した魔力の光が、宝玉に吸い込まれていく光景。

ああ、なるほど、と勝手に口が動く。

目の前の映像では、俺が鑑定した時のような画面が見える。

宝玉の内包魔力が百パーセントを超えているんだ。

これで兄ズ二人が宝玉に解除用とはいえ魔法なんて使ったら、許容量超えで宝玉も砕けるよ。

「ほう、ぎょ……に……かん、ていを……」

頭が痛い。眩暈《めまい》が酷い。身体に力が入らない。でもこのままここにいるとこの景色を見続けないといけないかもしれない。飴では一時しのぎにしかならないけれど、飴をくださいという気力も尽きかけている。

またしてもブルーノ君に飴を口に突っ込まれて昇天することは免れたけれど、油断すると口から飴が落ちそうになる。また舐め終わったらあれを見ないといけないんだろうか。

それはいやだ。

次こそはきっと、この身にある、兄様が一生懸命注いでくれた魔力がなくなってしまう。

『刻《とき》属性』なんて、ある意味『ラオネン病』よりも厄介じゃないか。制御できる気がしない。

「守護宝玉の魔力過多状態だ……！　でもまだ増えている……！　なんだこれ……！」

鑑定をしてくれたらしい第二王子殿下の焦ったような声が微かに聞こえてきた。

回廊を、見て、と言おうとして口を動かすけれど、俺はそこで力尽きてしまった。

ああ、宝玉は、どうなったんだろう……

気が付くと、口に柔らかい物が押し付けられていた。

息が苦しくて思わず眉をひそめると、口の中の温かいものがスッとなくなっていった。それと同時に何か満たされていたものがなくなっていく。

ああ、と息を吐けば、ふわりと唇を食《は》まれた。

「アルバ」

いつ聞いても痺れる美声が耳元で囁く。

もっと聞いていたいけれど、さっきまで自分を満たしてくれていた物も欲しい。

欲望のままに腕を伸ばすと、サラサラの髪に触れた。この手触りは、きっと最高に美しい兄様の髪だ。こんなに近くで感じられてラッキー。声ももっと聴きたいし、あの瞳も見たい。

紫色の神秘的な宝石のような瞳を、見たい。こんなに近くにいるなら、きっと瞳もとても綺麗に見ることが出来るはず。なんで俺は目を閉じているんだろう。とても美味しいところを見逃したんだろうか。

開け、俺の瞼。どうしてこんなに重いんだ俺の瞼。

意思を総動員して、鉛のように重たい瞼を持ち上げる。すると、想像通り、目の前に兄様のとても綺麗な紫色の瞳が視界一杯を占めていた。眼福です。尊い。こんな素晴らしい兄様をこの世に送り出してくださった神様、義父様、そして兄様のお母様。ありがとう。本当にありがとう。

「気が付いた？　魔力は足りる？　もっと？」

「もっと……？」

何を、と聞こうとしたところで、フワッと微笑んで「わかった」と頷いた兄様の顔と俺の顔がゼロ距離になった。

ゼロどころかマイナス。兄様の舌が。舌が。

「……っ」

舌が絡んでいくのと同時に、更に胸が熱くなる。

頭の後ろをしっかりと兄様に押さえられているので、驚いて逃げることも出来ない。

ただただ兄様の唇を享受しながら、このまま鼻血吹いて失神したらどう考えても黒歴史だ……と朦朧とする意識の中で考えるのだった。


そしてしばらくの時間が経っただろうか。

ある程度の魔力を貰うと、ようやく頭が回り始めた。

そして気付く。

今俺、宝玉の間にいる。

ここで魔法を発動して、魔力が枯渇して、応急処置で兄様が……そして今に至り……

カッと頬が熱くなり、撃沈しそうになったところで、あの魔力の流れを思い出した。

ハッと顔を上げて、兄様の手を引く。羞恥はこの際捨てる！　というか全力で誤魔化す！

「兄様！　あそこが詰まっていて魔力が宝玉へ逆流してます！」

俺が壁の方を指さすと、兄様は俺を抱えたまま立ち上がり、壁に近付いた。他の人たちも近付いてくる。兄様は目を細めて壁を見つめた。

「ああ、兄上たちが悪戯したのはこれか。闇属性の結界が作用してるな」

「解除しよう」

すかさず第二王子殿下が鑑定魔法を駆使して原因を突き止め、ヴォルフラム殿下が即座に解除してくれた。連携がすごい。

途端に壁を伝う魔力の光が力強くなる。

俺と兄様が魔力を入れた時と同じように宝玉が光り始め、空気が心なしか重くなったような気がした。

魔力が満ちるっていうか、そんな感じに宝玉の間が包まれた。

結構簡単に直ってよかった。

ホッと息を吐くと、横から手が伸びてきて、髪の毛を乱暴に掻き混ぜられた。

「アルバお手柄。国が沈むところだったよ」

第二王子殿下が満面の笑みを見せている。

「本当に。非常事態とはいえ、素晴らしかった。魔力はもう大丈夫か？」

ヴォルフラム殿下も、口元を緩めている。

「オルシス様の愛情たっぷりな魔力貰えたんだし、全快じゃない？」

ミラ嬢は揶揄《からか》う気満々でニヤニヤと俺を見下ろしている。

「いや、アルバはこれくらいでは全快しないな。まだ怠《だる》いだろ」

ブルーノ君がまだちょっと心配そうな顔つきで俺を見下ろし、その横でリコル先生が困ったように苦笑していた。

「そうですね。本調子ではないですよね。無理はなさらず。オルシス君の対応も、応急処置としては正しいのですが……ちょっと複雑ですね」

「飴がなくなった瞬間、またしても身体から魔力が抜け出ていましたから、僕は間違ったことはしていませんよ、リコル先生」

「間違ってなくても、あんな濃厚に……アルバはまだ中等学園生なんだから程々にしろよ」

キリッと返す兄様に、アドリアン君が呆れたような視線を向ける。

俺の周りでワイワイと騒ぎ出した皆に、リコル先生以外の大人たちは渋い顔をしていた。

それに失態の尻拭いすらできなかった二人――アインとエイダンは、やたらと険しい顔をして俺を見ている。陛下も、同じような顔で俺を見ていた。

これは絶対に属性がバレたな、と思わず兄様の首に回した腕に力が入ってしまった。

きっと大丈夫。次期国王はヴォルフラム殿下だから。殿下なら、俺を拉致監禁したりなんてしないし、魔法発動装置的な扱いもしないとわかっているから。

でもまだ戴冠も何もしていない口だけの状態だから、為政者である陛下がどう出るかが少し怖い。

兄様がさっき言ってくれた「大丈夫」という言葉だけが、辛うじて手の震えを止めていた。

必死に視線を陛下から背けていると、陛下の重々しい声が聞こえた。

「サリエンテ公、そなたの血の繋がりのない子息は」

「失礼ながら、アルバは、名実ともに私の息子――うちの愛息子です。既にオルシスと婚約させ、魔石の交換も終えておりますし、そのことはきちんと認可を受けております。もちろん書面での誓約証明もありますがなにか」

　あまりにもの即答に、思わず兄様から顔を上げて振り返ってしまう。義父は俺のことを一瞬見て微笑んで、また無表情で陛下に向き直った。

　口を出す隙はないんだよ、と義父の視線が語っている。

　陛下は悔しげに眉を寄せた後、フッと肩の力を抜いた。

「不治の病《やまい》の子供を手元に引き入れたと聞いた時から、どうしてそんな血の繋がらない子供を可愛がっているのか疑問に思っていたが、よもや『刻《とき》属性』だったとは……」

「陛下、それは違います。この子が病《やまい》であろうと何の属性であろうと関係なく、私は心から愛しております。この子の真の価値は、その存在そのもの、そしてその心にあります。もっとも、陛下に理解いただかなくてもこちらはまったく気にしませんが」

「サリエンテ公、流石に不敬だぞ」

「これに関してはたとえ相手が陛下でも退《ひ》けませんし、王宮の騎士たちが何十人相手になろうと、謝罪する気はありません」

　不敬だ、という割には、陛下は騎士たちを義父にけしかけることはしなかった。

　あの時視《み》えた、王太子殿下の首を切り落とす命令をした陛下とは、まるで違う人物のようだ。

それどころか少し疲れたような表情で、やれやれと肩をすくめていた。

「アインの側近を辞した時と同じことを言いおる。二度目はないと言ったはずだが」

「新国王となるヴォルフラム殿下には、私がどれだけ家族に愛情をもっているのかを理解していただいておりますので、何の問題もありません。本日より、サリエンテ公爵家傘下一同、ヴォルフラム殿下の許可があればいつでもこの腕を振るう事を、我が魔石に誓います」

義父は、胸元にそっと手を添えた。そこには義父が交換した魔石がある。

義父が持っている魔石は、兄様の実のお母様の魔石と、うちの母の魔石の二つ。とても荘厳でカッコよくて、俺は義父に見惚れてしまった。流石兄様そっくり。どんな行動も様になる。


検証のもと、宝玉の力が元に戻ったことを確認すると、皆はようやく宝玉の間を出た。

今度は入り口をヴォルフラム殿下が封印する。

もしこの魔法を解ける程の闇属性の使い手がいなかった場合は、この国はもう最後だろう、とそっと呟いて。条件は王弟殿下が掛けたものと同じだった。

その後、まだまだ魔力の足りない俺はリコル先生と共に別室で休んでいたけれど、兄様たちや皆は今後のことを、お偉い人たちを集めた会議で詳しく話し合ったらしい。

陛下は疲れ切ったような顔で、ヴォルフラム殿下の卒業と同時に王位を譲り渡すことを宣言した。

アイン殿下とエイダン殿下は王位継承権を剥奪された。また、この歳で王宮を追い出され市井《しせい》に出ても何も出来ないだろうと、王宮敷地内の塔に永久に詰め込まれることが決まった。

国を揺るがす事をしたわりには処分が軽い、と皆が思ったらしいけれど、ミラ嬢の「使える者は使う」発言とその表情で、その場にいた皆の背筋が冷えたようだ。

そこらへんは詳しくは知らないし知りたくない。

そして、一番問題になったのは、俺の事だったらしい。

『刻《とき》属性』の扱いをどうするか。

どうするもこうするも、ないんだけどね。

皆俺が魔法発動するたびに死にかけているのを見ていたので、王宮付きの魔術師にという話はヴォルフラム殿下以下、王弟殿下も反対してくれた。まあ何かが視《み》えたら、義父経由で王宮に知らせることにはなるだろうけれど。家に帰れるなら問題はない。

何ならミラ嬢はその場でヴォルフラム殿下の婚約者となったらしい。ヴォルフラム殿下が皆の前で堂々と求婚したんだそうだ。

その現場、見たかった。きっと素晴らしいスチルになったことだろう。

こうして、王宮の騒動は幕を閉じた。

幕間　緊急招集（side オルシス）

王宮の会議室に国の中枢を担《にな》う者たちが集まった。

テーブルの奥には陛下が座り、その左隣には王弟殿下。宰相のヴァルト侯爵、シェザール近衛騎士団長が横に腰を下ろしている。反対側には我が父であるサリエンテ公爵、隣にセネット公爵が並んでいて、この国の主要な人物たちがずらりと顔をそろえている。

僕は父の後ろに設置された椅子に座った。

隣にはセネット公爵の養子であるミラ嬢が座っている。

僕たちはそれぞれ親の後ろに控えており、胡乱な視線を向けられてもそこから動こうとはしなかった。

普段は僕たちのような国の中枢に関わらない学生など、こんな大事な会議には出ないし、いくら父上でも同席を許したりはしない。けれど今日だけは違う。

会議室の雰囲気はとても平穏とは言いがたかった。会議に慣れているはずの者たちも何やら所在なさげに周りを見回したりしている。むしろ、宝玉の間に入って状況を理解している僕たちのほうがよほど落ち着いていたかもしれない。

そんなことを思っていたら、陛下が口を開いた。

「では、これより会議を始める」

陛下の一声で、空気がぴしりと締まる。

陛下は臣下たちの顔を一通りぐるりと見回し、チラリと横に視線を向けた。

「――今日、国にとってとても重大な出来事が立て続けに起こった。ここにいる者たちはその内容を知っている者ばかりだろう」

陛下は一つ息を吐くと、ゆっくりと、けれどはっきりと言った。

「私は、ツヴァイト、ヴォルフラムの卒業を以て、退位する」

ザワリ、と会議室内が震えた。

宝玉のことを理解している者たちであっても、陛下のこの言葉は寝耳に水のようだった。

一人が手を上げ、発言の許可を申し出る。

陛下が頷くのを待ってから、その者は立ち上がった。

「ということは、アイン王太子殿下が即位すると……？」

少しだけ目を輝かせたその者は、王太子殿下のもとで執務をしているようだった。

そんな男に、陛下は冷たい視線を向けた。

「いや、我が第一子アインを王太子から廃し、王弟デュークが第二子ヴォルフラムを即位させることに決定した。それに伴《ともな》い、すでに王位継承権を放棄している我が第二子ツヴァイトは公爵位を授け、ツヴァイト・ソル・ヴィネーラ公爵としてヴォルフラムの治世を盛り立てていくこととなる」

陛下の言葉と共に、ツヴァイト殿下とヴォルフラム殿下が立ち上がった。

またしても会議室の空気が揺れた。

この中の半数はアイン王太子殿下と共にこの国を支えてきた者たちだから、反発は大きいだろう。

「王太子殿下はどうなさったのです……！　このようなことを殿下が了承するはずがない……！」

「すでにアインとデュークが第一子エイダンの王位継承権を取り上げ、先ほど『赤百合《あかゆり》の塔《とう》』へと送った」

陛下の言葉に、その男は絶望的な表情になった。

思わず鼻白みそうになる。

ツヴァイト殿下によると、アイン殿下はほぼ陛下と同等の執務をしていたらしい。その分派閥も大きく、アイン殿下の一言で動く者も数多くいるようだった。

「あ……『赤百合の塔』に……アイン王太子殿下は、一体どれほどの罪を犯したのですか……！」

重ねて質問した男の声が震える。

『赤百合の塔』とは、罪を犯した王族が生涯閉じ込められる王族専用の牢だ。

自由と贅沢以外は全てが揃っていると言われている塔で、二度と外に出ることがかなわないらしい。

あのような大罪を犯したアイン殿下とエイダン殿下は、陛下に沙汰を告げられ、項垂《うなだ》れながらも反発することなく了承した。

あの時、アルバは二人の首が陛下によって飛ぶ未来を見たようだった。

それに比べたら、命があるだけマシだと思う。それにあの時殿下たちが宝玉に触れていたとしたら、もしあの場にアルバがいなかったら、この国はすでになくなっていたに違いないのだから。

――でも陛下、貴方はアイン殿下の首を飛ばすことと同じことをツヴァイト殿下に強《し》いたのです。命を捨てよと。それを忘れないでほしい。

そう思いながら、陛下を見上げた。

陛下は疲れた表情で、質問を投げかけた男に手を振った。

「あやつらは、国の存続に関わるほどの大罪を犯した」

そう。アルバが命掛けで救った国の行く先を、闇に染めようとした。

ぐっと手を握りしめ、心が表情に出ないように奥歯を噛みしめる。

父も表情を消し、静かに事の成り行きを見守っていた。

「他に何か訊きたいことはあるか」

陛下の言葉に、今度は別の男が手を上げた。

「では、アイン殿下の手がけていた政務はどなたに引き継ぐのでしょうか」

その言葉に、父上とセネット公爵がスッと椅子から立ち上がった。

「サリエンテ公爵とセネット公爵がヴォルフラムの後ろ盾となり、ツヴァイトと共にこの国の中枢を担《にな》うことになる」

陛下に指名され、父上とセネット公爵が頷いた。

「すでに人事はサリエンテ殿と話し合っている。後日皆には通達が行くだろう。それに従うように」

「それと、我が息子オルシスが学園卒業をもって、ツヴァイト殿下と共にヴォルフラム王太子殿下の側近となる」

父上の言葉に、僕は座ったまま頷いた。

ここでの発言は許されていないので気楽なものだ。

それを聞いて、王太子派閥の貴族たちがさらに目を見開くのが見えた。

「しかし今まで両公爵家が並んで政務をしたことはなかったではありませんか。王宮内で勢力が二分してしまうのではありませんか？」

その追及に、父上は口元を緩めた。フッと鼻で嗤《わら》うのが聞こえてくる。

「ダレイ伯爵。うちの子とセネット卿のご子息は同じ年齢で、とても仲がいい。それを見ていると、情勢や勢力で引き剥がすのが馬鹿らしくなるほどに」

だからまさかお前らが二分させようと動いたりはしないだろう？　と暗に牽制をする父に、僕の斜め前にいるセネット公爵が少しだけ笑う。

「確かに。うちの息子は、サリエンテ卿のご子息を好きすぎるから困るな」

セネット公爵の言葉に嫉妬という名の感情がザワリと胸を揺さぶる。

けれどセドリックがアルバに求めているのはぬいぐるみ的な癒しなのは知っているので、ただ黙ってぐっと手を握りしめるにとどめた。隣で肩を揺らしているミラ嬢を敢えてスルーする。

「それは……両公爵家に国の権力が集中してしまうということでは……！　サリエンテ公爵、まさか国を乗っ取るおつもりか……!?」

険しい口調で父上を責めた男の言葉に、会議室内がざわめく。

流石に言い過ぎだと腰を浮かせようとしたところで、男が「ひっ」と短い悲鳴を上げて身を固くした。ここからは見えないけれど、きっと父上の心まで凍えるような視線に気圧《けお》されたのだろう。

アルバが来る前は、僕も父上のそんな視線が怖かった。

けれど、そんな父上の表情をなんとも思わない小さなアルバが「めっ！」としたことで、僕の前でも父上は冷たい表情をすることはなくなった。

あの時のアルバを思い出し、そっと笑いを堪えていると、隣からミラ嬢が肘で僕を突いてきた。

顎をくいっとするのでその令嬢らしからぬ動きに困惑していると、王弟殿下の後ろに座っていたヴォルフラム殿下が立ち上がった。

「サリエンテ公爵もセネット公爵も、そのような面倒なことは望んではいない。私が未熟なばかりに、両公爵に迷惑を掛けることになるだけだ。しかし、それに報いるため、私は全身全霊をかけて、この国をよりよく導いていこうと思う。皆も協力を頼む。それと、この場を借りて皆に伝えたいことがある」

ヴォルフラム殿下は、誠実な眼差しで、会議室内を一望した。

そして、おもむろに足を進めた。


実はこの会議を開く前に、あの部屋にいた者たちで、大体の今後の方針は決めていた。

父上が王宮に戻ることも。セネット公爵と手を組むことも。それを、宰相は静かに眺めていた。

父上が口にした、アルバとセドリックの仲は、学園に通う子息子女がいる家ではよく知られていることだった。それをきっかけに二人が手を取るのが一番穏便だとすでに打ち合わせてある。

アイン殿下たちのしたことを、公《おおやけ》にすることはできない。

まずあの宝玉の存在自体が大多数の国民に秘匿されていることと、その至宝を使ったあまりにも悪質な行動。そして、血の繋がった弟を率先して蹴落としていくその性根が明るみに出ると、国民たちからの王家への求心力は著《いちじる》しく下がり、国としての体裁が保てなくなるかもしれないからだ。

正直なことを言えば、まだ学生である僕ですら、陛下やアイン殿下に信を置くことはできない。むしろ、できる限り距離を置きたいと思っている。父上もそう思いながら、かつてアイン殿下から距離を置いたはずだ。

父上が王宮に戻るのも、今までは表だって交流をしていなかった両公爵家が手を組むのも、全てはヴォルフラム殿下が即位するからに他ならない。

学園に通う者、ヴォルフラム殿下の為人《ひととなり》を知っている者なら、安心してついていけると思わせるお人柄は、希有《けう》なものだ。彼でなければ僕も側近の地位を了承したりはしない。


落ち着いた表情で歩を進めるヴォルフラム殿下を見守りながら、僕はアルバに求婚しに来た時のヴォルフラム殿下を思い出していた。

あの時の殿下は、全てを諦めたような表情をしていた。その表情は王弟殿下のものとそっくりで、そんな暗い顔の者にアルバを託すなど言語道断だと思っていた。

けれど、今はすっかり吹っ切れたような、前を向いたような明るい表情をしている。

今のヴォルフラム殿下は、あの時とは比べものにならないほどに頼もしい。

その自分の心境の変化に心の中で自嘲の笑みを浮かべた。だって、どれだけ頼もしくなろうとも、アルバを託すなんて絶対にできないから。

これから父上たちはアイン殿下の勢力を一掃し、王宮内の掃除を始める。きっと色々と手薄になるだろう。それのフォローすらすでに取り決められている。

全て、予定内だった。

そして、これからヴォルフラム殿下がしようとすることも、予定内だった。

ヴォルフラム殿下は、ゆっくりとこちらに足を進め、ミラ嬢の前に立った。

「よければ、立ち上がってくれないだろうか」

ミラ嬢に手を差し伸べると、ミラ嬢がおしとやかなご令嬢の仮面を被り、笑みを浮かべてその手に自分の手を乗せた。

ミラ嬢が立ち上がると、今度はヴォルフラム殿下がその場に膝をついた。

いきなりのヴォルフラム殿下の行動に、辺りが今まで以上にざわつく。

そんな外野を全て置き去り、ヴォルフラム殿下はミラ嬢の手を取ったままその顔を見上げた。

「ミラ嬢。我ら王家に、あなたの光属性はなくてはならないものです。闇属性であった私は、本来であればこのような光のあたる場所に立つことはできなかった、けれど……」

ミラ嬢が笑顔を貼り付けたまま、ヴォルフラム殿下を見下ろす。

笑顔を貼り付けてはいても、その目は笑っておらず、ヴォルフラム殿下に乗せた手にぐっと力を込めたのが見えた。

ヴォルフラム殿下はミラ嬢が何に対して怒っているのかすぐに気付き、フッと表情を和らげた。

「いや、違うな。属性なんか関係ない。私は、あなたのその性格、そして強さに惹かれた。そして堂々と光の差す道を歩く迷いなき足取りに憧れた。どうか、私と共に、その強さで、明るさで、この国を導いてはくれないだろうか」

ミラ嬢の口元がくっと上がる。目がスッと細められ、満足そうな笑みに変わる。

「私は、このような場所でお義父様の後ろに控えさせてもらってはいますが、生まれは平民です。セネット家の血は一滴たりともこの身に流れておりません。それでも私がいいというのですか？」

「血など関係ない。私は、ミラ嬢がいい」

はっきりとした答えに、さらにミラ嬢の顔が楽しそうなものになる。

「義弟には跳ねっ返りで淑女らしくないと言われますのよ」

「もちろん。そこがいい」

きっと皆の目には、ヴォルフラム殿下がミラ嬢を熱心に口説いているように見えるだろう。

本当はミラ嬢が「私が王妃になって光属性をポンポン産めばいいじゃない」なんて啖呵《たんか》を切ったことでこうなったなど、あの場所にいた当事者たち以外にはわからない。

それぞれの親の後ろで待機している皆は、ヴォルフラム殿下の言葉に笑いを堪えるような、少しだけ不敬な表情を必死で取り繕おうとしているのが見て取れる。

きっと僕も似たような顔をしているのだろう。

「……末永く、よろしくお願いいたしますわね」

後でアルバに教えてあげようと思いながら二人を観察していると、ミラ嬢が優雅に頷いた。

ヴォルフラム殿下がミラ嬢の手にキスを贈ると、会議室内が拍手で埋め尽くされた。

不本意な顔で拍手をする者たちはきっと、後に父上からの素晴らしい書簡が届くことだろうと思いながら、僕も笑みが顔に乗らないように表情を引き締めて拍手を送った。

しばらく続いた拍手は、陛下の声で静まった。

「では、学園に通う間は二人を婚約者とし、卒業と同時に即位と婚姻の儀を執り行うこととする。では、これにて終了とする」

陛下の言葉と同時に、出入り口の前にいた近衛兵がドアを開ける。

ドアを開けたら皆速やかに会議室を後にしないといけない。

ヴォルフラム殿下の婚約に関しては誰にも口を挟ませないという意を感じた者たちは、悔しそうな顔をしながらもぞろぞろと会議室を出ていった。

人の流れを見ながら、陛下が重い溜息を吐く。その顔は、一刻前よりもさらに老け込んだような表情だった。

それでも僕としては、アルバの秘密を知るヴォルフラム殿下が即位するのは喜ばしいことだった。

ヴォルフラム殿下なら、アルバを道具のように扱ったりは絶対にしないから。

ちらりと視線を後ろに向けると、小突きあうミラ嬢とヴォルフラム殿下が見えた。

「ちょっと、言い過ぎよ。殿下、何本気で口説こうとしてるのよ」

「いや、先ほどの言葉は本心だ」

「ほんっと、余計に始末に負えないわ……」

小さな声だったけれど、緊張感のなくなる二人の会話を聞いて、父上と二人肩を震わせる。

アルバの言う未来の一つには、ミラ嬢とヴォルフラム殿下が手を取るものもあったというが、それはこのような形だったんだろうか。

この話を聞いてアルバがどのような反応をするのかを想像した僕は、父上に早く我が家に帰りましょう、と促した。

六、最推しへの好感度上昇アイテム

兄様の隣に座り、馬車に揺られながら長い睫毛を伏せる顔を見上げる。

王宮で秘密裏に処理された大事件が落ち着いてから、義父は王宮に出仕することになった。兄様も王太子となったヴォルフラム殿下の側近になって、二人の忙しさはピークになった。

特に、今年高等学園を卒業する兄様は卒業に向けて、領主としての勉強と並行して、側近の勉強を頑張っていた。研究所は本格的にブルーノ君に明け渡し、義父のもとで修業を開始している。

そんな大変な状況になった兄様は、最近あまり休めてないのかもしれない。

心なしか最近目の下にうっすらと隈ができているような。

朝の馬車で寝てしまう兄様の手を取って、俺はそっと回復魔法をかけ続けた。

目の前に座っているツヴァイト殿下とブルーノ君も、それぞれの勉強で疲れている様子だったので、ついでに回復をしておく。

馬車を降りる直前に兄様が俺にチュッとして回復魔法分の魔力を返してくれるので、馬車の中では回復魔法の内燃機関が出来上がっている気がする。

二人の目が生暖かい気がするのは気のせいったら気のせい。これはイリョウコウイです。

学園も、最近はとても騒がしい。

ヴォルフラム殿下とミラ嬢の婚約が正式に王宮から国民に発表されたから、その話題で持ちきりなのだ。

特に大変そうだったのはセドリック君だ。休み時間ごとに皆に囲まれて質問攻めにされていた。

爽やかな笑顔で丁寧に答えているセドリック君は、俺のところに来ると「顔がつる……」と泣き言を零すことが常になった。

のんびり平和なのは俺だけなのである。

サロンでお弁当を広げると、俺はそっとセドリック君とジュール君の前にうちのシェフ渾身の焼き菓子を置いた。

「ううう……癒しはここにしかない……」

「アルバ様、ありがとうございます」

ヘロヘロになっているセドリック君は、テーブルに突っ伏した状態のまま俺の差し出した焼き菓子をもそもそと食べた。

とんでもない醜態だけれど、お疲れなセドリック君には何も言えない。

セドリック君はお菓子を食べながら、ハの字になった眉で言った。

「もうホントさー、家では母がうるさいくらいにミラ姉様の作法に口出すし、そのせいでミラ姉様の纏《まと》う雰囲気がめちゃくちゃピリピリしていて、いつ家がなくなるか戦々恐々としてるんだ……」

「うわあ」

その状態が容易に想像できて、同情しかない。

ミラ嬢が王太子婚約者になっちゃったからね。セネット公爵夫人の気合いも入るのかもね。

「ホントはオルシス様に嫁がせたかったのにいきなりヴォルフラム兄上を捕まえてきちゃうから、母も内心ご立腹だしさあ。間に挟まる僕と父の心労たるや……この年で毛根が心配になるよ……」

「「………」」

愚痴の内容もさることながら、中等学園生で毛根の心配なんて……治癒魔法を秘密にしていなかったらセドリック君の毛根に治癒魔法掛けてあげるのに。

「っていうか、治癒魔法で毛根って治癒するのかな……」

ふと呟いた瞬間、セドリック君が口から焼き菓子を噴いた。

「ゲホッ、ゴホッ……やめろよアルバ……っ人がものを食べているときに笑わせちゃいけません！」

「笑わせる気はなかったんです。ただ純粋な興味というか」

身を起こして口の周りとテーブルを拭いたセドリック君は、お茶を一口飲んで落ち着いてから俺にジト目を向けた。

「そんな治癒魔法で毛根が治癒されるんだったら、世の中頭皮の面積が広い人はいないはずだろ。それに、白髪も」

「そうですね。確かにご年配の方には頭皮が光ってる方多いですよね……毛根、労りましょう」

「一言多いよ」

口を尖らせるセドリック君の横では、ジュール君が顔を覆って肩を震わせていた。笑うのを必死で我慢しているみたいだった。ほんとに、笑いをとったつもりはないんだけど。

俺とセドリック君に注目されたジュール君は、空咳をして表情を取り繕った。

「それにしても聞いた？　ヴォルフラム兄上がミラ姉様に求婚した時の話」

「兄様から聞きました」

「僕も父から聞きました。とても情熱的だったと」

「な。ミラ姉様いつの間にヴォルフラム兄様と恋仲になってたのかめちゃくちゃ不思議だったんだけど。見る限りそんな雰囲気全くなかったんだよ」

セドリック君鋭い。

本当のことを知っている身として内心頷きながらお茶を飲む。

ミラ嬢は誰かに恋しているとか全くなかったからね。

むしろバリバリの政略結婚って言ったほうがしっくりくる。王家の思惑に乗ってくれた状態だし。

そのことはセドリック君には話していないらしい。ということは俺も黙っていたほうがいいよね。

そっとセドリック君から目を逸らして、残りのお弁当を食べることにする。

きっとしばらくはこのざわめきも落ち着かないんだろうなあ。

そんなこんなで数週間が経ち、ヴォルフラム殿下たちの婚約の盛り上がりは、日を追うごとに高まっていった。

少しすれば落ち着くと思ったのに、逆だった。

なんでだろうと首を捻っていると、今日もお疲れのセドリック君が教えてくれた。

「ミラ姉様の成り上がりストーリーを本とか舞台にしたいと言ってくる人たちがいるんだよ……」

「舞台？」

「本って……」

ジュール君と俺は顔を見合わせた。

「ほら、今世間は娯楽に飢えてるだろ。最近は魔物の出現もあんまりなくて落ち着いてるみたいだし、そうなると余裕が出てきた人々が求めるのは娯楽だ。しかも成り上がりもの。そりゃあ大いに盛り上がるだろ」

肩をすくめるセドリック君に、そんなものなのかな、ととりあえず納得する。確かにこの世界は娯楽が少ないからね。舞台とか楽団とか。本も高価だから手に入れるのは難しいし。顔料とか紙も高いから、絵を趣味にするような人もいないしね。

でも、ヴォルフラム殿下とミラ嬢の舞台か……

「……冒険活劇？」

「ラブロマンスだから」

セドリック君のツッコミに、俺は目を見開いた。

「ふは、その顔でアルバがあの二人をどう見てるのかが一発でわかる」

あははと声を上げて笑うセドリック君を放置して、俺は眉間に皺を寄せた。

「あのお二人のラブロマンス……想像もつきません」

そう言うと、セドリック君が肩をすくめた。

「一応正式に婚約してからよく二人で出歩いてるし、我が家にヴォルフラム兄上からのプレゼントがよく届いてるよ」

うわあ、と思わず声を上げる。

でも確かに、ヴォルフラム殿下はそういうところしっかりしてそう。ミラ嬢が花とかアクセサリーをプレゼントされて喜ぶところは、あんまり想像つかないけど。

でも、好意を蔑《ないがし》ろにする人じゃないもんな、なんてうむうむ頷く。

「ミラ姉様もヴォルフラム兄上からの贈り物はちゃんと身に着けて、デートしてるよ。お返しにクッキー焼いて渡しちゃダメかななんて呟いては母に嫌な顔をされてるけど」

「ミラ嬢のクッキー！」

思わず大きな声が出た。

あのゲームでは、好感度アップアイテムで手作りクッキーがあった。

好みのフレーバーだったら好感度が少しだけ多めにアップする。

ヴォルフラム殿下の好きなフレーバーはちょっと覚えていないけれど、確か兄様の好きな味は少しだけ甘さを控えたアプリコット……

俺の反応がよかったからか、セドリック君がさらに情報を追加してくれた。

「僕も食べさせてもらってるんだけど、ミラ姉様のクッキーはかなり美味しいよ。でもまあ公爵令嬢が手作りのお菓子を焼くとかがすでに母にとってはダメらしいけど。あれだけは僕も応援したい。食べたいから」

「手作りか……もし僕が兄様に手作りクッキーをあげたら、喜んでもらえるでしょうか……」

もうバッチリ婚約しているから、好感度とかそういうのはあまり関係ないけれど、それでもちょっとあげてみたいな、なんて思ってしまう。

今まではよく厨房に顔を出しても自分から作ったことなんてないし、失敗するのは目に見えているけれど。

「母様がたまにお菓子を作るのを父様は喜んで見てるし……僕もできないかな」

「お、アルバのお母様も手作りするのか。ミラ姉様と話が合いそうだな。うちでは厨房に向かうたびにガミガミされてるからさ、たまに好きなことくらいやらせてやれよって思う」

セドリック君が溜息と共に零す。

そして、ふといいことを思いついたかのように目を輝かせた。

「なあアルバ。今度ミラ姉様と一緒にアルバのところに遊びに行っていいか？　アルバのお母様が厨房でお菓子を作るなら、ミラ姉様が思う存分作っても文句は言われないだろ」

「まあ、うちは誰が厨房に入っても問題はないですけど……」

その場合はきっとヴォルフラム殿下も呼ばないと、対外的にヤバいことになるような。

ブルーノ君も第二王子殿下もうちの研究所に住んでるから、ミラ嬢たちが来たところでいきなり兄様のラブロマンスの噂が立つなんてことはないと思う。でもやっぱりどの家に誰が向かったかっていうのはかなり注目されるから。

返事に困っていると、ジュール君が助け船を出してくれた。

「ここで決めちゃうのはよくないと思うので、兄上たちに相談したほうがいいのでは？」

「僕も家族に聞いてみます。はっきり言ってミラ嬢からお菓子作りを習いたいので」

そしてクッキーを作って兄様にあげたい。受け取ってもらえるだけで感無量だけれど、どうせなら美味しいものを作りたい。

気持ちはすでに好感度アップクッキーに飛んでいた。

夜の魔力譲渡のとき、俺は兄様にセドリック君たちと話したことを伝えた。

「ミラ嬢がうちでお菓子作り？」

「はい。セネット家ではお菓子作りをしようとするとお母さんに邪魔されてひたすら文句を言われるらしいんですよ。だから、たまには心ゆくまで作らせたいってセドリック君が言ってて。うちの厨房を借りることはできないかって」

俺の言葉を聞いた兄様は、んー、と腕を組んで考え込んだ。

前までは多分そこまで難しくはなかったと思うんだけど、今はミラ嬢は未来の王妃のご令嬢だから、醜聞がまずいっていうのはわかる。

ドキドキしていると、兄様は数瞬の後頷いてくれた。

「……まあ、ミラ嬢もヴォルフラム殿下も今はとても大変そうだし……たまには息抜きをさせたほうがいいのかな……王宮じゃ厨房に近付くことすらできないだろうし」

独り言のように呟いた兄様は、パッと視線を上げて「そうだね」と口を開いた。

「だったら、ヴォルフラム殿下もアドリアンも呼べばいい。二人で並んで来れば悪い噂も立たないだろうし、王宮での学習もあるのに家でもって流石にミラ嬢も辛いだろう。皆には僕が打診しておくよ」

兄様が思った以上に乗り気になってくれた。

きっと兄様もそろそろ休みたい状態だったのかもしれない。

夜の魔力補充を終えて俺が部屋に戻ったら、兄様はそこからさらに勉強をしているらしいし。

「兄様……兄様は、無理だけはしないでくださいね。何ならこの魔力補充も……」

「アルバとこうして話をする時間すらなくなったら、僕の癒しがなくなるんだけど？」

俺の言葉を遮るように、兄様が俺の顔を覗き込んだ。

「アルバだけは僕とアルバの時間を取り上げないでほしいな。アルバがいるから僕は頑張れるんだよ」

「でも目の下の隈が……」

治癒魔法でなんとかならないかな。

魔力多めに魔法を使えばなんとかなるとか、患部に直接触れると治りが早いとかそういうのあるのかな。

にこやかだけれど疲れの滲む兄様の顔に手を伸ばす。

そっと目の下を指でなぞれば、兄様が困ったように笑った。

「兄様は隈があってもとても儚《はかな》げで美しいですけど、やっぱりお元気な顔が一番輝いていると思います。兄様は最高に沢山の才能があって、どれだけ無茶でもやりこなすことのできる素晴らしい人なのでヴォルフラム殿下の側近に選ばれるのも当然です。……でも、やっぱり人間休まないと脳も疲れるし身体も疲れるんです」

手に魔力を集めて、治癒魔法を使う。

けれど、目の下の隈は今も陣取っていて、全然消えてくれない。

だったらもっと魔力を乗せればいいのかな。

魔力を沢山って、どうすれば。患部に直接魔力を……？

そうしたらきっともっと治癒魔法が効く気がする。

魔力っていったら……

俺はそっと兄様に顔を寄せた。

隈にチュ、と唇を触れさせ、口から兄様に魔力をもらうように、治癒魔法を唇に乗せる。

兄様の目の下が綺麗になりますように。兄様の疲れが取れますように。

そんな思いを乗せて、俺は兄様の両目にキスをした。

そっと身体を離して目を上げたら、兄様の隈はさっきより目に見えて薄くなった。

「よかった。少しは効いたみたいですね」

思わず顔を綻《ほころ》ばせた瞬間、兄様が両手で顔を覆ってテーブルに突っ伏した。

「……っなるほどアルバがいつも言っているご褒美とは……っ」

「兄様!?」

驚いて兄様の顔を覗き込もうとかがんだ瞬間、兄様の顔を覆っていた手が外れて俺の顔を押さえた。

「大丈夫だから、見ちゃダメ……」

俺の顔をそっと押さえながら、兄様が小さく呟いた。

ううう、兄様の手に押さえられてる。これが本当のご褒美では？　そして見ちゃだめって、可愛いしかない。兄様可愛いかよ……！

内心悶えながらふと見えた兄様の耳は、何やら赤くなっていた。

◇◆◇

兄様の迅速な働きにより、セドリック君の呟きから程近い日程で、うちに皆が遊びに来ることになった。

ミラ嬢とヴォルフラム殿下はちゃんと同じ馬車で来て、腕を組んで歩いている。

それがなかなか様になっていて、微笑ましかった。

セドリック君も同じ馬車に乗ってきたけれど、何やらニヤニヤしながら二人の後に馬車を降りている。馬車の中で何があったのかちょっとだけ気になる。

そして、兄様とブルーノ君、第二王子殿下はうちでお出迎えする方だったから、我が家の玄関から二人がちゃんと婚約者的な動きをしているのを生暖かい目で見ていた。

兄様たちは早速サロンの方に向かい、ミラ嬢は母と共に着替えるために消えていった。

とても目がキラキラしていたから、よほどお菓子が作りたかったらしい。

ちょっとだけ意外だな、なんて思っていたらセドリック君が俺の脇腹をつついた。

「なんかね、クッキーの生地を捏《こ》ねるときに気合いを入れるのがストレス発散になるんだって」

セドリック君がニヤリと裏情報を教えてくれた。その情報いらない。生地を力任せにバンバン叩きつけるミラ嬢の幻影が頭から離れなくなってしまう。

笑いそうになるのを堪えて、俺はそっと手を挙げた。

「ところで僕は今日、ミラ嬢と一緒にクッキーを作るんですけど、セドリック君はどうしますか？」

訊くと、セドリック君は面白そうだからとミラ嬢組を所望した。

長い時間彼と一緒にいるのは久しぶりで、嬉しくなってしまう。

「後でジュール君も来てくれるんですよ。用事があって遅くなるそうですけど、お茶会が終わったらブルーノ君の研究所を見学するんだそうです」

「だったらジュールは兄上組だな」

鼻歌を歌い出しそうな様子のセドリック君に苦笑しながら、俺たちも厨房の方に移動した。

上着を脱いで、エプロンを着ける。

セドリック君もエプロンを着けると、ミラ嬢が「似合うわよ」と笑った。

「サリエンテ侯爵夫人、今日は本当にありがとうございます」

ミラ嬢はドレスを脱いで、動きやすい服装になっていた。母が着ているのを見たことがあるので、母から借りたようだ。

今日はルーナも髪をお団子にして、お手伝いすると鼻息を荒くしている。

母はそんな俺たちを見て、楽しそうに微笑んだ。

「ミラさんはもうクッキーを作ったことがあるのよね。だったら、いくらでも好きなものを作ってほしいわ。セドリック君とアルバとルーナは向こうで母様と作りましょう」

その言葉に、ミラ嬢が目を輝かせる。

「ではお言葉に甘えまして……！　うちのハハウエサマの妨害がすごくて、最近全然好きなことを出来なかったんですよ～！」

「まあ……大変でしたのね……」

同情するような母の視線にミラ嬢が嬉しそうに笑うと、では！　と気合いを入れて材料をそろえ始めた。ミラ嬢の動きは無駄がなく、とても手際がよかった。見ていて小気味いいというかなんというか。公爵令嬢の動きじゃない。けれど嫌いじゃない。

「じゃあこちらも始めましょうか」

母もおっとりと気合いを入れて手を握りしめた。

俺たちは「はーい」といい返事をして、母に指示を出されるままに動いた。

ルーナは顔と手を粉だらけにしながら生地を捏《こ》ねている。

セドリック君は粉とバターが混ざらなくて四苦八苦している。

俺はというと、なんとか普通に生地を作ることができている。これにドライアプリコットを入れて形を整えて焼くと、兄様の好感度がアップするクッキーが出来上がるはず。

ワクワクしながら乾燥させたあと切り刻んだアプリコットを生地に混ぜていく。すると近寄ってきたセドリック君が小さな声で聞いた。

「アルバ手際がいいな。作ったことあるのか？」

「初めてですよ。でも、こういう作業は嫌いじゃないんで」

「ああーアルバは手先器用だもんな」

未だにぼそぼそしている生地のなれの果てと格闘しながら、セドリック君が溜息を吐く。こういう作業は苦手らしい。

そんなことをしている間にも、ミラ嬢は次々とクッキーやマフィンを量産していく。

出来上がっていくお菓子は、図らずも攻略対象者別フレーバーが使われているようだった。

兄様がアプリコット、ブルーノ君がハーブ、第二王子殿下がイチゴのジャム、アドリアン君はナッツ系で、リコル先生は乾燥茶葉で香り付け……だったっけ。

ってことは、もう一つの味のレーズンがヴォルフラム殿下の好みのフレーバーかな。

出来上がったクッキーやマフィンがとても美味しそうで、ついつい見入ってしまう。

懐かしいなあ。マフィンは課金アイテムで、クッキーよりも好感度がアップするやつだ。こんな美味しそうなものをもらったら好感度上がるよね。

ああでも、仲良くなる前に渡しちゃうと、そんなに上昇しなかったはず。

まあそりゃ手作りなんて毒詰め放題とかできそうだし、信用がなかったら口にできないよなあ。

兄様は野営のご飯作りもとても上手だったし、きっとお菓子作りも上手なんだろうな。

もう兄様には弱点ないよね。

にやけながらクッキーの形を整えて、ハラハラしながら俺たちを見守っていた料理長さんに焼いてもらうように渡す。

「お願いします」

「アルバ坊ちゃまはこういうことにも才能を発揮するのですね。最高に美味しいクッキーにしてみせましょう」

頼りになる料理長の言葉にサムズアップして、俺はルーナのサポートに回ることにした。

ルーナは豪快に、クッキー生地の大きなお団子を作っていた。大きく焼けたら、美味しいものが沢山食べれるの、と目をキラキラさせている。

「ほら兄様！　これなら美味しいものがお腹いっぱい食べられるのよ！」

元気いっぱいに生地を掲げる姿を微笑ましく見つつ、俺はちょっとだけお兄さんな気持ちでその生地を指さした。

「でもねルーナ。これだと中が生焼けになって、半分以上が美味しくなくなってしまうよ」

「中まで焼けばいいのよ」

「中まで焼くと、今度は周りが焼けすぎて焦げ焦げになっちゃうよ」

「ええー」

ルーナが口を尖らせたので、俺はミラ嬢のほうを指さした。

ジャムが宝石のように真ん中に置かれたクッキーや、既に包装されたマフィン。

「ほら、ミラ嬢の作ったクッキーを見て。可愛いよね。キラキラが飾られていたり、リボンが飾られていたり、素敵な形をしていたり。どう？　ああいうのを作ってみたくない？」

「みたい！　可愛い！」

「じゃあ、ミラ嬢の真似をしてみよう。この棒を持って、優しくこうして伸ばしていくの」

ルーナの捏《こ》ねた生地団子の一つを棒で伸ばしていくと、ルーナも一生懸命真似し始めた。

「うん。上手だよ。綺麗に伸ばせたね」

褒めるとルーナが嬉しそうに破顔した。

俺の手も生地がくっついているので、頭を撫でるのは断念する。

伸びた生地を母がナイフで可愛い形に切ってくれたので、ルーナは大喜びしていた。

これでルーナはばっちり。

だけど、意外なことにずっとセドリック君が苦戦している。視線をそちらに向けると、作業が終わったミラ嬢がセドリック君の隣で観戦しているようだった。

「苦戦してるわね」

「だってこれ難しいですよ。ミラ姉様なんでそんな風に作れるんですか」

「前の家では普通に兄弟たちも皆ご飯を作ってたからね。これくらい普通よ。それよりもサリエンテ公爵夫人の手際が素晴らしくて尊敬します」

仲良くなった母とミラ嬢が互いに笑い合っている。

母は男爵家にいたとき色々とやっていたからね。使用人なんてほぼいない貧乏男爵家だったし、俺が何かを食べられるときは、母が手ずから色々工夫して俺にお菓子を作ってくれたから。

母はそこら辺を説明する気はないらしく、にこやかに微笑んで皆を見守っている。

最後に生地作りで苦戦していたセドリック君のクッキーがなんとか出来上がると、皆で着替えるために厨房を後にした。

セドリック君と一緒に俺の部屋に行き、身支度をする。

セドリック君は、少し疲れた顔をしながら上着の袖に腕を通した。

「お菓子作り半端ない……疲れた。二度と作りたくない……。あんな作業をして僕にクッキーをくれるミラ姉様って実はすごい人かも……」

二度とやりたくない、とげんなりするセドリック君に思わず笑うと、セドリック君が俺の髪の毛を引っ張った。

「生地ついてた。笑ってるけど、アルバもすごいよ。剣技と魔法以外何でもできるんじゃないか？」

「そうでもないですよ。出来ないことだらけでたまに自己嫌悪します」

それに、剣技と魔法はだめだめって一番存在意義がなくなるやつでは？

そう呟くと、セドリック君はわかってないなあと肩をすくめた。

「あれだけ必死で勉強したのに、答えどう書いたのか忘れましたなんて言ってるアルバに点数負け

たのはだいぶ心を抉られたからな。あの時はジュールも同じように感じたはず

「あれはちょうど兄様に教わったところがまるっと出たので間違えずに済んだだけですから。それに終わったら燃え尽きて記憶も飛びますよ」

「飛ばないから……アルバってオルシス様に教われば高得点なのか……」

根本的な次元が違う……とセドリック君が遠い目をする。

その言葉は間違っていない。でも、兄様限定で発揮される能力なので、効果は絶大だけど範囲は狭いんだ。

「ブルーノ君なんかは読んだ本の内容は全て覚えてますし。それを目の前にすると僕なんてとてもとても……」

「周りの人たちが優秀すぎて僕が辛いんだが」

「セドリック君は剣技も魔法も勉強も出来て、それこそ非の打ち所がないじゃないですか」

三人の成績を並べると、勉強その他はそこそこだけど、魔法と剣技の実技の点数がない俺、魔法は殺傷能力が低いけれど勉強も剣技もぶっちぎりなブルーノ君と、魔法も勉強も剣技もかなり高水準なセドリック君、という感じになる。

セドリック君が正直バランスは一番いいし、平均点も高いんじゃないだろうか。

「そんなことは――ある、と言いたいところだけどな」

セドリック君がニッと口角を上げる。それからお互い顔を見合わせて笑ってから、俺たちは兄様たちが待っているサロンに急いだ。

陽の光の当たる居心地のいいサロンでは、兄様たちがくつろいでいた。

テーブルの上には、早速ミラ嬢が焼いた焼き菓子が綺麗に並べられている。

攻略対象者たちがそれぞれ、きちんと設定どおりの好みの味を手にしていて、何やら感慨深かった。

けれど課金アイテムアプリコットマフィンを食べている兄様を見て、胸中複雑になる。

好感度、上がらないでほしいんだけど。

兄様に手招きされて隣に座ると、セドリック君は両殿下の近くのソファに腰を下ろした。

「セドリックがお菓子作りなんて似合わないな」

ニヤニヤする第二王子殿下に、セドリック君が「もう二度と作りません」と弱音を吐く。

大笑いする殿下に口を尖らせながら、セドリック君は早速マフィンに手を伸ばした。

「アルバはどうだった？」

「とても楽しかったですね。ルーナがすごく頑張っていたんですよ」

「そう。アルバのクッキーは僕が一番に食べたいから、出てきたら教えてね」

そっとそう囁かれ、蕩《とろ》けそうになる。

一番どころか全て進呈します。めっちゃ兄様のためだけに作りました。

「美味しくできていたらいいんですけど」

「アルバはとても丁寧で手先が器用だからきっと上手にできているんだろうね」

「くっ、ハードルを上げないでください……」

ぐっと拳を握っていると、ノックが響いた。

そして、綺麗に盛り付けられたクッキーの載った台車を押して、ミラ嬢とルーナが入ってくる。

俺たちのところにトトトと走ってきたルーナは、早速ブルーノ君の隣に座った。それからこそこそと私がつくったの、とブルーノ君に耳打ちしている。

ブルーノ君は表情を柔らかく緩めて、ルーナに微笑みかけていた。

「ルーナの作ったお菓子、俺が食べてもいいのか？」

「いいの！　あのね、母様がとても可愛くしてくれたの。中にブルーノ兄様が育てたハーブを入れたのよ。私ね、とても香りが好きなの」

「そっか。俺もハーブ入りのクッキーは好きだよ」

「よかった！」

大喜びするルーナを膝に乗せて、ブルーノ君は早速皿の上のクッキーを一枚口に放り込んだ。

ちゃんとルーナのクッキーがわかっていたみたいだ。

そういうところがブルーノ君のすごいところだと思う。

「ん、最高に美味い」

「よかった！」

ブルーノ君は喜ぶルーナにもクッキーをとってあげて、ルーナの世話を焼き始める。

同時に、ミラ嬢がお皿を指さしてにんまりと笑った。

「この崩れかけたのがセドリックのクッキーよ。最近どんどん生意気になっていくから、こういう弱点が見えるの嬉しい」

「姉様うるさいですよ」

「あははは、あー大満足。やっぱりストレスが溜まったらこうやって発散しないとねえ。王宮に住み始めたら自分用に厨房を作ろうかしら。いい？　ヴォル様」

「ああ。空いている離宮を改装してもいいと思う。私の部屋も作ってくれるなら」

「いいわよ。気を抜いてくつろげる部屋を作りましょ。あ、じゃあ部屋に飾る絵を正式にアルバ君に依頼したいわ。あの廊下に飾ってある、一面温室の絵みたいなのを飾りたい」

ああいう絵を描いてくれる絵師っていないのよね、と溜息を吐くミラ嬢に同意するヴォルフラム殿下は、すっかり彼女の婚約者が板についていた。

「新居の話ですか？」

セドリック君がニヤニヤしながら、二人を揶揄《からか》いに走る。けれど二人とも至って真面目に話をしているせいか、照れすらないのがいっそ清々しい。

皆の様子を見ていると、「アルバ」と隣から声を掛けられた。

「このクッキーはアルバが作ったもの？」

そういう兄様の手にあったのは、俺が作ったアプリコットクッキーだった。

しまった、焼き立てを食べてほしかったのに！

俺が慌てて頷くと、兄様はまるで宝物を扱うような手つきでそれを持ち上げると、大事そうにそっと一口、その綺麗な形の唇に含んだ。

サク、と兄様がクッキーを噛みしめて、目を見開く。

無言のまま残りを一口で口に詰め込み、口元を押さえて咀嚼する。

「……今まで食べたクッキーの中で一番美味しい」

フッと目を細めて、兄様は俺が作ったクッキーの載った皿を手に取り、膝の上に載せた。

「これは他の誰にもあげられない」

「ちょっと独占やめて。私もアルバ君のクッキー食べてみたかったの！　本当にすごく美味しそうなんだもの。一枚くらいいいじゃない」

クッキーを死守する姿勢の兄様に、ミラ嬢が食ってかかる。

「ダメです。これはアルバが僕だけのために作ってくれたものなので」

キリッと答える兄様に、周りの皆が笑い始める。

でも、僕は胸が高鳴りすぎて笑えなかった。

なんで？　なんでわかったの？　兄様のためだけに作ったって、どうして気付いたの。

生地だって中に入っているアプリコットだって、皆が使ったものと同じ材料を使ったのに。

「オルシス兄様、私、私には？　私もアルバ兄様の可愛いクッキー食べたい」

「ルーナは特別ね」

ルーナの可愛いおねだりだけは答えていたけれど、本当に全てを自分で食べる勢いで皿をキープする兄様に、俺はただただ胸が熱くなっていた。

「もう、アルバ君恋する乙女の顔してる。セドリックもこれくらい可愛げがあったらよかったのに」

「僕は可愛くなくていいんですー。可愛いを基準にしないでくれます？」

第二王子殿下を盾にしながらミラ嬢にべーっとするセドリック君は弟の顔をしていて、俺に言わせたらだいぶ可愛かった。


皆でわいわいお菓子を食べていると、スウェンがもう一人のゲストを連れてきてくれた。

そっと遠慮気味にサロンに入ってきたのは、ジュール君だった。

「遅くなり申し訳ありません。ミラ様がお菓子を作ると聞いていたので、お菓子に合う紅茶を持ってきました」

気遣いの人ジュール君が手持ちの袋をスウェンに渡していると、ルーナがブルーノ君の上から飛び降り、ジュール君に突撃していった。

「ジュール兄様！　いらっしゃい！　お待ちしていました！　会えて嬉しいです！」

「僕もルーナ嬢にお会いできてとても嬉しいです。お誘いありがとうございます」

にこやかにご挨拶をするルーナの前に膝をつくと、ジュール君はちゃんと目線を合わせてルーナに答えていた。

そのままルーナに引っ張られて、ブルーノ君の隣に腰を下ろす。

「元気そうだな」

「ええ。兄上もご健勝そうでなによりです」

兄弟が穏やかに挨拶を交わす。

この二人も随分関係性が変わったな、なんて、ちょっと不思議な気持ちで見つめてしまう。

ルーナは二人の間に座り込もうとして、兄様に捕まっていた。

アルバのクッキーを特別もう一枚あげると言って、物で釣ったら一発だった。

スウェンの指示により、すぐにジュール君が持ってきてくれた紅茶が淹《い》れられる。

とてもいい香りが鼻孔をくすぐった。

それからセドリック君は、すぐさま自分の作ったクッキーをジュール君に差し出した。

少しだけいびつな、味のある形をしている。

「ジュール遅かったね。ほらほら、これ僕が作ったやつ。他の人たちが上手すぎて僕のがとてもみすぼらしく見えるらしくてね、誰も手を伸ばしてくれないからせめてひとつは食べてくれ」

「ありがとうございます。いただきます」

懇願のような言葉に、ジュール君が肩を震わせながら手を伸ばす。

その姿に、セドリック君が唇を尖らせつつ続けた。

「アルバが作ったのはオルシス様が独占中だから諦めてくれ。それよりミラ姉様のマフィンがおすすめ。売ってるやつより数倍美味い。お勧めはイチゴジャムなんだけど、ナッツも美味いよ」

「すまない。ナッツはこれで最後だった」

セドリック君の言葉に、アドリアン君が少しだけ申し訳なさそうに手にしたマフィンをそっと差し出した。

ジュール君はそれを見て慌てて首を横に振る。

「いいえ、ぜひどうぞ。他の味もとても美味しそうなので、今目移りしてるんです」

「たくさん食べてね、ジュール君はどの味が好き？　好きなものを取ってね。クッキーはナッツ味を独り占めしてもいいわ」

「えっ」

ミラ嬢が次々ジュール君の目の前にお菓子を置いていく。

ナッツのクッキーを山積みにしたときには、それがお好みのアドリアン君から非難の声が上がったけれど、ミラ嬢はそれをスルーしていた。

わいわいと大騒ぎする中のお菓子パーティー。

兄様とルーナが嬉しそうに俺のクッキーを食べているのがとても嬉しく、この平和が長く続くことを願う。

屋敷を訪れた時は、遊びに来てくれた皆がだいぶ疲れたような顔をしていた。

ミラ嬢も王妃教育を今詰め込んでいるまっただ中で、ストレスが溜まりまくっていると言っていたし、ヴォルフラム殿下も王太子教育を受けながら王太子ができる執務を少しずつやっているらしく、寝る間もないくらいだという。

兄様と第二王子殿下も側近としての勉強と作法なんかを勉強していて、残り半年を切る学生生活中に全てを身に着けるのはとても難しいらしい。

兄様はそれにプラスして領地経営と公爵家後継の勉強もしている。

第二王子殿下はうちの産業となったレガーレの研究を共同という形にして、兄様の代わりにブルーノ君と共に本格的に動き始めている。

アドリアン君は卒業したら本格的に専属騎士となるそうで、鍛錬に余念がない。前よりさらに一回り身体つきが大きくなったし。

そう。こうしてゲームのストーリーはエンディングを迎えたけれど、幸せに暮らしました、で終わらない。

そのことが少しだけ怖い。

兄様の隣に立つことを約束してもらった今だからこそ、余計に不安に思うのはどうしてだろう。

平和が怖いなんて贅沢な悩みだよな、とその不安を胸の底にしまった俺は、そんな感じで兄様との残り少ない学生生活を謳歌したのだった。

七、最推しが卒業しました

あれから何事もなく日々は過ぎ、特に大きなことはなく、兄様たちは卒業を迎えた。

いや、何事もないわけではなかった。

義父が王宮に返り咲き、セネット公爵と宰相さんと共に王宮内のお掃除をし始め、勢力が一転したらしい。

それに、勢力図とか俺は全然わからないけれど、元王太子の下についていた人たちは、義父が側近を辞めた辺りから義父の反勢力と化していたそうだ。なので、だいぶ王宮内部は揉めて殺伐としているようだ。まあ義父はそういう人たちをひと睨みで黙らせてしまえるらしいけれど。

ブルーノ君はそこら辺を完璧に把握しており、兄様がいなくてふてくされていた俺の話し相手として、そんな王宮内部事情を教えてくれた。

俺もそのうち深く王宮に関わらないといけなくなるからって。

関わりたくないとは思っても、ヴォルフラム殿下が俺の属性を知っている時点で関わらないわけにはいかないよね。飼い殺しにされないだけマシだ。

「今はセネット公爵閣下とサリエンテ公爵閣下が手を組んだだろう。そして新たに設立される公爵位につくツヴァイト殿下の後ろ盾がここだ。そしてセネット公爵家の娘がゆくゆくは王妃、サリエンテの嫡男が側近。そして皆ヴォルフラム殿下をしっかりと敬っている。もう王宮内の勢力はこの三家が仲違いしない限り揺るがないだろうな」

「そうなんですね」

「両公爵家が手を組んでから、まとめるのがとてつもなく楽になったと父はニコニコしていたけどな」

「…………」

宰相閣下――ヴァルト侯爵のことを思って、ちょっと面白くなる。

確かにね。土台がしっかりしているとまとめるの楽だよね。

「まあ、このままいくと宰相位とヴァルト侯爵家を継ぐのはジュールだからな。兄としてはホッとしてるよ。セネット家はセドリックが継ぐだろうし。今代と次代はまず安泰だな」

んーと伸びをしながらブルーノ君がぶっちゃける。

そっか。そういえば前にセドリック君もそろそろ将来のことを考えて勉強しないとと言ってたよね。本当に、俺の周りは皆すごい勢いで動き始めてる。俺だけ置いていかれた気分だ。

「皆大変なんですね。僕一人こんなのんびりして申し訳ない」

「アルバはこれからだろ。お前、サリエンテ研究所の広告塔だぞ。まずはめちゃくちゃ元気になってもらわないとせっかく作った薬が全く売れない」

広告塔、と呟けば、ブルーノ君が口元をニヤリと歪めながらウィンクした。


そんなぶっちゃけ話を胸に、俺は中等学園を休んで、義父たちと共に兄様の卒業式に出席した。

一堂に並ぶ高等学園生たちの姿はとても立派で、胸にぐっとくる。

いつもは着崩してさっと白衣を羽織って終わりにしているブルーノ君も今日はきっちりと制服を着ている。

兄様もいつも以上に美しく、そして神々《こうごう》しく女神のように卒業式に臨んでいる。

もうそこだけスポットライトが当たっているみたいだ。

「兄様……素晴らしすぎる。あぁぁ卒業おめでとうございます……！」

「そんなにゴシゴシすると目が腫れてしまうよ」

涙で兄様の素晴らしいお姿が滲んでしまわないよう必死でハンカチで拭うと、隣に座っていた義父が苦笑している。

だって、こんな……こんな感動的なことはない。

『光凜夢幻∞デスティニー』という、最推しもとい兄様が登場するアプリゲームのエンディングが、この卒業式なんだ。

国を救った二人は告白を経て、最高のスチルを手にエンディングへ……

エンディングでは感動的な音楽と共にこの学園の卒業式、そして、その後の二人の幸せな生活を垣間見ることができるラスト。

国を救えなかったときには見ることのできない卒業式の風景だ。

それをこんなにも間近で、自らが空気を肌で感じながら体感することができるなんて、思いもしなかった。

それに、最推しは友人エンドでほんの少しだけ口角が上がるだけ、告白エンドではむしろ表情はない状態でのエンディングを迎えるはずなのに、チラリとこっちに視線を向けた兄様は、ひたすらに眩しい笑顔で、小さく手なんか振っていた。

ずっと探していた、本当に何周もして探していた、最推しが笑顔で卒業式を迎えるエンディングがここにある。

俺も少しは兄様の笑顔に貢献できただろうか。

たくさんの愛情をもらってばっかりで、それに見合うものをちゃんと返せているだろうか。

考えるほどに涙が出る。

義父に背中を撫でられて深呼吸をしていると、学園理事長が壇上に現れた。

理事長は穏やかな顔で、まずは卒業生を見回した。

一つ頷くと、ゆっくりと卒業生たちに言葉を贈った。

自分の式では話が長いな〜なんて思うだけの理事長の話は、こうして兄様の卒業式で耳にするととても神聖なもののように聞こえてくる。

理事長の話が終わると、今度は壇上にツヴァイト第二王子殿下が上がった。

殿下は、俺たち全員を見渡して、ゆっくりと話し始める。

「私は、中等学園から八年間、皆と共に学生として様々な経験ができたことを、嬉しく思う。この学園生活は、私にとってかけがえのない宝だ。皆はどうだろうか。友と手を取り合って笑い合えただろうか。友に敗《やぶ》れて悔しかっただろうか。きっとその経験はこれから先、皆を支える力となる」

いつもとは全く違う、静かな声だった。

けれど、その静かな声の中に、様々な感情が込められているのが伝わってくる。

「私は卒業後、臣下に下り、公爵家を興《おこ》すことになる。今まで王子として生きてきて、様々なことを思った。そして今まで過ごしてきて、私がいかに恵まれていたか、それをこの学生時代に実感した。友と呼べる皆がいたから、私は……俺は今こうしてここに立っている」

第二王子殿下は、一度口を閉じると、スッと目を細めて視線を巡らせた。

そして、ヴォルフラム殿下のところで動きを止めると、ニヤリと笑った。

「私……いや、俺が一番の僥倖《ぎょうこう》だと思うのは、ヴォルフラムが立太子したことと、ミラ嬢に公開プロポーズをしたことだ。そして、俺が無事ヴォルフラムを支える立場につくことができたこと。皆はずっと一緒に学園生活を謳歌したから知っているだろう、ヴォルフラムの為人《ひととなり》を。この国は今よりもっと素晴らしい国になる」

壇上で第二王子殿下がぐっと手を握った瞬間、卒業生たちが歓声を上げた。

それが静まるのを待って、第二王子殿下はまっすぐに彼らに視線を向けた。

「俺は、この学年が一番団結力があるのを知っている。だからこそ、これから先様々な困難があっても、支えてくれる友がいることを忘れないでほしい。そして、皆でヴォルフラムを支えよう」

卒業生の間から拍手が上がる。

ヴォルフラム殿下の立太子、そしてミラ嬢との婚約がすでに告知されているからこその言葉だった。

きっとヴォルフラム殿下はこれから生活が一変して、俺には想像もつかないほどの忙しさと重圧に襲われるんだろう。それは新陛下の側近となる兄様も同じだ。

今までのように俺とゆっくりする時間なんかとれなくなるんじゃなかろうか。

学園生活最後の日。明日からは兄様たちは一人前として、自分の道を歩くようになるんだなと、第二王子殿下の言葉が胸に染み込んだ。

◇◆◇

さて、兄様の卒業を家で盛大に祝った次の日から、兄様は義父とツヴァイト殿下……ではなく、ツヴァイト閣下と共に王宮に通い始めることとなった。

朝は早く、夜は遅い。

ブルーノ君は本格的に研究所の所長として動き始め、アドリアン君も正式にミラ嬢の専属護衛になった。

俺はというと。

今日から一人で学園に通うことになる。

兄様たちがいたからか、今までは護衛もアドリアン君だけだったけれど、今日からは公爵家お抱えの護衛が五人ほどつくことになった。

馬車の前で、公爵家の騎士隊服を着た人たちがズラリと並んでいた時には眩暈《めまい》がした。

学園に通うだけなのにここまでしないといけないのか。

思わずそう愚痴ると、見送りをしてくれていた母が俺の頬を引っ張った。

「今はね、旦那様もオルシス君もとても大事なときなの。他のことで煩《わずら》わせてはいけないのよ」

そう言って、母はこっそりと俺の耳元で囁いた。

「本当は旦那様もオルシス君ももっと護衛を増やしてもいいと言っていたぐらいよ。正直、母様もそう思うわ。ようやく落ち着いてきたとはいえ、王宮も変化が続いて、旦那様はたくさんの人から恨みを買っているでしょうから。それがアルバに向かってしまったときに、一人では対処できないでしょ」

「……なるほど」

一斉に掃除された政敵さんの恨みが、俺に来るかもしれないんだね。

国のトップが一新されるときには必ず起こる問題か。

やっぱり、俺、自分のことばっかり考えちゃってるな。俺はこっくりと頷いて、母に向き直った。

「……理解しました。気を付けます」

「うん、きちんと自覚しているのと自覚していないのとでは、守るほうも違ってくるものよ」

「はい。ありがとうございます。気を付けて行ってきます！」

「アルバももう最終学年でしょう？　母様はアルバの卒業式も高等学園の入学式もこの目で見るのが夢なの。叶えてくれる？」

「もちろん」

そう言って母と抱擁して、俺は馬車に乗り込んだ。

でもそうか、兄様と義父が俺を可愛がってくれているのは周知の事実だから、二人が恨みを買っているとして、俺が狙われてもおかしくないのか。

そうなると確かに俺は自分の身を守ることすらできないから、こうして一緒に来てくれる騎士に頼るしかない。

椅子に座って顔を上げると、いつも乗る馬車なのにとても広く感じた。

今まではここに兄様とブルーノ君とツヴァイト閣下が乗っていて、窓からはアドリアン君が見えて、皆でわいわい学校に向かっていたんだ。

ポツンと定位置に座ると、横に広がる座席の空きがとても寂しく感じた。

横を向けば、いつも義父の後ろにいた騎士がアドリアン君のように騎乗で併走している。

いつもはあっという間に着いてしまう学園がとても遠く感じながら、馬車に揺られる。

学園について馬車を降りると、俺は騎士たちにお礼を言って教室に向かった。

四学年も残り数日。俺ももうすぐ中等学園最終学年になる。

兄様は中等学園でもしっかりしていたけれど、俺は馬車に一人で乗るというだけで落ち込んでいるくらい、全然ちゃんとしていない。

せめて兄様が安心して頑張れるくらいにならないと。

保健室に顔を出してリコル先生に挨拶すると、リコル先生は苦笑しながら俺を手招きした。

「オルシス君の卒業、おめでとうございます。昨日は見てきたのでしょう？　どうでした？」

お茶を淹《い》れてくれたリコル先生は、俺の気持ちをわかっているようだった。

「とても素敵でした。僕はずっと号泣していて……。そして第二王子殿下……じゃなかったツヴァイト閣下の挨拶がとても素晴らしくて」

「そうなんですね。あの方はとても周りの機微に聡い方ですから。笑顔であふれるような卒業式にしたかったのでしょう」

リコル先生の言葉に頷くと、俺はその様子を教えた。

「もうすごかったんですよ。閣下が話すと皆がきゃーって。そして立ち上がって拍手をして、本当に大盛り上がりでした。中等学園ではもっと厳《おごそ》かだったので、卒業式とはそういうものだと思っていたんですが。高等学園はやっぱり違いますね」

思ったことを呟くと、リコル先生が肩を震わせた。

「それはきっと今年限定だと思いますよ。私のときはとても厳《おごそ》かな式でしたから。身が引き締まるような、そんな……」

そういえば義父もそんなことを言っていた気がする。ここまで盛り上がるのは珍しいんじゃないかと。断定じゃなかったから、義父の時代は厳《おごそ》かだったのかと思っていたけれど。

本当に皆笑顔で卒業していったから、ツヴァイト閣下はすごい。

「今日から一人で登校ですね。もし途中で気分が悪くなったら、きちんと家に戻るか、まっすぐここに来てくださいね」

「はい」

温かいカップを手にしながら、俺は嬉しくなって頷いた。

登校は一人でも、学園に来たらリコル先生もいるし、セドリック君もジュール君もいる。

そう思うと寂しさも半減した。

◇◆◇

無事俺は中等学園最終学年、五年生になった。

クラス編成は、とうとうセドリック君とジュール君二人とも離れてしまった。

俺がAクラス、セドリック君がBクラス、ジュール君がCクラスだ。

ジュール君とは今までずっと一緒のクラスだったから、教室が離れると寂しく感じる。

俺、どれだけ二人に依存していたんだ。もしかしたら俺の世話がなくなってのびのび出来るかもしれないんだから、この寂しさは気付かれないようにしないといけない。これからは気を引き締めよう。

ぐっと手を握り、新しい教室に足を踏み入れる。

ただ、今までもそうだったけれど、俺に直接話をしに来る人はほぼいない。

俺は一人席に座って、担任の先生が来るのを静かに待った。

朝とほぼ変わらない感じで授業は進み、昼休みになった。

ランチの入った籠を手に席を立つと、背後で何やらひそひそと話をしている人たちが俺に視線を向けていることに気付いた。

……どうしたんだろう？なにか早々に粗相でもしたかな、と首を傾《かし》げたけれど、その雰囲気は前にも感じたことのあるちょっと良くないもののような気がしたので、そのまま教室を出て隣のクラスに向かう。

セドリック君を廊下で待っていると、さらに隣のクラスからジュール君が出てきた。

「あ、アルバ様、今迎えに行こうと思っていました」

ニコニコと手を上げるジュール君は、いつもと変わらない態度で接してくれて、それだけでホッとした。

「セドリック君の授業ももうすぐ終わるみたいですね」

「そうなんですね。じゃあここで待ちましょう」

俺の隣にスッと立ってくれたジュール君は、前こそ同じような身長だったのに、ここしばらくでぐっと背が伸びた。俺の視線がジュール君の口元にある。ついでに笑った顔はブルーノ君そっくりだった。

ジュール君と休み中の話をしていると、ようやくセドリック君が教室から出てきた。

「ごめんお待たせ。いつものところに行こうか」

セドリック君に促されて、いつものサロンに向かう。

サロンの扉を閉めて席に着いたことで、ようやく肩の力が抜けた。

「ごめんな、最終学年の最初の授業だからってあの先生気合い入りまくっててさー」

セドリック君が肩をグルグル回して身体を解す。

その様子を見て、俺とジュール君は顔を見合わせた。

「僕のところは自己紹介と委員を決めるくらいでしたね」

「僕のところもそんな感じでした」

今日が初日ということで、淡々と自己紹介と委員決めが行われただけだったので、俺は本当に自己紹介しただけ。ちなみにクラスの役員は、昨年違うクラスで委員長をしていた生徒が立候補していたからスムーズに決まった。何か意味ありげな視線は感じたけど、俺は役員の類《たぐい》は、中等学園では断るスタンスで行くことにしていたのでスルー。

「今年もお二人は委員長になったんですか？」

俺の問いに、二人とも首を横に振った。

「今年は僕、総会会長を務めないといけないから断ったよ。ジュールも副会長だもんな」

「ええ。昨年から打診されていましたからね。僕のところはそんなに揉めませんでしたけど」

「アルバのところは誰になったんだ？」

「ええとたしか、ヒューズ侯爵家のアンディ君です」

俺が名前を挙げると、セドリック君は動きを止めた。

そして少し考えてから、眉尻を下げた。

「……アルバ、ヒューズ家っていったら、前に父上がそいつの父親を閑職に飛ばした奴だ。逆恨みされてるかもしれないから気を付けろよ」

「もしかして、王太子派だった……？」

セドリック君が声を潜めたので、俺もそっと声を潜める。

そういえば、義父が閑職に追いやった家とか全然把握していなかった。

「元王太子殿下の威光を笠にヤバいことをやってたやつらは家族も含めて追及したらしいんだけど、派閥に所属していただけのやつらは中央の部署から閑職に異動しただけだ。子どもにまで類が及ばないようヴォルフラム兄様がお達ししたけど、もしかすると事情を知らない家の子供から恨みを買ってるかもしれない」

「なるほど……お二人ともその派閥の家名はしっかり調べたのですか？」

二人ともうんうん頷いている。

俺は全くそんなところまで意識が回らなかった。皆忙しそうでゆっくり話をすることもなかなかできなかったし。でもきっとこの二人は自分たちで思いついて調べたりお父さんに聞いたりしているんだろうな。見習わないと。

「わかりました。気を付けます」

「こういうときに同じクラスじゃないのが心配ですね」

「ほんとにな。こういうときアルバはぽやぽやだから。しかも自分のことは何を言われてもあんまり気にしないというか諦めるから」

腕を組んでそんなことを言うセドリック君に、ジュール君が同意する。

まあ確かに俺に危機管理能力というものは備わっていない。自分でもわかるんだけどね。

とはいえ、ここまでなんとかなってきたし、兄様にも泣きつきたくはない。

俺は大きく頷いてみせた。

「まあ、やってみるしかないですよね。それよりも心配なのはお二人ですよ。総会会長っていったら激務じゃないですか。前にツヴァイト閣下にすっごく大変だったって聞いたことがあります」

「僕たちが新入生のときな。あの時はブルーノ様とオルシス様が逃げ続けてて、暫定三位と四位がトップに立ったから立場的にも辛かったらしいよ。とはいえ、ブルーノ様が皆の前で『俺は人をまとめるのは壊滅的に下手くそだから、適材適所だ』って堂々と発言して、ちゃんと皆の支持を得てからはやりやすくなったって笑ってたけど」

「兄上がそんなことを……」

流石ブルーノ君。気遣いの人。フォローも完璧だな。

「確かに、ブルーノ君は人の上に立つより後ろから支えるほうが得意そうですよね。社交が嫌いってはっきり言ってましたし」

「兄上はルーナ嬢がいるから社交で愛想を振りまくことがなくて楽ってそっと教えてくれましたけどね」

「ブルーノ君……」

「でも兄上はすごくルーナ嬢を可愛がってますよね。建前とかかっこつけだと思います」

クスクス笑いながら教えてくれるジュール君は、すでに兄弟間の確執なんてなかったような気安さで、ブルーノ君とやりとりをしているみたいだった。

「でも、派閥かぁ……とりあえず僕たちは同派閥ってことでいいんですよね」

「まあ……関係ないけどな。僕はアルバがどの派閥だろうと仲良くなってただろうし」

「僕もです」

二人の言葉に思わず顔が緩む。

「嬉しい。僕もお二人が大好きです」

俺に釣られたのか、二人も笑みを浮かべた。

そんな平和なお昼の時間、だったのだけれど。

教室内では相変わらず、俺はぼっちで本を読んでいる。

周りはがやがやと話をしているけれど、時折視線を感じるのがだいぶストレスだ。

溜息が出そうになっては呑み込む。

でも昔は表だって陰口を言われたけれど、今は表だって言われない。それは進歩なのかもしれない。

それにこの状態なのは、義父たちが王宮を変えていこうと頑張っているからなんだから、むしろ誇らしいと思わないとね。

第二王子殿下を堂々と生け贄にしようとする元王太子殿下を諫《いさ》めもしなかった派閥の人たちを王宮に残しておいたって、ヴォルフラム殿下の足を引っ張るだけだ。

……放置したせいでミラ嬢が爆発して、王宮が破壊されたりとかするよりは全然マシだよね。

セドリック君に忠告された日、早速俺は元王太子派の派閥を調べた。

とはいっても、ブルーノ君に突撃していって全てを聞き出しただけだけれども。

ブルーノ君は王宮関係じゃないのに、やたら詳しかった。どうしてそこまで知ってるのかそっと聞いたら、ブルーノ君はそういう噂を聞いた瞬間、頭の中でどことどこの家がどう繋がってっていう関係図が出来上がるんだそうだ。

噂を耳にするたびその関係図が上書きされていくので、今どこがどの状態かすぐ把握できるらしい。それと、噂の中身がその脳内の関係図と相違点があったり情報がおかしかったりすると、すぐに嘘か本当かを把握できるらしい。

流石ブルーノ君。俺には真似できない。流石脳味噌最強。

思わず拍手と共にそう賞賛したら、「変な褒め方するな」と苦笑しながら怒られてしまった。

それから俺も必死で勉強をして——わかったのは、俺のクラスには、元王太子派の家のご子息ご令嬢が比較的多いってことだった。

むしろ義父とセドリック君の派閥は、セドリック君クラスに集まっているみたい。

そもそも学園ではそういう派閥問題を表面に出すことをよしとしていないんだけれど、やっぱり小さい頃から一緒に遊ぶ子たちは仲がいいし、そういうのは同じ派閥じゃないと遊ばないのが普通だから、よしとはしなくても影響は受けるよね。

もう一度溜息を吐きそうになって、ハッとする。

学園がこんな状態だと、王宮内で兄様も大変なのでは……？

そしてミラ嬢も。むしろミラ嬢のほうが大変かもしれない。

市井《しせい》ではミラ嬢が王妃になることに大歓迎ムードだけれど、逆に王宮には貴族しかいないんだし、市井《しせい》上がりがとかいじめられてたりしたら大変だ。……多分王宮が。

もうお二人とも気軽にうちに遊びに来るのが難しい尊い人たちになってしまったから、息抜きとかも大変そう。

お二人の戴冠式と結婚式は今年の夏に盛大に行うので、それまで陛下の代理として全面に立って動いているし。それに合わせて兄様も忙しいんだよね。

本当はブルーノ君も、レガーレについて国を挙げての一大事業に移行する様々なことですごく忙くなるはずだ。ただそれが本格化するのは、俺が高等学園に入ってからだから、まだ時間がとれるらしい。

国は平和になりました。めでたしめでたし……では終わらないのか。

俺はクラスメイトたちの姿を思い出しつつ、溜息を吐いた。

◇◆◇

そんな最終学年。

表面上は問題なく日々が過ぎていく。

ただ、セドリック君とジュール君が忙しくて、なかなかお昼を一緒に取れなくなってしまった。

二人とも生徒総会室に詰めて、昼休みや放課後に総会の仕事をしているらしい。

俺はやっぱり気楽なもんだな、なんて一年間まるっと予約しているサロンにランチボックスを持って移動した。

今日は二人とも忙しいと事前に連絡を貰っている。

一人でのランチは味気ないんだよね。うちの敏腕料理長のご飯は文句なく美味しいけれど、気持ち的に。

サロンのある棟に着くと、受付に挨拶をした。

するといつもはニコニコと案内してくれる受付の人が、俺の顔を見て困惑した表情になったのが目に入って、首を傾《かし》げた。

「どうかしたんですか？」

質問すると、受付の人は「申し訳ありません」といきなり頭を下げた。

「セネット様ご予約のサロンが、ただいまご使用いただけない状態となっておりまして……」

「使用できない？」

「はい。昨日の放課後、サロンを使用した者が室内で口論になりまして。室内に破損が確認されたため、修繕が終わるまでは使用禁止とさせていただいております」

「わあ、大変でしたね。お怪我はありませんでしたか？」

サロン内で喧嘩して、魔法をぶっ放したってことかな。

室内破損ってかなり大騒ぎだったってことでしょ。

サロンはグレードがあって、俺たちが使っているのはグレードが一番高いところだ。相応の寄付を支払わないと使用できない場所。下級貴族の子たちはもう少しグレードの低いサロンか、そもそもサロンなんか使わずに食堂を使う。

俺の言葉に、少し目元を和ませて受付の人が首を横に振った。

「誰も怪我をすることはなかったのですが……今日は他のサロンを使っていただいてもよろしいでしょうか」

「もちろん大丈夫です。どこを貸してもらえますか」

他に使える部屋があることにホッとしながら聞くと、受付の人は早速案内してくれた。

どうぞと言われて入ったのは、とても広いところだった。

俺たちがいつも使っているサロンはテーブルが一つだけの、大体六人程度が使うことができる部屋なんだけれど、今日案内されたサロンは、俗に言う派閥の仲間たちが集うような、とても広い場所だった。

大体二十人から三十人で集まることができるサロンだ。

そんな広い部屋に俺は貸し切り状態で、一人ポツンと残された。

これ、三人で来たときにここに通されたならまだ笑い事だけど、一人でこんな広いサロンを占拠するのってちょっといたたまれない。

でも通されたのがここだから仕方ない。

俺は端っこの方にあるソファにちょこんと座ると、テーブルにランチボックスを広げた。

「それにしても広いなあ……」

自分たちが使っていた場所よりずっと広いし、代わりとはいえ、同じ寄付の金額で使っていいか不安になってしまう。

義父にお願いして、追加の寄付をしてもらったほうがいいんだろうか。自分でお金を稼いで、早くこういうことを一人で解決できるようになりたいところだけど、今はまだそうも言ってられない自分が不甲斐ない。

修繕中ってことは、明日もいつも使っているところは使えないってことだよね。

「明日もここで一人っていうのはちょっとやだなあ。違う部屋がないか聞いてみようかな」

もそもそとランチを食べながら、俺は広い部屋で独り言を呟くヤバい奴になっていた。

八、最推しにも派閥の余波が

俺は早速その日の夜に、義父にサロンについて相談しに走った。

兄様も義父も帰ってくるのが深夜に近くなっていて、最近ではなかなか夜も会えないんだ。

兄様は俺が起きていると挨拶しに来てくれるけれど、義父の顔を見たのは、俺の進学初日以来じゃなかろうか。

義父は、それでも疲れの滲む顔に笑顔を乗せて、俺を執務室に迎え入れてくれた。

「遅くまでお疲れ様です父様。これ、差し入れです」

俺が書いた疲労回復の魔術陣をそっと差し出すと、義父は本当に嬉しそうにそれを懐にしまった。

「ありがとうアルバ。それにしてもこの時間まで起きていて身体は大丈夫なのかい？」

「大丈夫です。それよりも兄様と父様のほうが心配です。少しは休んでほしいです」

「そうはいってもね。今しっかりと土台を築けば、後でオルシスやアルバたちが楽になるんだ。正直に言うと私は王族はどうでもいいんだ。けれど、そこに組み込まれていくオルシスやアルバが少しでも楽になるようにしたいと思っているんだよ」

「父様……」

「それにね、今までいた人たちだって、ちゃんと信頼できる人は残しているから、大丈夫だよ。もしアルバが王宮に通うようになっても、安心していいからね」

目を細めてそんなことを言う義父に感激して、俺は思わず義父にハグをした。

こういう風に抱きつくなんて、小さい頃以来じゃなかろうか。

俺が陛下に刻《とき》属性だということを知られたから、兄様も義父もそれを前提に動いてくれている。どう考えても将来王宮に出入りするようになる俺が、王宮で大変じゃないように。だって、そうじゃなかったら兄様は側近をしなかっただろうし、義父だって王宮に戻らなかっただろうから。

俺はすごく幸せだなって思うのは、こうして皆の愛を感じるとき。

俺は同じように返せるかな。今日だって義父におねだりをしないといけないし――

義父はソファに俺を促すと、自身も腰を下ろした。

それからスウェンに紅茶を頼み、口を開いた。

「アルバは大きくなったね。一人で通う学園はどうだい？」

「なんとか頑張ってます。馬車がとても広いですけど」

「前はあの大きなオルシスたちが三人も詰まっていたからね」

クスクスと笑う義父を見て、俺もつい笑ってしまう。詰まっているって……確かに一人の広さを知った後だと、あの時はとてもぎゅうぎゅう詰めにされていたような気になってしまう。けれど、それがまたとても楽しくて。

「セネット卿の子息ともヴァルトの子息とも違うクラスになっているんだったか……不便はないか

い？」

用件だけ聞くんじゃなくて、こうして話してくれるのが楽しい……なんて思っていると、丁度ぴったりな話題を投げられて、慌てて姿勢を正した。

「ええと、教室での不便はないのですが、昨日の放課後、僕たちが昼休みに予約を入れているサロンで生徒たちが揉めたらしく、今修繕をしているようなんです。それで、別のサロンに案内されたんですが、そのサロンがとても広い場所で。同じ条件下でお借りしてもいいのか聞きたいのと、もし追加の寄付が必要ならお願いしたくて」

自分のお小遣いで足りるかわからないから、と付け足すと、義父の眉がへにょっと下がった。

「とても広いサロン……？　というと、数十人が入るような場所か？　それは、三人で借りるようなところではないんだが……」

「他のサロンは空いていないと言われてしまって。確かに僕たちみたいにずっと借りる人がいるなら、空かないのも理解できるので」

義父は少しだけ考えるような素振りをしてから、スウェンに視線を向けた。

義父は何も言葉を発していないのに、スウェンはゆっくりと頷いて、部屋を出ていった。

「サロンの修繕による移動は学園都合だから問題ないと思うよ」

「そうなんですか。よかった」

義父の言葉にホッとしていると、部屋がノックされて、兄様が顔を出した。

俺を見た兄様がパッと表情を明るくする。

「アルバ、こんなところにいたんだ。ちょっと探しちゃったよ」

「はい。父様に相談があって」

「その相談は僕ではダメだった？」

兄様はちょっとだけ拗ねたような顔で俺の横に腰を下ろした。目の前では義父が苦笑している。

隣に座る兄様の気配がとても嬉しくて、俺はそっと兄様に身体を近付けた。腕に感じる兄様の存在がとても嬉しい。

顔が緩むのが自分では押さえられずデレデレしていると、兄様の腕が俺の身体に回った。

ぎゅっとされるのが嬉しい。

「学園のサロンのことだったので、父様に相談してたんです」

「サロン？　ああ、そういえばセドリックとジュールが総会会長と副会長になったんだったね。総会会長になると昼も忙しいから……今だから教えるけど、僕は昼も拘束されるのが嫌で総会を断ったんだよ。アルバと一緒にご飯が食べたくて」

兄様の暴露話に、胸がキュンとする。

え、俺とご飯が食べたくてって。嬉しすぎる。どうして気付かなかった当時の俺。

「兄様大好きです」

心の声を吐露すると、兄様も「僕も」と返してくれて、俺はしばしの間幸せを享受した。

義父の咳払いでハッと我に返ると、兄様はふと気付いたように俺の顔を覗き込んできた。

「もしかしてアルバ、今は一人でご飯を食べてる？」

「……時間があれば三人でご飯を食べてます」

「時間がなければ一人なんだね」

兄様の言葉にそっと目を逸らすと、小さな溜息が聞こえてきた。

「一人でいるときに魔法が暴走したらと思うと少し怖いな……」

兄様の言葉に義父がうんうんと頷いている。

「もし一人の場合はリコルのところで食べるのもいいんじゃないか？」

義父がとても心配そうにそんなことを言ってきたので、俺は首を横に振った。

「お昼まで迷惑を掛けるわけにはいきません。先生だってゆっくりしたいでしょうし」

「いや、アルバが一人でいるなんて知ったら、リコルも心配すると思うよ。連絡を取ってみよう」

止める間もなく義父が魔法で鳥を飛ばしてしまった。

何やらサロンのことが大げさになってしまった、と俺は鳥が消えていった宙をじっと見つめるのだった。


さて、次の日。

やっぱりというかなんというか、セドリック君たちは昼休みも総会室に行ってしまった。

サロンは修繕というからには時間もかかるだろうし、またあの広いサロンで一人ご飯を食べるのもちょっとご遠慮したかったので、どうしようかと考えながら席を立つ。

「アルバ君」

すると、廊下に出た瞬間声をかけられた。

声の方に視線を向けるとリコル先生が手を振っている。

「お昼休みで申し訳ないけれど、体調を確認したいので少し保健室に来てくれませんか？」

「ええと、はい」

頷くと、リコル先生は慈愛の表情で俺の隣に並んだ。

生徒たちが移動を開始してだいぶ人口密度の高い廊下を並んで歩く。

今年は保健室から少し離れた教室なので、道行く人をよけながらリコル先生と保健室に向かった。

保健室に入ると、リコル先生はドアに『不在』の札を掛け、中から鍵を掛けてしまった。

え、ここまでしてもらっていいの？

驚きながらも、いつもお茶をいただくテーブルにつく。

「実はアルバ君と一緒にご飯を食べることができるのかと、少しワクワクしていました」

リコル先生も昼食を持ち出し、俺の目に前に淹《い》れたてのお茶を出してくれながら、そんなことを言った。

ニコニコしながらリコル先生も目の前に座ると、「食べましょうか」と促してくる。

俺はランチボックスを開けながら、リコル先生に頭を下げた。

「すいません。ご迷惑を掛けてしまって……」

「迷惑なんてそんなことないですよ。いつも一人で食べていたので、誰かと食べることができて嬉しいです」

それに、とリコル先生は少しだけ声を抑えると、内緒話をするように口元に手を添えた。

「図々しくも、公爵様にお願いをしたことがありまして」

「お願い？」

首を傾《かし》げて聞き返すと、リコル先生は実は……と続けた。

「よければ食事代は払うので、公爵家の料理長のランチが食べたいと、我が儘を言ってしまいました。どうせ一緒に食べるなら、私も公爵家のご飯が食べたいとお願いしたんですよ。だって料理長のご飯、どこよりも美味しいではありませんか」

ね、といたずらっ子のような笑みを浮かべたリコル先生の言葉を聞いてから手元を見下ろす。

確かに今日のランチはいつもよりも量がかなり多かった。

テーブルに並べると、同じものが二つずつ入っている。どう考えても二人分だ。

なるほど。こうすれば俺が気兼ねなくここに来ることができるようになるからか。

気を遣わせちゃってるな、と出そうになる溜息を呑み込んで、ゆったりとお茶を飲むリコル先生に感謝の視線を送った。

「……ありがとうございます」

「いえいえ、僕の方こそです」

リコル先生はニコニコ微笑んでから、少しだけ表情を真面目なものに変えた。

「これから総会はさらに忙しくなります。行事が目白押しですからね。なので、アルバ君は今日からここでお昼をとってほしいのです。ここなら魔法がいきなり発動しても何とでもなりますし、ブルーノ君から大量に飴をいただいていますので」

「何から何までありがとうございます……もう十五歳になるのに一人で行動することさえ覚束ないなんて、ちょっと情けないですね」

　ちょっとだけ弱音を吐きながら自嘲の笑みを浮かべると、リコル先生が両手で俺の頬をつまんだ。頬を軽く横に引っ張られて「ほへっ？」と間の抜けた声を上げてしまう。

　リコル先生がこんな行動をしたのは初めてだった。

「知っていますか？　オルシス君は、中等学園の五年間、ほぼブルーノ君と行動を共にしていました。それこそ、選択授業ですら。最終学年などは授業以外の時間もほぼブルーノ君とアルバ君と一緒にいたでしょう。私は、オルシス君が一人になったところなど見たことがありません」

　俺の頬を引っ張ったまま、リコル先生は笑顔で兄様情報を流し始めた。

「私は子爵家でしたからそれほど使用人はいませんでしたが、高位貴族のご令嬢は、どれだけ歳を重ねても、一人ではドレスを着ることも覚束ないでしょう。それは令息も然り。むしろ使用人に仕事を与えることになります。けれど、アルバ君は一人で着替えられますよね」

「ひゃい……」

　おかしな返事になったことも構わず、リコル先生はまっすぐ俺を見つめた。

「何もすべてを一人でできるようにならなくても、大丈夫です。魔力の暴走が起きてしまえば、誰もが自分では止めることができないのです。その場合、周りで手助けできる者が助けるのが当たり前なんです。そして、その手助けをするのが私の役目なんです」

するりとリコル先生の手が頬から離れた。引っ張られたはずなのに全然痛くなかったのが不思議だった。ほっぺに手を当てる俺を見て、リコル先生は穏やかな表情で呟いた。

「……私の家族は『ラオネン病』で天に召されました。その時はまだ幼く、何一つその者のために何かを成すことができなかった。けれど、今は少しでも手伝うことができている。アルバ君が元気でいるために、私でも何かができる。それが嬉しくて仕方がないんですよ」

だから、私を喜ばせるために、私に頼ってほしいです、とリコル先生は締めくくった。

こんなに甘えちゃって本当にいいんだろうか、と俺が視線を下げた瞬間、並べられたランチに伸びるリコル先生の手が視界に入ってきた。

「こうしてお昼に公爵家のおいしいご飯も食べられて役得ですしね」

遠慮するそぶりもなく料理を口に運び始めたリコル先生は、しんみりとした空気を払拭するかのように美味しいと満面の笑みを浮かべた。

◇◆◇

「サロンが使えない？」

次の日、今日からリコル先生とご飯を食べるということをセドリック君に伝えるために教室に行くと、セドリック君はサロンが修繕されていることすら知らなかったようだった。

驚き顔の彼に、頷いて答える。

「代わりの部屋を用意してもらっていたんですけど、とても広かったのです。さすがにあの広さを一人で使うのはちょっと遠慮したいので、セドリック君たちが今後総会室でご飯を食べるなら予約を取り消してもらおうかと思いまして」

代わりのサロンの説明をすると、セドリック君はだだっ広いサロンで一人ぽつんとご飯を食べる俺を想像したのか、うわぁ、という表情になった。

「確かに、僕らは次の学年に引き継ぐまではサロンを使えなそうだしな……リコル先生と食べるんなら安心だな。ちょっとＡクラスの雰囲気もいまいちよくなかったから心配はしてたんだ」

「あはは……」

セドリック君の言うＡクラスの雰囲気は、確かに俺にとってはいいとはいえなかった。

進学以来、クラスの誰とも雑談のような他愛ない話を一度もしていないんだ。

今までも特定の人としか話さなかったけれど、今年は本当に一言も話をしていない。

ほとんど気にならなかったけれど、そうやって改めて指摘されると、確かに雰囲気がおかしいな、とは思う。

「でも、何かを話す必要がないですからね」

別にいいのでは？　と返すと、セドリック君はがっくりと肩を落とした。

「ちょっとは気にしろ。僕が腹立つ。でもまあ、そんなアルバだからこそいじめがいはないだろうなあ。手ごたえなさそう」

「別に知らない人に無視されても気にならないですからね。セドリック君とかジュール君に無視されたらしばらく家で泣き暮らす気がしますけど」

二人に無視されないならいいや、と締めくくると、セドリック君は目に見えて機嫌がよくなった。

「僕もアルバが大好きだから無視なんかするわけないじゃないか」

「……僕には兄様という最愛の人が……」

セドリック君の言葉に、そっと胸元の魔石を服の上から押さえてそう答えると、セドリック君はぶっと噴き出した。

公爵令息にあるまじき爆笑に、Ｂクラスの皆が注目してくる。

「セドリック様その笑い方品がないですよ」

気軽に近くの生徒につっこまれて、セドリック君が笑いながらその人の背中をバンバン叩く。

「だってアルバが笑わせるから！」

「アルバ様にすごい目で見られてますけど」

ほらーと気安げに指をさされて、なるほど普通のクラスはこんな感じなのか、と目を瞬《しばたた》いた。

「セドリック君の態度はいつものことなので」

「アルバがそれ言う⁉」

「いつも明るくて楽しいっていう意味です」

「……ならいいけど、アルバに免じてごまかされてやるよ」

久しぶりの友人との他愛ない会話は、思った以上に楽しかった。

ほんの少しだけ、自分のクラスに戻りたくなくなるくらいに。

うちのクラスも雑談がないわけじゃない。けれど、楽しそうに話をしている生徒たちは俺には絶対に話しかけてこないだけだ。

それは授業中もそう。

まあ、父親がうちの義父によって閑職に異動させられたんだから、仲良くしろと言われてもできないよね。でも、どうして父親が閑職に回されたのかを少しだけ考えてほしいな、とも思う。

だって義父は、たとえ元王太子の下で働いていた人でも、誠実な人はちゃんと残してしっかり働いてもらっているからと言っていた。

楽しかったセドリック君のもとから自分の教室に戻った俺は、そっと席に座って読みかけだった本を開いた。


「気疲れがすごいです……」

そして、リコル先生とご飯を食べ始めて一週間。

俺はとうとうリコル先生に愚痴をこぼしてしまった。

ただ声を掛けられないだけだったら全然問題ないのに、授業の変更や教室移動の連絡がこないのが地味につらい。それに、一部の優しい子が俺に何か伝えようとするといじめっ子に睨まれるのかなんなのか、次の日青い顔で下を向いてだんまりを貫いていたりするんだ。

もう連絡したくないなら普通の態度でいたらいいのに。

「睨まれる子たちが大変そうで……もう身分を出して黙らせようかなってたまに思っちゃいます」

はー、と溜息を吐くと、リコル先生は困ったような顔で笑った。

「公爵様はどんどん名を出せと背中を押してくれると思いますよ」

やっちゃったらどうです？　と、珍しくリコル先生も強気モードだ。

俺は机に手を置いて、でも、と顔を上げた。

「ただそれをしちゃったら、あの青くなってた生徒たちが僕とその人二人に挟まれて今よりも心労がすごいことになると思うんですよ。だってどっちにも逆らえないじゃないですか」

考えただけで胃が痛くなりそうだよねその子たち。

そう呟くと、リコル先生の手が俺の頭に載った。

優しくなでられる。

「私はアルバ君のそういうところが、とても素晴らしいと思います」

いやいや、全然素晴らしくないですよ。だって助ける気はないもん。俺が何か口出ししても余計に拗《こじ》れるだけだし。こういう時セドリック君だったらまとめることができるんだろうな。あ、セドリック君の場合そもそも無視されることがないのか。なるほど。

「とはいえ兄様たちに迷惑が掛からなければ問題ないです」

「アルバ君が心労を感じている時点で、きっと公爵様とオルシス君には大事件だと思いますよ。一度相談してみたらいかがですか？」

そうですね、と答えながら、ランチを食べる。義父も兄様も疲れてるから、こんなことで相談するのもどうかと思うよ。

……なんて思っていたこともありました。

それからそれほど経っていない、昼休み終わりの廊下。

保健室から教室に戻る途中で、強化授業用の教室の前を通りかかると、中から声が聞こえてきた。

廊下から中は見えないようになっているけれどほんの少しだけドアが開いていた。そこから声が漏れているらしい。

「……から、なんで使わねえんだよ……」

「サロンは使ってないみたいだぜ」

「せっかくだだっ広いサロンにぽつんといるところを笑ってやろうと思ったのに」

「違うだろ。爵位を盾にくつろぎ空間である広いサロンを占領してるって追及するはずだったんだろ。何のために危ない橋を渡って、あのサロンを壊したと思ってるんだ」

ただ通りすがろうと思っただけなのに、話している内容についつい足を止めてしまった。

ん？　サロンを壊した？

占領？

さすがに中をのぞいたら聞いていることがばれそうだから、誰が話しているのかの確認はできないけれど、さすがにこのままスルーするのはよくない気がする。

あのサロンはセドリック君が予約していた場所だ。

だったら、この攻撃はセドリック君に対してってことなんじゃないだろうか。

それにしてもサロンの受付の人からあの広い場所へ案内されたのに、占領してるって無理やりもいいところだと思うけど……

「周りも巻き込んでほかのサロンすべて埋めたのに肝心なところで失敗とか、何やってんだよ」

「とりあえず家名を貶《おとし》めないと……」

いらだったような声が止んだので、そっとその場を離れる。

でも、顔くらいは見るべきだったか。

どの家の人かの確認くらいは……

こんな中等学園内のちっぽけな嫌がらせくらいでうちやセドリック君ちの家名が貶《おとし》められることはないとは思うけど、いい気はしない。

もし俺が攻撃魔法を使えたら、一も二もなくあの部屋に撃ち込んでた。こうしてしっぽを撒いて逃げるのが悔しい。今度本気でミラ嬢に攻撃魔法を習おうか。

足早に廊下を進み、教室に戻る。

すると、普通ならこの時間は皆が教室に戻っているはずなのに、誰もいなかった。

次の授業は教室移動らしい。またしても連絡をもらえなかった。どうせなら黒板とかにでかでかとどこで授業をするのか書いてほしい。

「ああでも、今敵対勢力の顔を見たら、むかむかが収まらないから、この気持ちが収まるまでこのままここにいるのもありかもしれない……」

どこかの誰かがわざとサロンを壊したって学園長にチクってやろうか。

「いっそ俺からいやがらせをしてみるか……」

誰もいない教室で一人椅子に座りながらぶつぶつと呟く。

まだ十五分ほど授業開始には時間があるけれど、もう教室を探して動く気にはならなかった。

このイライラをどうやって解消しよう。

ああ、皆にいじめられたアピールを大々的にするって手もある。

「病弱設定を前面に押し出して、むこうを悪者に仕立て上げるとか……？」

「なーに一人で物騒なこと言ってるんだよ」

いきなりそんな声を掛けられて、身体がびくっと震えた。

一人っきりだからと油断していた。

そっと顔を上げると、教室の入り口からセドリック君とジュール君が覗き込んでいる。

二人は教室内に視線を走らせると、不機嫌そうな声で言った。

「なんでアルバ一人なんだよ」

「――さぼりです」

ふんすと鼻息荒く答えると、セドリック君が半眼になった。

「さすがにそれは苦しい言い訳だぞ。アルバに売られた喧嘩は僕が買うよ？」

「滅茶苦茶高くつきそうですね。でも僕専売です」

買わせません。とキリッと答えると、セドリック君が肩をすくめた。

その後ろからジュール君が心配そうに教室内を覗き込みながら、俺たちを見る。

「セドリック様、とりあえずアルバ様と一緒に場所を移動しませんか」

それもあり、と俺も席を立った。

もちろん授業に行くわけではない。っていうかどこでやるのか本気でわからないし。

でも、一人で物騒なことを呟いているよりはずっと有意義だ。

「とりあえず保健室はどうですか？　今サロンの予約は取り消してしまってますし」

「そうだな。リコル先生にお茶をいただこう」

二人で行き先を決めてしまったので、俺はストップをかけた。

「待って、お二人とも午後の授業はどうするんですか？」

「さぼりだ」

「さぼりです」

セドリック君もジュール君もいい笑顔で俺と同じことを言った。いいの？　と思わず聞いてしまったが、二人からは柔らかく肩を叩かれるだけだった。

さて、保健室に舞い戻った俺を、リコル先生は快く迎えてくれた。

しかもちゃんとお茶まで淹《い》れてくれた上に、真顔で俺に視線を向けている。

「何があったんです？」

ぼっちでした。とは言えない。

ほんの少しだけ言い淀《よど》んだ隙に、セドリック君が先に答えてしまった。

「アルバが一人滅茶苦茶面白そうなことを計画してたから、ここでちょっと作戦会議をしようと思って。場所を貸してください」

「面白そうなこと、ですか？」

怪訝そうなリコル先生にセドリック君がうなずくと、風の防音魔法を使った。

「どうやらAクラスは僕たちに喧嘩を売りたい者がたくさんいるようなので、報復を考えていたらしいんですよ」

ニヤリと笑うセドリック君は、物語に出てくる悪者のような雰囲気を出そうとして失敗していた。

「何があったんです」

リコル先生が、今度は強めにもう一度訊いてくる。

セドリック君とジュール君の視線を感じて、俺はさっき聞いた話を教えていいか少しの間、逡巡した。

あの会話をしていたのが誰だかわからないからなあ。

「んー、とりあえずは、僕たちが使うサロンが壊れたのは、わざとのようです。それで、広いサロン以外全てを予約で使えなくして広いサロンを三人で使っているのを見てあざ笑いたかったり、責めたかったりしたようですね」

学園の設備をわざと壊した場合、どんな懲罰が行くんだろう。

俺が軽く話すと、即座にセドリック君が頷いた。

「あー、多分それ、ヒューズ侯爵の家門だ。サロンの予約解除しに行ったとき、他のサロン予約が面白いくらいにヒューズ傘下の家名が並んでた。広いところを使うか聞かれたけど、あの何十人も入るサロンにアルバが一人で座ってるのを想像すると不憫すぎて不憫すぎて……」

「その不憫さを見て笑いたかったみたいですね。僕も確かにあの絵面はヤバいなと思いましたが」

自分でもちょっとアレはないと思ったもん。

「せせこましい嫌がらせの割には備品壊すとか、案外悪質だよな」

「――悪質とかそういう問題じゃないですよ。そこまでして僕たちをどうにかしたいなんてちょっと人としてどうかしています」

今まで静かだったジュール君は、いつもよりも一段階低い声音でそう吐き捨てた。

ずっと静かだったけれど、密かに怒りの炎を燃やしていたらしい。

表情もとてつもなく冷たかった。ジュール君の父上は宰相閣下のままだから環境が変わったわけではない。だから今はそこまで目の敵にはされていないはずだ。でも、こうして俺たちと一緒にいると巻き込まれるんじゃなかろうか。

「ジュール君は……」

怒ってくれるのは本当に心強いけれど、いいんだろうか、と聞こうとすると、ジュール君にぐっと手を掴まれた。

「とりあえずアルバ様は絶対にお昼はリコル先生と共にお願いしますね。僕たちもできる限り昼まで仕事を持ち込まないようにしますから。ああ、クラスが離れたのが悔やまれる……っ」

俺の手をぐっと握りしめる力が、ジュール君は静観してもいいのに、という言葉を言わせてくれなかった。気合い十分。二人ともやる気満々じゃないか。

クラスの子たちへの苛立ちなんかがふわふわと解けていく。

でも、リコル先生は難しい顔をして俺たちの会話を聞いていた。

まだ具体的に手を出された訳じゃないので、学園側からの対処はほぼできないと思っていい。

そこで、まずは手短に、どういう行動をするかを話し合う。

それから、午後の授業が始まるぐらいで一度解散となった。

教室で具合が悪くなった俺をたまたま通りかかったセドリック君とジュール君が保健室に運んでくれたということにリコル先生がしてくれたから、授業に間に合わなくても二人にはなんのお咎《とが》めもないはず。

それにしてもどうしようか、と俺は廊下を歩きながら思った。

今もまさにどこで授業をやるかわからない状態で廊下を歩いている。

向かう先は先生たちのいる教員棟だ。

誰かしらは五学年Ａクラスが授業をしている場所を把握しているだろうから。

けれど教員棟は、先生たちは先生しか通れないドアを通ってすぐにこっちに来ることができるんだけど、生徒が向かうにはぐるっと校舎を回って行かないといけない。

授業間の移動時間で行き来するのは走らないと難しい。

先生が使うドアを使わせてくれないか、もしくは途中で教師の誰かに会わないかなと思いつつ教員棟へ向かって歩いていると、ちょうど教員棟の入り口へ着いたところで授業開始の鐘が鳴った。

「間に合わなかったか……」

まあ仕方ない、とそのまま教員室へ向かう。

授業が始まっているからか、教員室には二人ほどしか先生がいなかった。

声を掛けると、不思議そうな顔をしながら一人の先生が廊下に出てきてくれた。

「サリエンテ公爵家のアルバ君ですね。どうしました、具合が悪くなりましたか？」

先生は俺を知っていた。全教師に情報が回っていてもおかしくない立場ではあるんだけど、顔パスだとは思わなかった。

「体調は大丈夫です。ありがとうございます。お願いがありまして」

五学年のＡクラスの移動授業の予定表があれば下さい、とお願いすると、先生はとても怪訝な顔をした。

「授業の教室移動は、たまに予期せぬ移動があることから、クラス委員が生徒に伝える決まりがあります」

先生の言葉に、やっぱりかー、と苦笑する。

今までずっとジュール君が教えてくれていたから、本当にジュール君が俺のために動いてくれていたのかがわかる。得がたい友人だ。

さて、これで嫌がらせについて話してしまうのは簡単だ。でも、そうしてしまえば何が起きるかは大体わかる。

他の立場の強い子から立場の弱い子に罪がなすりつけられたら、本当にやっていられない。

俺は、できるだけ優等生らしい笑みを作って先生に微笑んだ。

「僕は、たまに体調が芳《かんば》しくない場合は保健室に行くんですが、その場合もクラス委員に伝えてもらうのは大変だと思いまして。自身の用意もあるのに保健室に走らせるのは申し訳ないので、できる限り迷惑を掛けないようにしたいと思いまして」

「なるほど……その心はとても素晴らしいと思います。では、担任のティル先生にその旨伝えておきますね。今ももしかして保健室からですか？」

「はい。リコル先生に見てもらっていました」

「そうですか。何事もなくてなによりです。五学年Aクラスは今、第二温室で薬草学をしているようですね。ずっと立っている授業なので、無理をしなくても大丈夫ですよ」

慈愛の眼差しで俺を見下ろした先生にお礼を言うと、俺はその場を後にした。

こんな風に移動授業のときに遅刻すると印象が悪くなるし、聞けなかった分の授業が遅れちゃうから本当にやめてほしいところだけれど、なんというか、本当に地味な嫌がらせだ。

遅れて第二温室に辿り着いた俺に、薬草学担当の先生はやっぱり体調の心配をしてくれたので、この地味な嫌がらせは俺に対してはあまり意味がないと思うんだ。

成績が下がるかもってことは置いておいて。

あ、むしろ意味がないから、クラス委員が連絡不足っていうのを気付かないのかもしれない。これは地味に俺の成績を削っていくスタイルかな。

そっと後ろの方に紛れ込みながら、クラス委員のヒューズ侯爵子息に視線を向けても、全くと言っていいほどこっちに視線を向けなかった。

皆がチラチラと俺を見る中、逆に不自然に思える程に。

あの教員室で対応してくれた先生は、すぐに担任に伝えてくれたらしく、俺は放課後特別に移動教室予定表的なものをもらってしまった。

これで俺の成績を下げるという地味な嫌がらせはもうさせないぞと思いながらも、一度くらいはクラス委員のところに行って「ここで授業をするって教えてくれたら良かったのに！」とやればよかったな、なんて小物並みなことを考えた俺なのだった。

幕間　新体制の光と影（side ハルス・ソル・サリエンテ公爵）

新体制のもと、王宮の政務が始動した。

ヴォルフラム王太子殿下が陛下の元にあった元老院を解体し、新たに新公爵となるツヴァイト・ソル・ヴィネーラ公爵、セネット卿、そして私の三公爵をヴォルフラム王権のもとに新元老院として発足させたことで、私も政務の中枢に立つことになった。

本来は、元老院は陛下や王太子殿下などが誤った判断を下した場合に諫言するためにある。

しかし、現陛下の下にある元老院は、ほぼ機能していなかったため解体することになった。

ちなみに、実際には機能していなかったどころか、ツヴァイト卿の暗殺をけしかけたり、王弟殿下を日陰者にするよう陛下に働きかけていたりしていたのが元老院の者たちだった。

そのことを知ったヴォルフラム王太子殿下はミラ嬢のごとく爆発し、清々しいほどに次々と王宮の膿《うみ》を絞り出していった。

優しいけれど、冷徹。普段は温厚なのに、ここぞというときは冷徹さを発揮するヴォルフラム王太子殿下は、まさに国王に相応しい。

それでもやはりまだまだ経験も足りず未熟なところはあり、そこをフォローするのが私とセネット卿となる。

ただ、かなりの数の王宮貴族がアイン殿下の思想に染まっていたため、人事は混迷を極めた。

ほぼ全てをひっくり返す勢いで王宮の体制を立て直したけれど、それでも日々しなければいけないことが山積みとなっている。

「ああ……最近子どもたちとゆっくりできていない……」

手にした書類をまとめながら、思わず零すと、隣から笑いを含んだ声が飛んだ。

オルシスはヴォルフラム王太子殿下と共に学んでいるから、今この執務室には私とセネット卿しかいない。

「サリエンテ卿は子煩悩ですからね」

「そういうセネット卿もそうなのでは？」

セネット卿が養子としたミラ嬢を実の娘のように扱っているのは、すでに周知の事実である。

それにセドリックは、愛されて育った奔放さと大らかさがしっかりと身についた少年に育っている。私はアルバに指摘されるまで息子を愛することすら知らなかったので、自然とそれができるセネット卿を表には出さないが尊敬している。

「あはは、そろそろ二人とも私の手を離れる時期ですから。生意気ですしね」

目を細めるセネット卿に私も釣られるように笑う。

たまにはゆっくりとルーナとお茶を飲みたいものだ。

最愛のフローロそっくりなルーナの顔を思い浮かべながら文字を追っていると、セネット卿に「顔が緩んでいますよ」と指摘され、顔を引き締めた。

「生意気と言えば、この間うちの妻と息子がやりあいましてね」

フッと声のトーンを落としたセネット卿に、ふと注意が引きつけられる。

初めて聞くセネット家の内情に、私は静かに耳を傾けた。

「妻がツヴァイト閣下に不敬な言葉を投げつけてしまいまして。まだ臣下に下る前でしたので、実の姉とはいえ、立場上牢に入れられてもおかしくないほどの言葉を投げつけた妻に対して、ツヴァイト閣下よりも息子のほうが激高してしまいまして」

その言葉に思わず目を見開く。

あの笑い上戸のセドリックが激高とは、あの元王女はどれほどのことを言ったのか。

自身の望みと兄であるアイン殿下のことしか頭になかった、元王女であるセネット公爵夫人の顔が頭に浮かぶ。

そのせいで色々とこの身に降りかかった災難を思い出してしまい、顔を顰《しか》めそうになるのを我慢していると、セネット卿は光のなくなった目を手元の書類に落としながらも、続けた。

「ミラ君が慌てて仲裁に入るほどに激高したセドリックが、次期公爵の名を使い、正式な処分として、妻を領地の端にある保養地の別荘に閉じ込めてしまいましてね……」

アハハと空笑いするセネット卿は、まるで老成した世捨て人のようだった。

一応は母親である女性を、領地の館でもなく遠方にある保養地の別荘送りにするとは、相当な怒りだったんだろう。

「……差し支えなければ、夫人が何を言ったのか訊いてもいいだろうか」

「昔、妻が迷惑を掛けてしまったサリエンテ卿だからこそ、お教えします……」

顔を上げて力なく微笑んだセネット卿は本当に疲れ切っていた。

セネット公爵夫人が降嫁したのは、すでに妻のいた私に言い寄ったり、まだ幼い弟を平気な顔で貶《おとし》めたりしていたのを陛下に咎《とが》められたためだ。当時王女だったセネット公爵夫人は私に懸想しており、セネット公爵家に降嫁と言われた際にかなり荒れていたのをこの目で見ていた。

妻の誹謗中傷は当たり前、夜会では私を上げ、妻を落とす。

その心労のせいか、妻は早いうちに私を見限っていたように思う。

夫婦仲は冷え切り、私は王宮の仕事を理由に家に帰らず、オルシスは両親と妻に任せきりだった。

かといって王女――セネット公爵夫人と浮気をしていたという事実はないし、むしろ迷惑だった。

アイン殿下は王女に甘かったので注意らしい注意もせずに王女の好きにさせていたため、たびたび政務に支障をきたした。

一度陛下に直談判までしたことがある。そのため、事を重く見た陛下によって即座に王女の輿入れが決まり、間を置かずに王女はセネット家に降嫁していった。

その後は諦めて落ち着いたかと思ったけれど、たまにわけのわからない手紙は届くし、前妻が亡くなったときにはセネット卿と共に弔問に訪れた際に「私が慰めてあげる」などとわけのわからない誘いまでしてきた。

　そのことは全てセネット卿に伝えていたし、本人が旦那であるセネット卿の目の前でも気にせずそんなことをしたりもしたので、特に彼との間にセネット公爵夫人関係の遺恨はない。

　彼女に私からは絶対に近寄らなかったので大事《おおごと》にはならなかった。

　が、フローロを娶《めと》ろうと思った際に、アイン殿下を通して邪魔してきたのは今思い出しても腸《はらわた》が煮えそうになる。

　……まあそこで王家に貸しを作った結果、公爵家と男爵家でもスムーズに婚姻が出来るように陛下が計らったのだが。

　最近でも王家の夜会ではセネット公爵夫人に色目を使われ、後からセネット卿に謝られるということが続いていたのだが……

「国を脅かしたのはツヴァイト閣下だと。それを全てアイン殿下になすりつけたのだと。公の場ではなかったけれど、王宮の中で声高に叫んでしまって。セドリックには詳細を教えていなかったのですが、いつの間にやらかなり詳しく調べていたようで、その場で激高してしまって……」

「……大変でしたね」

「ツヴァイト閣下もヴォルフラム王太子殿下も後々『血はつながらなくても流石姉弟、ミラ嬢と怒り方がそっくりだ』と笑って済ませてくれたのですが、それで許されるわけにはいきません。陛下も私も妻を領地に幽閉することを許可しました。今まで大変ご迷惑をおかけしました。もう二度と妻が迷惑を掛けないと誓います」

セネット卿は、自嘲の笑みを浮かべると、ゆっくりと私に頭を下げた。

あの元王女に一番迷惑を掛けられたのは、セネット卿だ。

どちらも愛情などはなかったけれど、誠実なセネット卿は娶《めと》ったからにはと夫人をずっと慈《いつく》しんでいたから。

きっとあの顔に張り付いている疲れの元は、王宮での激務だけじゃなく、家の騒動もあるのだろうと思うと、気の毒だった。

さて、深夜に近い時間、オルシスと共に我が家に戻ってくると、アルバの部屋に明かりが点《つ》いているのが見えた。オルシスも気付いたらしく、険しい顔をしている。

「僕が見に行ってみます」

「そうしてくれ。そしてそれとなく学園のことを訊いてみてくれないか。どうやらアルバが学園で苦労しているようなんだ。スウェンに調べさせた調書を後で渡そう」

「わかりました」

キリッと返事をするオルシスは、何やら物騒な雰囲気を纏《まと》っていた。

アルバのことに関しては、オルシスを差し置いて私が動くと、オルシスの態度が冷たくなるので、極力任せることにしている。

「それにしても、ヒューズ侯爵か……」

アイン殿下の側近時代、私と肩を並べてアイン殿下を支えていた男を思い浮かべる。

当時は誠実でとても頼もしく、権力に溺れる様子も見受けられなかったからこそ、罷免せず異動で済ませたのだが……

もしかしたら今回は私も動かないといけなくなるかもしれないな、と調書の内容を思い出して溜息を呑み込んだ。

九、最推しの激高

最近夜まで勉強していると、疲れているのに兄様が顔を出してくれるようになった。

兄様も忙しくなったし、俺の魔力もだいぶ安定しているということもあり、しばらく魔力供給はしていない。

兄様とのふれあいが足りなさすぎる、そろそろ兄様不足でヘロヘロになりそう、なんて思っていたときの登場だったので、兄様の後ろには後光が差して見えた。

「遅くまで頑張ってるね。でもちゃんと休むんだよ？」

「兄様こそ！　遅くまでお疲れ様です！」

椅子を立ってだっと兄様に駆け寄った俺は、開かれた兄様の両腕の中に飛び込んだ。

ああ、至福はここにあった。

兄様の背中に腕を回してぎゅっと抱きつくと、兄様も腕に力を込めて抱きしめてくれた。

もうこれだけで元気出た。

大きく息を吸い込んでから、身体を離し、兄様を見上げる。

「流石に五学年にもなると難しくて。少しだけ予習してました」

教室を探してさまよう時間は授業を受けられないからね。まあ、次からはもう大丈夫だけど。

心の中でそう付け足していると、兄様は俺をひょいと抱き上げて、そのままソファに移動して腰を下ろした。

「寝不足は身体によくないよ」

「そっくりそのまま返します。……今がとても大事なときなのはわかってるんですけど……兄様も父様も身体を壊さないか心配です」

「僕たちは大丈夫だよ。僕はまだ側近実務ってよりその勉強をしているだけだから。父上は忙しいけれどね。たまに回復用の魔術陣を贈ってあげて」

「もちろん！　あ、二人分描き上がったので、持っていってくださいね」

今日描きたてほやほやの魔術陣があるんだと伝えると、兄様は眉をヘニョッと下げた。可愛い。

その可愛い顔を見ることができただけで一週間は生きられる。

「勉強の合間に魔術陣を描いてるなんて、休めないんじゃない？」

「勉強に飽きたら魔術陣を描いてリラックスしてるので、むしろ気分転換になりますよ」

「なるほど……？」

いまいち納得いかないみたいで、兄様が首を捻っている。けれど兄様のことを考えて魔術陣を作るのは、むしろ趣味だから。あれほど楽しい趣味はないよ。

ニコニコと兄様を見上げると、兄様が俺の額にチュッとキスをした。

「はぁ〜……癒し……」

俺の髪に頬ずりしながらそんなことを呟く兄様は、やっぱりお疲れだったみたいだ。

しばしの間、兄様の柔らかい髪を撫でつつ、俺は至福の時間を味わう。

「アルバ、最終学年はどう？　大変じゃない？」

さて、回復魔法でも掛けようと思っていたら、兄様にそんなことを訊かれて顔を上げた。

「そうですね。リコル先生から兄様の話が聞けるので、お昼が楽しいです」

兄様はああだったよ、こうだったよ、とリコル先生から見た兄様を教えてもらえるのはとても嬉しい。お昼を一緒に食べられるように手配してくれた義父には感謝しかない。

「僕のどんな話を聞くの？」

少しだけ心配そうな声音に、笑ってしまう。

「兄様とブルーノ君がとても仲良しだった話とか、総会メンバーから逃げ回る兄様の話とかです。あと、授業の武勇伝とか先生を言い負かした話を聞いたときは大興奮しました」

「そんな話を……ちょっと恥ずかしいね」

「どんな兄様の話でも聞きたいし、聞けると楽しくなります」

「そっか。僕もアルバの話は何でも聞きたいから、すごくわかる。だからアルバも、学園でのことを僕に教えて？」

不意に訊かれて、一瞬返答に困ってしまった。この訊き方は反則だと思う。教えないとって思っちゃうじゃん。

でも、兄様が聞いて楽しいような話は一つもない今の状態を、どう話せばいいのか。

セドリック君たちと一緒にいたときは楽しかったけれど、今は楽しいと思う要素がリコル先生とのこっそり魔力操作練習とお昼くらいだから。

ありのままを話したらきっと心配されてしまう。

「……授業についていくのが大変ですけど、薬草学と歴史はすごく楽しいです」

笑顔に乗せてそう答えたけれど、そのちょっと言い淀《よど》んだ間を兄様は汲み取ってしまったみたいだった。少しだけ心配そうに眉を寄せると、俺の頭を優しく撫でた。

「アルバ、学校には無理に通わなくてもいいんだよ。むしろ家で家庭教師を雇うのもありかもしれない。もう一度ホルン先生に頼んでみる？　アルバ、ホルン先生大好きだったでしょ。……アルバが一人のときに魔力暴走が起きたら、なんて考えたら、何も手につかなくなってしまう」

「ホルン先生には会いたいですけど大丈夫ですよ。ブルーノ君飴はちゃんと持ってますし、リコル先生もいますし」

その言葉に慌てて両手を振る。

学園があるのにわざわざ家庭教師を雇うのも義父が大変だろう。それに教室とかで魔力が暴走して枯渇して俺が倒れたら、流石に今のクラスメイトでもリコル先生に連絡くらいはしてくれるよ。くれるよね……？

ニコニコしながらも、少しだけ不安になってしまった。

うん、確かに担任の先生がいるときはいいけど、クラスメイトだけのときはせめてもっと人目につく廊下に移動できればいいかな。移動できればだけど。

俺の様子を見て、やっぱりちょっと不服そうな兄様は俺のおでこにちゅっとキスを落とした。

「何かあったら僕と父上がちゃんとフォローするから、我慢だけはしないようにね」

「頼もしいです」

心配してくれる兄様に癒やされて、俺は口元を緩めた。

それにしても我慢、我慢か。

んー、と考えた俺は、だめもとで言ってみることにした。

「……今のところ一番僕が我慢してるのは、兄様と一緒にゆっくりしたいのにできないことです。兄様、もしお休みをもらえたら、その時は少しでも僕との時間をとってくれたらとても嬉しいです」

それまでは勉強を頑張るのでご褒美を下さい、とドキドキしながらおねだりしてみると、兄様はふわっと嬉しそうに微笑んだ。

「それは僕へのご褒美かな？　もちろん僕が休みのときはアルバとずっと一緒にいたい。約束だよ。よし、僕こそやる気が出てきた」

ぐっと手を握りしめた兄様は、そっと俺の肩に腕を回して引き寄せた。

兄様の顔がゆっくり近付いてきたので、その顔だけで腰砕けになりそうになりながら、目を閉じる。兄様のキス顔はあまりにもセクシーすぎてゆっくり見ていられない。心臓に悪い。きっと俺をぎゅっとしている手から元気すぎる心臓のバクバク音は伝わっていると思う。

そっと重ねられた唇がとても柔らかくて、たまらずに兄様の服に縋り付いてしまうと、舌が俺の唇をなぞり、そっと口の中に入ってきた。

何度経験しても大人のキスは心臓が活性化されてしまう。

ドキドキしすぎて心臓が痛い……！

舌を絡められてじわりと兄様の魔力が染み込んでくる。

「……ふ……っ」

……これは魔力譲渡、魔力譲渡なんだってば。

念仏のように唱えて、活性化する心臓を落ち着けようとするけれど、たまに俺の口の中で感じる気持ちよさを引き出すような舌の動きに、頭の中がピンク色になってしまう。

魔力譲渡、だよね……？

チラリと薄目を開けると、とんでもなく間近に兄様の綺麗な紫色の瞳が見えた。

鼻から漏れた声があまりにもいやらしく聞こえてしまって、頬がカッと熱くなる。

ああ、俺は今どんな顔をしてるんだろう。チラ見したのも見られてしまった。

長い兄様のシルバーの睫毛がパサリと動き、細められた目がとてもエロセクシーになる。

「ぁん……」

　周りの空気がとても淫靡な気がして、ぎゅっと目を閉じてしまう。兄様のあんな瞳を見てると絶対に下半身がヤバいことになってしまう。俺だってもう十五歳のお年頃だもん。

　兄様の舌は容赦なく俺の舌を搦《から》め捕《と》り、じわじわと魔力を流し込んでくる。

　胸いっぱいになるほど魔力を渡され、「熱い……」と呟くと、フッと魔力の流れが止まり、兄様の舌がゆっくりと出ていった。

「ぁ……」

　名残惜しさに思わず声が出て、恥ずかしくなってしまった俺はそのまま顔を下に向けて、兄様の胸で真っ赤になっているであろう顔を隠した。

「アルバ可愛い。愛してるよ」

　僕も、と返したかったけれど、恥ずかしすぎて火照りすぎて頭の中がピンク一色になってしまっていて、言葉を発することができなかった。

　そのまましばらく兄様にくっついていた俺は、兄様に優しく背中をさすられる心地よさに、いつの間にやら寝てしまったらしい。

　気付いたら、ちゃんとベッドに寝ていて、朝陽が部屋に射し込んでいた。

「あれ……？　俺、兄様との時間を、睡眠で潰しちゃった……？」

　しっかり寝ることができて清々しいはずの朝なのに、俺はそんな後悔と共にベッドを降りたのだった。

◇◆◇

それから、日々の状況は少しずつ変わってきた。

移動前は俺がちゃんと授業を受けているのに、教室を移動すると来なかったり遅れたりするのを担任が重く受け止めてくれたのだ。一日の初めに移動教室があると教えてくれるようになった。

だから、もう連絡がなくても安心。

クラス委員のアンディは、担任に「しっかりと伝達をしてください」と注意され、ふてくされた顔をしていた。皆の前で注意を受けたから屈辱だったんだろうか。

周りのクラスメイトたちが一生懸命「アルバ様はあまり教室にいないので」とか「昼休みどこにいるのかわからないのに探すのは大変だと思う」などと庇っていたけれど、俺大抵昼休み以外は教室の隅で静かに座ってるからね。

けれどそれから、少しだけ嫌がらせがエスカレートした。

前は全無視だったのに、アンディグループのご子息ご令嬢たちが、俺とすれ違うときは睨みを利かせるようになった。いやいや、小さい子たちに睨まれても怖くはないんだけどね。

睨む生徒とそれを何もしないで見ている生徒に囲まれた教室内は、とても居心地が悪い。

さっきもわざわざ教室を出るとき、俺の目の前を睨みながら通っていった生徒たちは、ほんと大変そうだと思う。

「そもそも、公爵家に喧嘩を売ってるって気付いてるのかな」

溜息とともに呟くと、近くにいた生徒たちが一様にビビった表情をしたのが見えて、俺がいじめっ子になった気分を味わった。

そういえば前にもこんな感じになったことあるよな、と懐かしく思っていると、後ろからセドリック君の俺を呼ぶ声が聞こえてきた。

「アルバー。今日は一緒にご飯食べよう。ジュールも一緒に」

「わあ、もちろん！　昼が楽しみです」

振り返ると、セドリック君が教室の入り口から覗き込んでいた。

まとめていたノートをしまって席を立つと、さっきビビっていた生徒たちがさっと俺から目を逸らした。

セドリック君もそれが見えたらしく、溜息とともに呆れたような顔になった。

「このクラスほんっと雰囲気最悪だな。セネット公爵家嫡男である僕の大親友のアルバをいじめるヤツは僕がちゃーんと父上を介して抗議してやるから教えろよ」

クラス内を威嚇するセドリック君に思わず笑う。

今は一番の親玉がいないからあんまり意味ないよ、と近寄って小声で言うと、セドリック君がニヤリと笑った。

「だいぶ悪い顔してたぞ」

「そんなことないですよ。セドリック君が頼もしくて嬉しいだけです。あと一時間が待ち遠しい」

「僕も、最近なかなか一緒にご飯食べられないからなー。もう一時間くらいサボって保健室に行ってもいいんじゃないかな」

「そんなことをしたらリコル先生に迷惑が掛かりますよ」

気持ちはわかるけれど、と心の中で付け足す。

手に教科書を持っているところを見ると、セドリック君は次の授業は特別棟でやるようだった。

「じゃあ、昼休みに」

「はい。授業頑張ってください」

手を振りながらセドリック君を見送ると、セドリック君の周りにいた人たちも一緒に手を振ってくれた。

そのまま机に戻り、次の授業の用意を始める。

教科書を取り出して、ペンケースを机に置いたところで、アンディたち集団が教室に戻ってきた。

そしてまたしてもわざわざ俺の机の前を通っていく。

気にせずノートを開いていたら、ドンと誰かが机にぶつかった。

邪魔にならないところに置いていたペンケースが下に落ちて、カシャンと音が響いた。

「あっ」

落ちた衝撃でペンケースが開き、中から数本のペンが飛び出す。

それを拾おうと屈んだところで、誰かの足がペンを踏んだ。

「あ、ごめん」

軽い謝罪と共によけられた足の下から、紫色の石の飾りが取れてコロリと出てきた。

――目の前が、真っ赤になった。

繊細な意匠は、踏まれたことによってひしゃげており、飾られていた石は数個床に散らばっていた。

無言で一つ一つを拾っていく。

これは、俺が兄様のためにデザインして、兄様とおそろいにした、俺が稼いだ金貨で特別注文したペンだ。世界に二本しかない。

ペンを落として壊した生徒は手伝いもせず、そのまま俺を見下ろしてへらへらと笑っている。

ヒューズ侯爵家の分家で伯爵、名前はレジーだった気がする。一度も呼んだことはないけど。

「なあ、ごめんって」

レジーが、謝罪になっていない謝罪を重ねる。

「…………」

石を一つまた一つ拾う。

……これは直してもらえるかな。

「なあ、こっちは謝ってるんだから、なんとか言えよ」

「大事なペンっぽいから、泣いちゃったんじゃないか？」

「はぁ？　この程度で？　公爵家だろ。ペンの一本や二本でどうなるわけでもない」

最後の石一つを拾うと、他にないか見回してから、立ち上がる。

ポケットからハンカチを出して、取れてしまった石を包むと、歪んで蝶の羽が潰れてしまったペンを見下ろした。

——大事な、とても大事なペンなのに。

顔を上げると、周りにいる生徒たちが全員俺に注目していることに気付いた。

「なあ、許してくれるよな」

レジーが、困ったように笑いながらそんなことを言ってくる。到底謝罪になどなっていない言い方で。


——これは俺が舐められているってことだよね。

俺はじろりとレジーを見上げた。

「どう許せと？」

俺が口を開くと、俺の視線が不快だったのか、レジーが半眼になった。

「弁償すればいいんだろ」

上から目線の謝罪が耳を通り過ぎる。

俺はレジーから目を逸らして、すぐ近くにいたアンディに視線を向けた。

アンディはそいつに注意するでもなく一緒に笑うでもなく、ただ俺を睨み付けている。

俺は視線をレジーに戻すと、口を開いた。

「一本、金貨七枚」

ぽつりと呟いた言葉に、後ろの方で話を聞いていた生徒たちが息を呑む音が聞こえた。

「そ……んな高いペン……」

流石にレジーも顔を引き攣らせた。

その顔をまっすぐ見つめながら、彼に向かって聞く。

「これは僕自身がデザインして、商人を通して職人に特注したものです。この世に二本しかないものなんですが、本当に弁償できるんですか？　全く同じものじゃないと、僕は納得しませんよ」

「は……？」

一歩前に足を踏み出すと、レジーは一歩後ろに下がり、そこにいた別の生徒にドンとぶつかった。

レジーが救いを求めるように後ろを振り返るが、全員さらに一歩後ろに下がるだけだった。

「お前ちゃんと弁償しろよ。金貨七枚」

「無理だって。じゃあお前も出せよ」

「踏んだのはお前だろ。ほら、金貨七枚」

レジーとその仲間たちが見苦しい小競り合いを始めた。そんな彼らの前に、スッとアンディが割り込んできた。

「学園にそんな高いペンを持ってくるほうがどうかしている」

頭上から降ってくる声にイラッとくる。

見上げると、アンディはまるで親の敵を見るかのような視線を俺に向けている。

「今までこれを使っていて、誰かに迷惑を掛けたことはないですけど」

「今まさに迷惑を掛けてるだろ」

「こっちが迷惑を掛けられているの間違いでは？」

「そんな高いペンを買い与えられるような余裕がないヤツだっているんだよ」

アンディの言葉に、俺は盛大に溜息を吐いた。

確かに、金貨七枚なんて子どもに与える額じゃない。

俺がもらう小遣いも普通は毎月金貨一枚程度で、それでも多い方だ。公爵家がそんな状態だから、もう少し下位の家はご令嬢のドレスなんかはまだしも、令息にあてるお金はもっと低いんだろう。

でも、そんなこと今、俺には関係ない。

「いいえ。買い与えられたわけじゃありません」

「だったら金貨七枚なんて……」

「自分で稼いだお金ですから」

アンディが言い終わる前に、言葉を被せる。

「これを作ってもらったのは僕がここに入学した年です。自分で稼いだお金で作りました。それからまるまる四年、大事に使ってきた、この世に二本しかない、僕と兄様だけのペンです。それを、謝るから許せ？　どう許せると？」

まっすぐアンディを見上げてそう言うと、アンディは驚いたように目を見開いていた。

「……自分で、稼いだ？」

「きっと父なら頼めばお金を出してくれたでしょう。でも、僕が自分で払いたかった。父に買ってもらうのではなく、自分で兄に贈り物をしたくて、おそろいにして作ってもらったのです」

「そんな大金、どうやって稼いだっていうんだよ」

アンディが視線をさ迷わせる。そこで逃がしてなんてやらない。

俺はゆっくりと口を開いた。

「絵を売りました。もちろんその絵の顔料は父に買ってもらったものなので、全てをという訳にはいきませんが、自分で描いた絵を、買ってもらいました。金貨七枚を出す価値のある絵だそうです。そうやって稼いだお金で作ったものを壊されて、いいよ許すなんて言えるとでも？　心が広い人なら許してくれるかもしれませんが、誠意のない謝罪で許せるほど僕は心が広くありません」

兄様とおそろいのペンを。

しかも二本で金貨七枚なんかじゃない。一本で金貨七枚だ。

それを、多分わざと落として踏んづけて壊して、許してくれよの一言で許すことができるなんて、大人でもいないだろ。

ぎゅっとペンを握りしめると、滑らかで持ちやすかったはずのペンが歪んで掌に引っかかった。

悔しさにぐっと奥歯を噛みしめると、アンディがペンを持っている俺の手を横薙《な》ぎに払った。

パシッと手を叩かれて、俺の手からペンが飛んでいく。

「そもそもお前の父親が、俺たちの父親を中央から外したのが悪いんだろ!!」

「だからなんですか」

もう顔も上げずに、俺はペンが飛んでいった方に視線を向けた。

勢いよく飛んだペンは囲んでいた生徒たちの向こう側にいってしまった。

「閑職に追いやられたということは、それだけの何かをしたか、もしくは何かをしなかった者のはずです。うちの父がそれを見逃すはずがないじゃないですか。それを僕に当たり散らしても、余計に家名を傷つけるだけだと、なぜわからないんです？　それとも僕を脅して父親を中央に戻すように言わせる気ですか？　――どいてください」

俺の言葉に、少しだけ人の間に隙間ができる。

生徒の間を抜けながら、誰にともなく胸のムカムカを口に乗せた。

「今現在、王宮はたくさんの人事異動があります。王太子殿下の変更に伴《ともな》い、まだ年若いヴォルフラム殿下が気持ちよく王位に就けるように今まであえて王宮から離れていたサリエンテ家とセネット公爵家が肩を並べて動いている状況です。そこで閑職に追いやられた方たちは多かれ少なかれ何か事情があるのでしょう」

俺よりよほど背の大きなクラスメイトたちの間を抜けて、転がっていたペンを拾う。

「きっと異動の辞令が出た意味を、全て正しく家族に伝える方は少ないでしょう。プライドなどもあるでしょうし。けれど、だからと言って父親の嘆きをそのまま深く考えることなくとらえ、学園に持ち込み、僕で発散するなど愚の骨頂だと思います。少しは自分で調べたり考えたりしてみてはいかがですか」

そして振り返ると、皆驚いたような表情をしていた。

「王太子が交代したのは知っていたけど……」

「王宮で父上が何かしたとか、知らないよ」

「そのせいでうちは財政が苦しくなったって……」

「うちは王宮から追い出されたのは、全部サリエンテ公爵とセネット公爵のせいだって父上が……」

ざわざわと声が聞こえてくる。

王太子の交代はすでに大々的に発表されているし、今現在もヴォルフラム殿下が国王になるための準備は着々と進んでいる。兄様だって側近になるための知識を今必死で勉強している。

今更俺に何をしようとも、その動きはもう止まらない。止めてはいけない。

今度こそペンをしっかりと握りしめて、俺は彼らに言う。

「うちの父はヴォルフラム殿下とツヴァイト閣下の後ろ盾となり、今はとても忙しく王宮で動いています。けれどそれはアイン殿下が廃太子してからです」

後ろ盾の契約はもっと前からだけれど、それは割愛。だって公表したのはアイン殿下が問題を起こした後だから。

「どうして二人とも王宮に住まい、王族を名乗っているのに後ろ盾がいなかったのか、考えたことはありますか。アンディ・アン・ヒューズ。あなたはわかりますか」

俺が名指しをすると、アンディは険しい顔で反論した。

「ヴォルフラム殿下は王弟殿下の第二子、ツヴァイト閣下も第二王子だったから、すでに優秀なアイン王太子殿下がいる状態で後ろ盾はいらなかったんだろ。違うのかよ」

その答えに、俺は鼻を鳴らした。

この人の父親がアイン殿下の側近だったというのは、前に調べたときに知った。ってことはだ。もしかしたら義父はヒューズ侯爵と一緒にアイン殿下の側近をしていたこともあったのかもしれない。

今俺の目の前にいる生徒たちは皆、王宮内に残っても閑職につけられたり、領地経営に集中しなさいという名目で王宮の仕事を辞職させられたりした人たちだ。

きっとこの人たちは自分の父親がどうして異動させられたのか、理解していない。

ツヴァイト殿下を排除しようとしたアイン殿下を、きちんと臣下として諫《いさ》めなかったから異動したということを。

だって、義父は信頼できて仕事もちゃんとできる人は今も同じところで仕事をしてるって教えてくれた。こうして父親が異動させられたことを憤っている人たちの親は、義父が信頼をしていないってことなんだと思う。

「違いますよ。あえて後ろ盾を作らなかったそうです。アイン殿下はツヴァイト閣下が力をつけ、王位を狙うことを恐れていました。なので、閣下はそれを払拭しようと敢えて後ろ盾を作らなかったようです」

「アイン殿下がそんなこと……両公爵家がヴォルフラム殿下を傀儡《かいらい》として王家を乗っ取ろうとしてアイン殿下を引きずり下ろしたんだろう!?」

「違います。誓約により詳細は言えませんが、この措置は妥当だと、僕も思います」

なにせアイン殿下は気軽に国を滅ぼそうとしちゃったから。

そのことは公《おおやけ》にはしないし、側近だったヒューズ侯爵が事情を知っていたとしても、息子には誓約で言えないだろう。けれど、何をどうしたら義父たちが彼らを引きずり下ろすなんて言葉が出てくるんだろう。

っていうか、王宮から親を追い出された家の子息がまだ学園に通えているっていうことのほうが実はすごいことなんだよ。どうしてそれがわからないんだろう。

こんなところで、俺の大事な大事なペンに当たり散らしていたって、何一つ変わらない。それどころか、地獄への第一歩を踏み出したんだってことを自覚してほしい。

詳しい内容を教えられていないとはいえ、うちをそんな風に愚弄するなんて、絶対に許せない。

「アンディ・アン・ヒューズ、俺はサリエンテ公爵家の一員として、君の家に抗議する。そしてレジー、君は親ではなく自分自身で稼ぎ出したお金で弁償しない限り、絶対にこちらは謝罪を受け入れない旨を、書状で家に送る。踏み倒すな。一年次の俺が稼ぎ出せた金額だから、十五歳の今なら簡単だろう？」

これはもう俺が悪役決定だ。でもまだ全然怒りが収まらない。

もしまだ『ラオネン病』が残っていたら一発で発作がでているところだ。

もし俺に物理で攻撃できる魔法が備わっていたなら、きっとこの教室を半壊くらいはしていたと思う。

破壊できなくて残念だと思う日が来るなんて。

きっと兄様だったらこの学園をまるまる氷漬けとかにできるのに。

あっでも、そんなのきっと芸術以外の何物でもない。

そんな妄想で少しだけ心が安らぐ。そして拾い上げたペンをぎゅっと握りしめたところで、心臓が一つ大きく高鳴った。

あ、ヤバい。

ぶわっと魔力が身体から抜けるのがわかった。

そして、目の前には、本当に氷漬けになった教室が見えた。

皆が驚く姿に重なるように、目の前で教室がピキピキと凍り付いていくのが見える。

『刻《とき》魔法』って俺の欲望までこうして見せてくれるんだったっけ。

皆の足が氷に捕われて、身動きも出来ずに悲鳴が上がる声が脳内に響く。

それでもその氷は兄様の魔法だっていうのがちゃんとわかるのがいっそ不思議だった。

まるで氷の神殿のように、幻想的な景色が脳裏を横切っていく。綺麗すぎて怒りも忘れそうだ。

映像と共に抜けていく魔力に、慌ててポケットに手を突っ込むけれど、氷の教室に見蕩れてしまって初動が遅すぎた。

ぐらりと身体が傾《かし》ぎ、床に膝をつく。

眩暈《めまい》がするのに映像は途切れることがない。二つの世界を同時に視《み》るピントがズレた感覚に吐き気がこみ上げてきて、ぐっと我慢すると喉に胃液が絡んでゲホッと咳が出た。

コツンと床に頭がつくと、その冷たい床の感触がやけに気持ちよくて、起き上がろうとする気持ちが萎《な》える。

早く飴を口に入れないとこのまま魔力が全て抜けきってしまうかもしれないのに、手が思うように動かない。

必死でポケットから取り出したブルーノ君飴が床を転がっていく。

せっかく拾ったペンが手からすり抜ける。

拾わないとと思っても、身体が思うように動かない。

掠《かす》れる視界には、たくさんの靴が見えた。

ダメだ。誰か……

◇◆◇（side オルシス）

アルバに休みの日は一緒にいてほしい、と約束してから、僕はようやく半日の休みをもぎ取った。

本来であれば学ぶ時間は今でも足りないくらいなのだけれど、アルバがようやく口にしてくれた願いを反故《ほご》にするのだけはいやだったから。

ヴォルフラム殿下もツヴァイト閣下も、俺の願いを笑いながら許可してくれた。

だったら皆で迎えに行くかなんて言われたので、二人の時間を邪魔する気かとなかば本気で睨んだらさらに笑われてしまった。

もう少ししたら昼休みだから、一緒に昼を過ごすのもいい。アルバの授業風景を見るのもいいかもしれない。

一緒に馬車に乗って家に帰るのはどれくらい振りだろう。

卒業までは一緒に帰っていたのに、それからたった一月程度で、もう懐かしく感じる。

浮かれた気分で中等学園に着いた僕は、午前中最後の授業始まりの鐘を聞きながら、アルバの教室に向かって廊下を急いだ。

そして、教室に着いて、それを見た瞬間、身体の中の魔力が沸騰した気がした。

生徒の誰一人動こうとしない中、アルバが床に倒れていたのだ。

「アルバ……！」

教室に飛び込み、アルバに駆け寄る。

意識はなかった。

抱き上げると、ポケットからころりとレガーレの飴が落ちる。

アルバの近くには、アルバが僕に贈ってくれたのと同じデザインのペンが壊れて落ちている。

それも拾って、ポケットに無造作に詰め込む。何が起きて、どうしてこうなっているのか。

どうしてアルバが倒れているのに、誰一人動こうとしないのか。

「どうして……っ」

腕の中でぐったりしているアルバの魔力はほぼ感じられない。

「……どうしてこれだけ人がいるのに、誰一人手を差し伸べない！」

僕の叫びに呼応するように、沸騰した魔力がブワリと身体から沸き上がった。

その魔力はまるで嵐のように教室の中で荒れ狂い、机や壁が破壊されていく。

爆発する魔力が止まらない。

目の前が真っ赤になり、身体から暴走し飛び出す魔力をどうすることもできない。

一瞬にして教室が僕の魔力暴走で氷に覆われた。

このままではアルバの体温が下がってしまうのに、止められない。止めたくない。僕の大事な人に手を出した者に報復を。

アルバの身体をぐっと抱きしめ、その力なさに余計に魔力が身体の中でぐるぐる回る。

「うわ、足が……っ」

「動けない……！」

「寒い……っ」

「助けて！」

教室内のやつらの悲鳴が聞こえてくるが、耳には全く入らないし心に響いてこない。

それでもただ魔力を駄々洩れさせるだけよりは、と抱きしめた手からアルバに魔力を必死で流すと、アルバがうっすら目を開けた。

「……に、さま……？」

僕の顔を見た瞬間、アルバの顔がふわっと笑みに変わった。そして、まだぼんやりとした目で何かを探す。

アルバの震える手が緩慢に動き、その指が僕の口に近付く。すると、口の中でやけに甘い味が広がった。

その途端、荒れ狂っていた魔力は外に飛び出すことをやめ、身体の中に留まり始めた。

「レガーレ……」

慣れ親しんだ甘いレガーレの飴を僕の口に突っ込んだアルバは、僕の状態を見てホッと息を吐いた。

「よか、た……」

「こんなときに僕を優先するんじゃない……！　どうしてこんなことに」

ぎゅっとアルバを抱きしめ、またアルバの魔力が暴走しないようにと自分の持っていた飴をアルバの口に詰め込む。こんなときなのに、いや、こんな時だからこそ、レガーレの味がやけにホッとする。

また意識を失ったアルバを抱き上げ、僕は周りを見渡した。

視界に入る者たちは皆一様におびえた表情で僕を見ている。

全員の足が凍っていて動けないことを確認した僕は、腕の中のアルバを見下ろした。

泣き出している者もいたけれど、知ったことか。

もっと気にしておけばよかった。

アルバは大丈夫と言っていたけれど、全然大丈夫なんかじゃなかった。

とりあえずリコル先生のところに連れていかないと。

教室の状態を顧みずドアを出たところで、次の授業を受け持っているだろう教師が飛び込んできて、教室の様子を見て絶句した。

「一体何が起きて……！」

説明する気も起きずに、僕はそのままリコル先生のもとへと急いだ。

まだ飴の影響で魔力をアルバに渡せない。それに、さっきの暴走で僕の魔力もだいぶ減ってしまった。感情のままに魔力を暴走させるなど、まだまだ未熟だと溜息を吐きながら、足を速めた。

◇◆◇

目を開けると、そこには麗《うるわ》しの兄様がいた。

兄様が泣きそうな顔で俺を見つめている。

握られた手からは、温かい魔力が流れ込んできている。

すぐ後ろにリコル先生もいて、ここが学園の保健室だということがわかった。

「えっと……ご心配をおかけして……」

口を開くと、兄様の腕が伸びてきて、ぎゅっと抱きしめられた。

「あまりにびっくりして魔力暴走を起こすくらい心配したよ」

「えっ」

兄様の言葉に驚いて目を見開くと、後ろのほうに立っていたリコル先生が苦笑しながら頷いた。

「今日はとりあえず午後の授業は停止して、生徒たちは皆帰宅することになりました」

理由は……とちらりと兄様に視線を向けるリコル先生に、俺が視《み》たあの幻想的な学園は願望なんかじゃなくて、現実に起こったことだということに気付いた。

ってことは、俺、兄様の魔力が織りなした芸術的な学園を見逃したってこと……!?

「兄様の芸術工芸……見たかったのに……」

がっくりと項垂《うなだ》れると、二人が顔を見合わせて肩をすくめた。

「まだ氷は消えていないよ。僕も思いっきり暴走させちゃったから」

ごめんね、と謝る兄様を見上げて、そこが問題じゃないってことに遅ればせながら気付く。

兄様が魔力暴走を起こしたってことは、魔力が枯渇しちゃってる状態で俺に魔力を渡してるってことじゃなかろうか。

兄様のほうが一大事だった！

「大丈夫だったんですか!?　魔力の枯渇はしなかったんですか？　あれ、自分では止められないですよね！」

兄様からは、温かい魔力が今も少しずつ流れてきている。

魔力暴走の後で魔力譲渡はダメ、絶対！

慌てて離れようとすると、さらにぎゅっと抱きしめられた。

「アルバが止めてくれたから、大丈夫」

「僕が……？」

そんなことをした覚えはないけど、と首を傾《かし》げると、兄様がふわっと微笑んだ。

「アルバが途中意識を取り戻したとき、飴を僕の口に入れてくれたんだよ。だから、僕は大丈夫だったんだ。ああいうときは僕よりアルバ自身を優先してほしかったけど……すごく、嬉しかった。ありがとう。アルバが僕を助けてくれたんだよ」

「兄様が無事ならよかった……」

リコル先生が何も言わないってことは、兄様はもうちゃんと魔力を回復してるってことなのかな。

俺も魔力回復薬でちゃんと回復できればいいのに。

そわそわしながら見上げた兄様の顔色は悪くない。

「それにしても、兄様が魔力暴走って一体何かあったんですか……？」

「それは僕がアルバに聞きたい」

口を尖らせた兄様の顔が可愛くて、うっと言い淀《よど》む。兄様はふぅと溜息を吐いてから状況を説明してくれた。

曰く、半休をもらったので俺との約束を果たそうと学園に来てくれた兄様が教室に行ったら、皆の真ん中で倒れている俺を発見したと。

そして、たくさんいた生徒たちは誰一人動こうとせず、ただ倒れた俺を見ているだけだったと。

やっぱり誰も助けを呼んでくれなかったかー。ちょっと、いやかなり精神的にクるものがあるよね。だって一人も味方がいなかったってことでしょ。

まさかねって思っていたけれど、実際そうなるとちょっと笑えない。

俺も盛大に溜息を吐きたい……

ただ、事件はそれにとどまらない。

なんとそのことに激怒した兄様が、そこで魔力を爆発させて学園の半分を氷で覆ってしまったらしい。ついでにクラスメイトの皆の足が凍って動けず、教室は阿鼻叫喚の嵐だったとか。

うわーたいへーん。

ついついそう呟けば、リコル先生が疲れ切ったように肩を落とした。

「たいへーんで済むはずがありません。五年Ａクラスの生徒たちは、一人の人を見殺しにしようとしていたということです。アルバ君、君はあの時オルシス君が駆けつけて魔力暴走しながらも必死で君に魔力を分けてくれていなかったら、今こんな風にしていられなかったかもしれないんですよ。アルバ君以外のＡクラスの生徒たちは皆、停学になります」

「停学……せっかく父様たちが子供たちは将来があるからって見逃してくれたのに」

最終学年の停学って、高等学園にもしっかりと報告が行くし、停学を一度でも受けたら王宮の仕事に就くのは滅茶苦茶難しくなるんじゃなかったっけ。

俺が厳しい処分に目を瞠《みは》ると、リコル先生は、うっすら微笑みながら容赦ない言葉を口にした。

「『ラオネン病』だと認識している生徒が発作を起こして倒れているのに何一つしない者たちなど、停学でも生ぬるいです」

リコル先生も俺が置かれていた状況に怒ってくれているみたいだった。

いやいやむしろ『ラオネン病』はもう完治しているし、その発作じゃないんだけどね。

まだ公表前だから発作に見えていてくれたらラッキーだけど。

俺が困っていると、リコル先生は顔に立っていた青筋を消して「大丈夫」と俺に普通の笑顔を向けてくれた。

「学園を凍らせてしまったオルシス君は、魔力暴走なのでお咎《とが》めはありません」

「ならよかった。あ、クラスメイトたちは……」

「減刑の嘆願は受け付けませんよ」

俺が口を開いた瞬間、リコル先生がにこやかに俺の言葉を遮った。怒りがぶり返したみたいで、またも器用に笑いながら怒っている。

そんな、減刑の嘆願なんてしないよ。

「いえ、減刑ではなく、クラスメイトのアンディとレジーに父様を通してサリエンテ公爵家から抗議をします。うちを貶《おとし》める発言をしたあの二人、そしてその一派、僕は絶対に許さない」

ぐっと手を握り締めて、俺の掌に大事なペンがないことに気付いた。

手を開いて、もう一度握って、服についているポケットを探る。拾った石を包んだハンカチだけが出てきて、呆然とする。

ペン、どこに置いたっけ……

ああ、そうだ。倒れたときに落としたままだった。

「教室に行かないと……」

「今行っても危険なだけだよ」

「でも、行きたいんです」

潰れていても、壊れていても、そのままにしておくことだけはできないから。

兄様の腕の中から抜け出そうともがくと、兄様は一度困ったような顔をしてから、ちょっとまってと上着を脱いだ。

それを俺に着せて、その上着ごと俺を抱き上げた。

「じゃあ、一緒に行こうか」

歩き始めた兄様は、俺を下ろす気はないらしく、俺は素直に兄様の首に腕を回した。


教室に近付くにつれ、少しずつ氷のコーティングが増えていった。

教室付近はすっかり氷に覆われていて、あのとき視《み》たものと同じ光景が目の前に広がっていた。

「綺麗……」

ぽつり呟くと、兄様が少しだけ声を出して笑った。

「そんなことを言うのはアルバくらいだよ。他の者たちは震えあがって怯えていたんだよ」

その震え上がらせた張本人は、上着を脱いだ薄着状態で平気な顔をして凍り付いた廊下を歩いている。

辿りついた教室内部は、ある程度氷が融《と》けて床が水浸し状態だった。

しかしぐるりと見回しても、ペンは見当たらない。

「ペンがない……」

俺が倒れた場所も濡れてはいたけれど、何も落ちてはいない。ところどころ氷が残っているけれど、兄様の作り出す氷は透明度が高いので、巻き込まれたからって見えなくなることはない。

そんなまさか……と、青ざめていると、兄様がハッとした表情になった。

「ペン？　……って、これのこと？」

俺の呟きに、俺を片手で抱きなおすと、兄様がごそごそと俺に着せた自分の上着のポケットを探る。

あるよ、と差し出されたペンを信じられない気持ちで胸に抱えた。

「これです！　拾ってくれていたんですか！」

「うん。先に拾ったこと教えておけばよかったね」

ごめんねと謝る兄様に、首を横に振ってみせる。

「氷の教室も、ちょっと見たかったので……」

その言い方が兄様の何かに触れたのか、兄様の顔が蕩《とろ》ける。ああ、可愛い。眼福。

この手に戻ってきたペンをぎゅっと握り締めて、俺もつられるようににへらっと笑った。

けれど、手の中で感じる歪んだ感触で我に返り、無事見つかってよかったという気持ちと歪んでしまって悲しい気持ちが複雑に湧き上がり、鼻がツンとする。

こんな風にしたレジー、マジ絶対許さない。

奥歯をギリギリと噛みしめていると、兄様がペンを見下ろして少し眉尻を下げた。

「少し歪んじゃったね。直してもらえるか聞いてみよう」

「はい……」

俺を抱えなおした兄様は、俺の頭にチュッとキスを降らせると、きらりと目を光らせた。

「それから、誰がやったか教えてもらってもいい？」

「ヒューズ侯爵家の分家筋のなんちゃら伯爵子息、レジーです」

「へえ……」

どっと兄様から冷たい魔力が噴出した。

その魔力と兄様の魔王と見まがうばかりの壮絶な笑みに、一瞬だけ見とれてしまった俺は、慌ててポケットからブルーノ君飴を取り出して兄様の口に詰め込んだ。

そういえばさっきもこういうことをしたような……

うっすらと思い出した記憶に首を捻っていると、兄様が俺を抱きしめて深呼吸をした。

「……あぶない。また怒りを爆発させるところだった。普段はここまで激高しないんだけど……後でゆっくりじっくり色々と教えてね」

ごまかしは許さないよ、と口角を上げる兄様に頷いた俺は、魔王な兄様を腕の中で堪能しながら氷漬けの教室を出た。そしてそのまま兄様と共にうちの馬車に乗り、無事家に帰ったのだった。

家に帰りついた俺は、即座に兄様と共に義父のところに駆け込み、アンディとレジーに対する抗議文を書いて送りつけてもらった。

義父は書いた手紙をスウェンに渡すと、難しい顔をして呟いた。

「ヒューズ侯爵は息子にそんなことを吹き込むような人物ではないんだけれど……むしろ彼はすべてを知っていて誓約で口を噤《つぐ》んでいる立場だが……」

「王宮の件に関しては、セドリック君もジュール君も独自に色々調べて、ある程度の内容はつかんでいるみたいでしたから、もしかしたらアンディも自分で調べて適当に憶測してそれをさも真実のように信じ込んで僕に当たり散らしていたんだと思います」

きりっと答えると、義父がニヤリと魔王兄様と同じような笑みを浮かべた。

「あれ程立派な父親なのに、ずいぶん小物《こもの》なガキが出来上がったようだな……」

「一応クラス委員を任されるくらいだから周りから頼りにされてはいるみたいですけどね」

「ふん、猿山の猿だな」

義父の冷めた答えに、わあ、お父様辛辣ー素敵ーと心の中でエールを送る。

「三日ほど中等学園は臨時休校となると連絡があったから、アルバはその間ゆっくりしなさい」

表情を一転させた義父は、柔らかい笑みを浮かべて俺の頭を撫でた。

「ところで」

不意に隣に座っていた兄様が口を開いた。

「あの時は動転していて、アルバが魔法でどんなものを見たのか訊いていなかったんだけれど、教えてもらえる?」

その言葉に、義父もスウェンもすっと聞く姿勢になった。

俺も「もちろんです」と答えると背中を伸ばして、居住まいを正した。

「教室が氷で覆われ、クラスメイトがその氷に呑まれていくのが視《み》えました。そこかしこから悲鳴が聞こえて、クラス中がパニックに陥っているのが視《み》えましたが、お姿は見えないのにその氷が兄様の手によるものだとなぜかわかりました。それからは、不思議と心が凪《な》いで、氷の美しさに見とれてしまいました。最高に綺麗で素晴らしかったです……」

その光景を思い出しつつ、うっとりしながらそう伝えると、兄様はそっと視線をそらし、義父はまるで頭痛がするとでもいうように眉間を指で揉んだ。


その日の午後、うちに訪問したいという旨の手紙がたんまりとどいた。

ほぼすべてのクラスメイトの家からで、内容はすべて謝罪の訪問を許してほしいというものだった。

義父も兄様も手紙をぐしゃっと握り締めて魔王の笑みを浮かべていた。

「アルバはどうしたい？」

その問いに、考えつつ答える。

「とりあえずレジーだけは自分で金貨七枚分稼いでこないと絶対に許さないということを伝えてもらえますか。絶対に自分が稼いだお金で返せと。アンディには公爵家として抗議します。義父が国を牛耳るためにアイン殿下を引きずり落としたとか最悪な寝言を言ってましたから。ほかの人たちはどうでもいいです。父様のいいようにお願いします。どうなろうと僕は何とも思わないので」

にこやかに返せば、義父は素晴らしい笑顔で「わかった」とうなずいた。

その後、俺は発作で倒れたことにされた。部屋で療養することになったから、謝罪に対する対応は義父と兄様が行う、という流れだ。

ちなみにセドリック君とジュール君からもお手紙が届いていた。

セドリック君からは、総会長として厳しい処罰を学園長に掛け合ったという内容のぶち切れ手紙、ジュール君からは、始終俺を労わる言葉ばかりが並んだ手紙で、その温かさと優しさにちょっとだけ泣いた。

泣いたことで、別に気にしていなかったはずの仕打ちが実はかなりストレスになっていたんだと気付くことができた。

廊下やたまの昼休みに二人と話をするのが、俺にとってすごく癒しだったんだ。

部屋で二人に手紙の返事を書いていると、ドアがノックされてブルーノ君が入ってきた。

「ブルーノ君、忙しいんじゃないんですか？」

「いや、手が空いたところで、来客に落ち着かないルーナがお茶に誘ってくれたから、アルバも一緒にどうかと呼びに来たんだ。体調が悪くないならどうだ？」

「なるほど。いいですね。体調は問題ないです」

誘いに来たといいながらも、ブルーノ君はソファに腰を下ろした。そして肩を揺らした。

「アルバにも今のオルシスと公爵様の顔を見せてやりたいよ。悪党も真っ青の大迫力顔で笑ってるぜ。二人の前に座っているコスタード伯爵親子なんて、顔色が青を通り越して真っ白になってた」

くくく、と笑うブルーノ君の言葉に魔王な二人の笑顔を思い出して、思わず顔がにやける。

そっか今来てるのはなんちゃら伯爵のレジーか。

「あのお二人の悪い笑顔は本当に素晴らしいですよね。ぜひ見たいですが、僕は顔を出せないのでちょっとつまらないです」

お前らのせいでうちの子が儚《はかな》くなったらどうしてくれる、と義父たちが追及しやすくするために、俺もおとなしく部屋にこもっているのだ。

色々と上乗せして魂までも搾り取ると意気込んでいた義父は、本当に魔王のようで見ていて俺もわくわくしたものだ。

部屋から出ないようにとは言われていたけれど、ブルーノ君の温室なら裏手だし表からは絶対に見えないから、お茶に誘われてもいいかも。

きっと許可があったからこそ様子見も兼ねて呼びにきてくれたんだろうし。

「あ、でも今ジュール君にお手紙を書いていたので、少しだけ待っていてもらってもいいですか？」

「ああもちろん。そうだ、ジュールに手紙を届けるなら、温室の隅で作り始めた隣国の果実を一緒に送ってもらってもいいか？　ちょっとした苦みがあって、きっと甘いのが苦手なジュールも気に入るだろうから」

「はい！」

俺の答えを聞くと、ブルーノ君は微笑んで立ちあがった。

「んじゃ、先に行っててちょっと用意してくるから、手紙が書きあがったら温室な。ルーナが夫人と一緒にクッキーを焼いたから、食べてほしいんだと」

「はい、ありがとうございます！」

俺の答えを聞くと、ブルーノ君は椅子に座っていた俺に近付いてきて頭をわしわしと掻き混ぜた。

「なあアルバ、しばらくは体調不良を理由に学園に行かなくていいんじゃないのか？　アルバに手伝ってほしいことがあるんだ。そのうち精密な植物の図鑑を作りたいんだが、俺には絵心がなくて。手が空いたときに図鑑の絵を描いてほしいんだよ」

「図鑑の絵、ですか」

その言葉に顔を上げると、ブルーノ君の笑顔が目に入った。

笑顔なんだけどどこか影が落ちたような顔。それに俺を見る目がとても痛ましそうに見えて、今の言葉がただただ俺を学園に通わせないためのものだと気付いた。

その顔がさっき読んだジュール君の手紙と重なって、思わず噴き出してしまった。

「ブルーノ君とジュール君って本当にそっくりですよね」

「は？　なんでそんな感想になるんだ。ジュールは俺とは全然違う。あいつのほうが真面目でまっすぐだろ」

笑いながら伝えた言葉に、ブルーノ君が不本意そうな顔で俺を見下ろす。

きっとジュール君に同じことを言っても、ブルーノ君と同じ言葉が返ってきそうだなと思うと、さらにおかしくなる。

「あ、そうだ。公爵様とオルシスから伝言な。こんなことになるまで相談しなかったアルバに後で徹底的に説教だそうだ」

さらに俺の頭をぐしゃぐしゃにしたブルーノ君は、それだけ言い置いてさっさと部屋を出ていった。

「優しいところとかそっくりだと思うなあ」

ぽつりと口に出した俺は、ジュール君への手紙に封をすると、それを持って部屋を出た。

今頃は兄様と義父はレジーに対応しているころだろう。

どれだけ魔王になっているのか見ることができないのが残念でならない。

でももし俺が顔を出してしまって「いいよ」なんて言ってしまったらそこで許すことになっちゃうので、我慢する。

俺は性格が悪いので、許したくないんだ。義父が王家を乗っ取ろうとしたなんて難癖付けられて許すわけがない。義父も兄様も、思う存分やっちゃってください！

心の中でエールを送り、俺は温室までの道のりを急いだのだった。

幕間　謝罪と後悔（side オルシス）

謝罪訪問に対応するため、父上と共に相手を応接室で待つ。

「旦那様、いらっしゃいましたので、お通しします」

スウェンの声に、父上が慇懃《いんぎん》にうなずく。

すぐに蒼い顔をしたコスタード伯爵とその子息――ペンを壊した主犯であるレジーとやらが入ってきた。けれど、僕たちは座ったまま何も言わずにただ二人に視線を向けるに留めた。

二人は応接室に足を踏み入れた途端、床に膝をついた。

「この度は、本当に……、本当に申し訳ありませんでした……っ」

「申し訳ありませんでした……！」

深く頭を下げる二人を、父上と共に冷めた目で眺める。

「さて、いったいどのような用件で謝罪をしているのですかな？」

椅子を勧めることもなく、父上が口を開く。

頭を下げたままの伯爵が、震える声のまま学園でアルバが倒れたのに手を貸すことができなかったと伝えてきたので、鼻で嗤《わら》う。

「そうですか。ご子息の足は凍傷にならずに済んでよかったですね」

いつも家族と話すときよりもワントーン低い声で、父上がねぎらう。

どうせなら凍傷になってもよかったのでは、と僕も冷めた目で這いつくばった二人を見た。

どれだけ謝罪の言葉を伯爵が口にしても、僕たちには何一つ響かない。

好きなだけ謝らせたあと、父上はふぅ、と溜息を吐いた。

「さて、レジー君、だったか。アルバから伝言を言付かっている」

父上の言葉に、レジーはハッとしたように顔を上げた。

そして、僕たちと目が合い、またしてもヒッと震える。

「ど、どのような伝言でしょうか……っ」

声まで震えている。

父上もフッと鼻で嗤《わら》うと、続けた。

「君が、自分の力で金貨七枚稼いで弁償をしないと、謝罪を受け入れないそうだ。アルバ本人からも言われたと思うが」

「は、はい、しかし、金貨七枚は……っ、無理、です……」

真っ青にして声を震わせるレジーに、父上は半眼で威圧感のある魔力を放出した。

「どうしてやってもみないうちに無理だと言える？　君はアルバのペンを壊してしまったのだろう。あれはアルバが十一歳のときに自分の絵を売って稼いだお金で、うちに来た商人にデザインを渡して作らせた、他にはないペンなのだが」

「そ……その話は、聞きましたが……」

「十一歳のアルバができたことを、すでに中等学園最上級生である君ができないなどおかしくないかな？」

抑揚のない口調に、伯爵が息子を怒り出す。ペンを壊したことは聞いていなかったようだ。

「そのような大事なペンを壊したこと……まことに申し訳ありませんっ」

「だから、謝罪を受けるのはご子息が自力で金貨七枚を稼いで弁償してくれたときだと、私は言いましたよ、伯爵」

「壊れたペンがここにありますよ、ご覧ください」

僕は、アルバから預かっていたペンをテーブルの上に出してみせた。

二人が跪いている場所からでも、ペンが歪んで壊れているのが見えるはずだ。

ばらばらに散った紫色の石が一つ転がってテーブルの下に落ちていった。

「彼は、これを踏んだとき、アルバに『謝ってるんだから許してくれるよな』と笑っていたそうですよ。教室にいた生徒に詳しい状況を聞きました。僕だったらきっとその場で氷漬けにしてしまいます。けれど、アルバはちゃんと条件を呑めば許してくれるようです。よかったですね」

僕は許すとは言わないけれど、そんな条件で許せるアルバは優しい。

まあ、この目の前の男が自力で金貨七枚を手に入れるには、莫大な時間がかかりそうではあるけれど。

「……金貨七枚は――」

「甘ったれたことを言うのですね。無理やできないなどという言葉は、聞きません」

じっとレジーを見下ろすと、レジーはさっと目をそらした。

「壊れたサロンの修繕代は、請求されましたか？」

「！」

目に見えて、レジーが動揺する。

それを見てすべてを察した。

まだ学園側からはサロン代の請求が来ておらず、親にも伝えていないらしい。

あまりの浅はかさに反吐が出そうだった。こんな男にアルバは苦しめられたのか。

アルバは優しすぎるから、反撃ということをほとんどしない。怒るときは、僕や家族のことに対してのみだ。

それをわかっていて、この男はあの侯爵家子息と共にアルバを孤立させたんだ。

アルバが保健室にいる間に、僕は教室に戻り、まだ足が凍って動けない生徒たちから詳細を聞いた。

曰く、アルバを孤立させるように動いたのはアンディ、アルバのペンを壊したのがレジー。

そして、クラスの生徒たちはアンディが発した「サリエンテ公爵家とセネット公爵家が王家を乗っ取ろうとしている」という言葉に感応し、アルバを孤立させたらしい。

その話を聞いたときは、教師すら呆れた顔でアンディを見ていた。

うちとセネット家がどういう立ち位置なのか、少し調べればわかるはずなのに。それすらせず言われたことだけを信じるなど、ばかげていることだと、どうして誰一人気付かなかったのか。

クラス全員がアルバにとって害でしかなかったと、話を聞くほどに思った。

その時についでに誰かがサロンをわざと壊したらしいことを教師に伝えたら、目に見えてアンディとレジーが動揺していたので、きっと二人は追加の罰を受けることだろう。あの態度で、きっと教師も気付いたはず。

「――お伝えしたいことは以上です。きっちりご自身が稼いだという証拠も提示してくださいね。期限は特に設けませんが、まさか何年もかかるなど、あるわけないですよね」

口角を上げると、レジーは額を床につけて震えた。

僕が怖いらしい。

もっと怖がればいい。アルバの後ろにはいつでも僕がいる。そのことをしっかりと身体に刻み付ければいい。

背中をポンと叩かれ、僕は父上のほうに顔を向けた。

父上も口角を上げていた。

「どうやらコスタード殿はご子息の教育を間違えたようだ。しばらくはご子息につきっきりで色々と教育しなおすといいだろう」

「ご容赦ください……っ！」

「明日からしっかりと家で教育をするように」

父上は伯爵から返事を聞く前に、スウェンに「客がお帰りだ」と声をかけた。真っ白になっている二人が応接室から追い出される。

言わずもがな、王宮の末席にあったコスタード伯爵の地位は、空席になるだろう。

僕と二人きりになると、父上は眉間を指で押さえた。

「……中等学園の最上級生とは、あれほど幼かったか……？」

父上の言葉に、僕も同意する。

自分たちの時を思い出しても、アルバを見ていても、あれほど幼い行動はしていない。

「どうやら私たちが王家を乗っ取るという噂が出たのは、王宮でセネット公爵夫人が大声で騒いだことに起因するようだ」

閉じられたドアから僕に視線を向けた父上は、溜息と共にそう教えてくれた。

「王宮で……ご自分の家名を貶《おとし》めるなど……」

「夫人はセネット公爵家にいながら、気持ちは今もまだ王女殿下だったからな」

父上の言葉に、ミラ嬢に愚痴られたハハウエサマのやらかしの数々を思い出す。

そういえば夫人は僕とミラ嬢を婚約させたかったんだっけ。僕がお気に入りだからと。その言葉を思い出すだけで背筋を何かが駆け上がる。

「それを知ったセドリックが、激高して夫人を僻地《へきち》に追いやったらしいが……内容を聞く限り、そこが噂の出どころだろう」

「一国の王女だった者の行動とは思えませんね……ただそのせいでアルバの命が脅《おびや》かされたのは腹が立ちます」

「本当にな。ヒューズ侯爵は、むしろ火消しに回っていたんだが……息子のほうがな」

もう一度溜息を吐いた父上は、アルバの言う表情筋の死滅した『無』の状態だった。きっと僕も同じ顔つきをしているのではないだろうか。


それから間を置かず、今度はヒューズ侯爵と子息がやってきた。

応接室に案内された二人は、やはりソファに座ることなく床に膝をつく。

「この度は、私の監督不行き届きによりうちの愚息が愚かなことをいたしましたこと、謝罪いたします」

しっかりと頭を下げた侯爵は、顔を上げると父上をまっすぐ見た。

「この身と愚息の首二つでお許しいただけるだろうか」

「父上!?　首二つって、文字通り僕たちの首ということですか……!?」

ヒューズ侯爵の言葉に、僕だけではなくアンディまで驚いている。

……謝りに来た側として、どうなんだその反応は。

しかし、父上はそう言われるのをわかっていたかのように苦笑していた。

その姿を見て、ヒューズ侯爵が溜息を吐く。

「当たり前だ。お前の愚行はそれだけのことだと自覚しろとずっと言っているだろう。サリエンテ公爵閣下が覇権を望んでいないのは私が一番知っていること。己の愚かな思い込みでお前は一人の尊い御子の命を奪うところだったのだぞ。そして、それはこの国への内乱へとつながる行動だ」

「内乱……」

ヒューズ侯爵は床に膝をつけたままだ。そのうえ、窘めるために静かな声なのに、どこか威厳があった。

この人は昔父上と肩を並べていた傑物だったと聞く。けれど、アイン殿下の愚行を止めることはできなかった。それなのに王宮で政務をしているのは、温情以外の何物でもないと理解している。

アイン殿下の側近をやめても、父上はきっとこの人をまだ信頼しているんだ。

父上に視線を送ると、その事すらわかっていたように目が合った。

父上は先ほどとは違い、ヒューズ侯爵に手を差し伸べる。

「ヒューズ殿、とりあえずこちらで座りませんか」

「座る資格は私にはありません。私はこのまま王宮に出向き、罪を告白しようと思います」

「侯爵の罪ではなく、そこにいるご子息の罪では」

「いえ、そのような考えを持ってしまったのは、きっと私の浅はかな行動や表情が息子にそう思わせたせいであろうと思いますので、それは私の罪です」

父親の言葉を、アンディはどう思っているのだろう。

注意深くアンディを観察していると、顔を伏せたままのアンディは肩を震わせていた。

そんな息子の姿を見ながら、ヒューズ侯爵が言葉を紡ぐ。

「――わが家門では、まことしやかにこの愚息が口にしたような愚かな噂が飛び交っておりました。大半の者は噂を口にした子どもを叱って終わりでしたが、ごく一部にその噂を鵜呑みにした者もおります。家門をまとめきれなかった私の落ち度。どのような処罰でも甘んじて受けましょう。それがたとえこの命であろうと」

「まあ、ヒューズ殿ならそう言うだろうと思っていました。あなたが家門を率いるのであれば、安心するのは確かです。惜しむらくはこういう状況になる前に彼の方《かた》をお諫《いさ》めしてほしかった。ようやく王宮から足を洗ったはずなのにまた舞い戻ってしまったのですから」

「サリエンテ卿が王宮に戻られたことは喜ばしく思いますし、ご子息が側近となるなら、私としましても今後の国政から安心して身を引くことができます。では、ご訪問の許可を下さり、ありがとうございました」

最後にしっかりと頭を下げたヒューズ侯爵は、青くなって涙を流すアンディを引きずるようにして、その場を辞していった。

父上はしばらく呆れたような表情でドアを見つめていたが、一つ溜息を吐くと、僕に視線を向けた。その時には父上の表情はいつもの苦笑に戻っていた。

「……獅子の子が仔猫だったな。後ほど各家に手紙を出そうか。さて、アルバはどうしている？」

「ルーナとブルーノと共に温室でお茶を飲んでいるそうですよ。魔力は存分に渡したので、体調は悪くないはずです」

「そうか。よかった。それにしてもオルシスが魔力を暴走させるとはな。学園の補修の件は手紙にしたためて、当事者たちにやらせよう」

「僕が凍らせたので、当事者ですよ」

「では、オルシスが学園の補修をするかい？」

「アルバが心穏やかに通えるのであればやぶさかではないのですが……ひと月くらいそのままでもいいんじゃないかと思います」

いまだに胸にはあのときの光景と怒りが消えずに残っている。

そんな僕に気付いてか、父上が僕の頭に手を伸ばし、昔してくれたようにそっと撫でた。

アルバに注意を受けて、初めて僕の頭をこうして父上が撫でてくれたときは、驚きと、同じくらいの喜びが湧き上がったものだ。それまでそんな風にしてもらったことがなかったから。

少々照れながら父上を見ると、父上は義母上たちに見せる顔と全く同じ笑顔を僕に向けていた。

エピローグ

三日間の臨時休校の後、無事中等学園は再開した。けれど、俺のクラスは俺以外全員が停学になり、実質Ａクラスは学級閉鎖状態になった。

俺もリコル先生の勧めで発作後の体調不良を理由に休むことにして、ブルーノ君の手伝いを開始することにした。

そして二週間後、停学からあけたＡクラスは、前以上にぎくしゃくしているみたいだった。

俺はというと、前代未聞のクラス移動を持ち掛けられた。

「これから一年近くを信用のできないクラスメイトと過ごすのは想像以上につらいと思います」

というのが学園長の言い分で、確かに今の状態で学園に通いたいとは思わないよな、と納得した俺は、学園長に一つのことを提案した。

大人だけが納得する改革ではどうしようもないので、学園でもそれはもうしっかりと、何ならうちの義父や宰相を呼んで知ってもらうのはどうだろうと。

義父に教えてもらったけれど、今回のことはもしアンディのお父さんが悪い人だったら本格的に内乱になるところだったくらいにヤバいことだったらしい。なにせうちとセドリック君の家が国家を乗っ取るとかそんな噂が出ちゃったから。

アンディのお父さんが自分の家門に対して冷静に対処してくれたからこそ、子供たちの停学だけで終わらせることができたみたいだし。

　十五歳っていうと、やっぱりそろそろ家を継ぐ勉強を始めている時期だから、その時点で内乱の芽が出ていたら摘まないといけないし、正しく導くのも学園として正しいんじゃないかと。

「もしそれで皆の考えが変われば、別に僕は今のクラスでも問題ないと思います」

「本当に大丈夫かい？　総会会長などは絶対にうちのクラスにアルバ君を移動させてほしいと直談判してきたよ」

　セドリック君は総会会長として学園長や教師側と話し合ったらしい。

　クラス移動もセドリック君の提案だとか。気持ちは嬉しいし、たぶんBクラスに行ったら楽しいんだろうけど。

　俺は、できるだけ姿勢をよくして首を横に振った。

「僕ばかり特別扱いを受けるのは違うと思うんです。そうでなくても魔法実技と魔法系の教科は免除が多い状態なのに。剣技だって僕だけ特別メニューですし」

「それは当たり前のことだよ」

「いいえ、そもそも僕が通常の授業を受けたいというのが我が儘なのはわかっているんです。爆弾を抱えているようなものですし、周りに迷惑が掛かるので。だから多分一番大変なのは、僕をフォローするクラスメイト達だと思うんです。でも、それでも僕は、学園に通いたいんです。高等学園に行きたいんです。あの制服に、袖を通したいんです」

最推しと同じ制服を着て、同じ校舎で勉学に励《はげ》みたい。

だったら今逃げるより、あの反乱分子のクラスメイトを洗脳するほうがいいのでは……と思ってしまう俺はだめだろうか。

だって、兄様たちが国を引っ張っていく代の各家の当主は、俺たちの代の誰かがなるんだろうから。

「それに」

困ったような顔をする学園長に、俺はニヤリと笑ってみせた。

「むしろ僕と一緒に授業を受けたほうが、罪悪感を刺激されて、まっとうな人格に育つんじゃないかなって思うんですけど、どうでしょうか」

目指せ、兄様に迷惑を掛けない貴族当主の育成計画。

俺が高等学園に通うようになったら、新生レガーレの事業は国としての体制に移り、本格的に『ラオネン病』特効薬としてブルーノ君とツヴァイト閣下主体で動き始めるから、罪悪感を刺激できるのは今だけなんだよ。くくく。

悪い顔をしているであろう俺に、学園長は諦めたように苦笑して息を吐いた。

そして、学園長は見事にやってくれた。

高等学園、中等学園の全生徒を王宮に集め、宰相をはじめとして義父やセドリック君の父も交えて、今回の改革の表面上の全貌を生徒に学習させたのだ。

俺もしっかりと王宮見学をし、義父が王宮でどんなことをしているのかをこの目で見ることができた。

そして！

なんと！

ヴォルフラム王太子殿下が大勢の生徒たちの前にあいさつに来てくれたんだけど、側近の滅茶苦茶かっこいい制服を着た兄様が殿下の横でキリッと立っている姿を見ることができた。

俺は、この校外学習を敢行してくれた学園長に感謝せずにはいられなかった。

兄様がかっこよすぎる。

王宮をバックに（宝玉のときにも見たけれども）

側近の制服を着て（エンディングにさっと出てきた垂涎《すいぜん》スタイル……！）

念願の笑顔の最推しが……！

兄様の姿を見て思わず意識を飛ばしそうになっても仕方ないと思う。

ああああのとき学園長に提案してよかった。

眼福です。もう何でも耐えられる。

手を組み天に祈りを捧げた俺を見て、ヴォルフラム殿下が苦笑していたことに気付かないまま、俺は大満足の校外学習を終えたのだった。


そして、平和になった日常をしばらく過ごして、今日。

俺は中等学園を卒業する。

最終的にちゃんとサイズ変更をしてもらった制服に袖を通すのも今日で終わり。

入学するときに買ってもらった制服で卒業を迎えることがなかったのが嬉しい。

気付けば俺の頭は兄様の口まで届いている。俺の視線は兄様の麗《うるわ》しい鎖骨。眼福。

兄様はたまに俺を抱き上げるけれど、義父が俺を抱き上げることはなくなった。

……一応、かろうじて、一人前になれたのではなかろうか。

跳ねた髪を直してもらいながら、俺はちらりと開けられたままのクローゼットに視線を向けた。

俺の視線の先には高等学園の制服がかけられている。兄様が一年前まで着ていたものと同じデザインのそれは、兄様が作ったサイズより二回りくらい小さい。

「あの制服に見合うくらいには、立派になったでしょうか」

ぽつりと呟くと、すぐ後ろから腕が回った。

「もちろん。アルバはすごく立派だよ。僕のほうがアルバにふさわしくなるよう頑張らないとね」

後ろから腕を回し、俺の首元のリボンの形を整える兄様は、鏡越しでもとても麗《うるわ》しく美しい。

「背も伸びたしね。もうかがまなくてもアルバの髪にキスを贈れる」

ちゅ、と後頭部にキスをされて、変な声が出そうになり、慌てて顔を手で覆う。

いっぱい大人なキッスをしているはずなのに、こういう不意打ちはダメだ。心臓に悪い。

鏡越しの兄様の目つきがエロっぽい……いやいや、色っぽいのが胸を撃ち抜かれる。

「日に日に義母上に似てくるその顔も、可愛らしすぎて誰にも見せたくない」

「兄様それは気のせいです……」

兄様のご尊顔に勝る素晴らしい顔は他にないですから。

俺が振り返ると、兄様は俺のドストライクな顔を近づけて、ちゅ、と軽く唇をついばんで離れていった。

朝から腰が砕けそうになりながら、俺は卒業式に臨んだのだった。

次はとうとう高等学園。

アプリゲーム『光凛夢幻∞デスティニー』……はもうエンディングを迎えた後だけれど、その舞台となった、主人公と公爵対象者たちが活躍した学び舎。

最推し聖地巡礼的な意味で、楽しみで仕方ない。

憧れの学園に思いを馳せ、俺はそっと首にかかった兄様との婚約の証である魔石にキスをした。

絶対、絶対に兄様を担当した先生を捕まえて、兄様の高等学園での活躍を聞かなければ……！

そんな俺の野望はまだまだこれからなんだから。

番外編① その頃、学園では（side リコル）

学園を臨時休校にしたあと、学園では教師たちが臨時の会議を開いていた。

議題は、凍った学園をどうやって元に戻すか。

私も例に漏れず、その会議に出席した。

「炎魔法で氷を溶かしてから、水魔法で外に移動させましょう」

学園長がそう指示するけれど、本気のオルシス君が作り出した氷はかなり強固で、なかなか溶けなかった。氷は水の温度が下がってできるものだからと、水魔法を使ってなんとか溶かそうとしても、歯が立たず。

魔力だけは大量にある私が氷を水に戻そうと思っても、教室一つ分を水に戻しただけで魔力が枯渇しそうになってしまった。

そこで、急遽王宮に救援要請を出すと、ツヴァイト閣下とアドリアン君が学園に来てくれた。

二人とも半分凍った、まるでオブジェのような学園を見た瞬間崩れ落ちた。

しばらくの間痙攣する程笑っていた二人を見下ろしながら、迎えに出たのが私一人で良かったと、本気で思った。

アドリアン君が炎で氷を溶かし、その溶けた水を私が移動させる。ツヴァイト閣下は光魔法を駆使して学園に火がつかないよう補助をしてくれた。

流石というか、アドリアン君の炎は教師たちがあれだけ苦労した氷を難なく溶かし、全て溶かし終わっても特に魔力が枯渇することもなくけろりとしていた。

私もただ水を移動するだけだったら問題ないので、アドリアン君が来てくれてからはとても楽に作業をすることができた。

大変だったのはツヴァイト閣下だ。

炎の勢いが強すぎて建物が燃えそうになれば付与魔法で補強し、保全するその手並みは、とても繊細かつ巧妙、まるで職人芸のようだった。けれどやはり繊細な作業のせいか、終わってみれば一番疲れ切っていたのはツヴァイト閣下だった。

「もー、オルシスちょっとは手加減しろよ」

そんな言葉が零れても仕方ないとは思う。けれど、どうやら私もまだ怒りがくすぶっていたらしく思わず反論してしまった。

「アルバ君が酷い状態で、手加減などできるわけありません」

「あー……そっか。リコル先生ごめん。先生もやっぱ腹立ったよな」

「まあ、そうですね。生徒たちにもこれから先があるからという教師に現実を突きつけ、一人の子どもを殺すところだったと苦言を呈《てい》すくらいには」

「めっちゃ怒ってる……」

私の答えに、ツヴァイト閣下が驚いたように呟いた。

本当の発作ではなかったとはいえ、倒れた状態のクラスメイトを助けるでもなく誰かを呼ぶでもなく何もしなかった者には、しっかりと反省してほしかった。

オルシス君がしてしまったことに対しての責任を追及する教師も、理論で黙らせた。

幸いにも学園長が私に賛同してくれたのでオルシス君を糾弾する声はなくなったけれど、どうしてあの状態のオルシス君を責めるのか。

「本当に……今彼が生きているだけで奇跡なのに……」

私の呟きに、二人は肩をすくめて頷いた。

「そういえば昨日、生徒たちがアルバのところに謝罪に行ったらしいけど、リコル先生詳しく聞いてる？」

「いえ、私は学園の方にかかりきりでしたので。公爵邸にはブルーノ君がいるので、それほど不安はありませんし、公爵様はきっとしっかりとお二人のことを考えてくださいますから」

一番心配なのは、アルバ君が仲裁してしまうことです、と呟けば、アドリアン君とツヴァイト閣下は顔を見合わせた。

「あー……それはないな。アルバは家のことを言われたら、誰よりぶち切れるし非道になるから。家が王位簒奪《さんだつ》とかなんとか言われたなら、多分公爵が止めてもオルシスが止めても止まらないよ」

「そうだな。むしろどんな手を使って相手を追い落とすのか見てみたい気もするな」

カカカと笑って信じられないようなことを言いながら、二人は王宮に帰っていった。

「ええ〜……アルバ君が、非道になる……」

想像が追いつかずしばらく呆けてしまったが、そういえばアルバ君はここぞと言うときには誰より大胆になるんだったと思い出す。

厄災の魔物が出てきたとき然り、宝玉の祭壇に乗り込んだとき然り……

私が学生だった頃は、サリエンテ公爵様というと非道でまるで氷のようだという噂があったけれど、なるほど。アルバ君もしっかりとサリエンテ家の一員なのかもしれない。

思い出すのは、何事にも動じない冷たい公爵様ではなく、奥様や子どもたちの前で甘い顔をする公爵様。あの大胆さが、公爵様を変えたのかもしれないと思うと、少しだけ怒りを忘れて、胸が温かくなるのだった。

二日後、無事学園は再開された。

けれど、五学年Aクラスは、誰一人登校していない。

アルバ君は療養休暇、他全員が停学という措置をとったからだ。

それに停学があけても、ヒューズ侯爵家のアンディ君とコスタード伯爵家のレジー君は学園に出てこなかった。

二人は自主退学を選び、おのおのの領地でいちから学習し直すと、当主から連絡があった。

アルバ君はもうしばらくお休みすると連絡を受けているので、私は学園とサリエンテ公爵邸を行き来する日々を送っている。

アルバ君は今日も温室でルーナちゃんと並んで花のスケッチをしている。

アルバ君の学習能力は、もう中等学園なら通わなくてもいいくらいなのに、アルバ君は落ち着いたら学園に通いたいと笑顔で答えてくれた。

「だってクラスメイトに罪悪感を植え付けられるのって今くらいしかないじゃないですか。ここでやっていいことと悪いことを覚えさせて、将来兄様を裏切らないよう調きょ……いえいえ、お友達にならないとですから」

そう言って無邪気に笑ったアルバ君は、確かに公爵様やオルシス君と同じく非道な空気を纏《まと》っていて、ツヴァイト閣下とアドリアン君の正しさに、ただただ脱帽するのだった。

けれどね、アルバ君。調教はちょっとどうかと思うんだ……

もしかしたら一番怖いのはやはりアルバ君なのかも、と溜息を呑み込んだのだった。

番外編② 温室お茶会

馬車の出入りの音を聞きながら、俺は温室へ急いだ。

手にはセドリック君とジュール君への手紙がある。これにブルーノ君が用意した果物を添えて、送ってもらうのだ。

温室に入ると、テーブルにはルーナが座っていた。

ルーナは俺の顔を見るなり椅子を飛び降りて、こっちに走り寄ってくる。

抱き上げると、小さな手で俺の身体にせいいっぱいぎゅっと抱き着いてきてくれて、心が癒された。

「ルーナ、熱烈なお出迎えありがとう」

「アルバ兄様、今日学園でたおれたの？　大丈夫？」

「もう大丈夫だよ。兄様もきてくれたし」

「オルシス兄様いいとこ取りだね」

にこやかにそんなことを言うルーナに、どこでそんな言葉を覚えたんだと思わず笑う。

ブルーノ君はお茶の用意をしていて、見える範囲に研究員さんたちの姿はなかった。

近くにあるルーナ専用の花壇には、とても可愛らしい花が咲いていて、見ているだけで和む。

「あのね、今日はね、ルーナお花を植えたの。ブルーノ兄様がルーナのために芽をひょこってそだててくれたのよ。可愛いお花が咲いたら兄様見に来てね」

「もちろん。ルーナがお花をお世話する絵を描いてもいい？」

「ブルーノ兄様と一緒にがいい」

仲良しでね、と念を押されて、俺は目尻を下げながらもちろんと返事をした。

ルーナを椅子に座らせて俺も腰を下ろしたところで、ブルーノ君がお茶を持ってきてくれた。そして、自分も椅子に腰を下ろした。

「後で侯爵家に届けてくれる人が来るから、そんときに手紙を渡しとけよ」

「はい。ところでどんな果物を育ててるんですか？」

俺の質問に、ブルーノ君は一度座った腰を上げ、奥から皿を持ってきた。

そこには、黄色くて丸い柑橘類と、その果肉が一つ一つ分けられて食べやすく切ったものが載せられていた。見る限り、グレープフルーツっぽい。

なるほど苦い果物。

「あーっ、それ、くーってなるやつ！」

ルーナはその皿を見るなり指さして顔をくしゃっとした。

うちのお姫様はグレープフルーツがお気に召さなかったらしい。

そうだよね。普通に食べるとすっぱいし苦いもんね。

「食ってみるか？」

ほら、と果肉が刺されたフォークを差し出されて、受け取る。

パクッと口に入れると、覚えている味よりさらにすっぱい味が口に広がり、さっきのルーナと同じような顔になった。それを見てブルーノ君がお腹を抱えて笑い始める。

「お前らほんとそっくり！」

あははと大声で笑う声に、ルーナは即座に機嫌を良くした。ルーナの中でそっくりというのは褒め言葉と同義語らしい。そう気付いたら俺もちょっと浮上した。

「……っはぁ、本当にくーってなりました。これ、潰して果汁にして砂糖を入れて飲んだら美味しそう」

「お、やってみるか？」

またしても俺の一言でブルーノ君は席を立って奥に行ってしまった。フットワークが軽い。

戻ってきた手には柑橘類を搾る器具とボウルのような入れ物、グラスに砂糖ケースそしてタオルとひらひらのエプロンがあった。

「エプロン……？」

俺の呟きに、ブルーノ君がニヤリと笑いながら、丸いままのものを手に取り、魔法で半分に切った。それをぎゅっと搾り器に押しつけ、果汁を搾り始める。

「あーっ、ルーナもやる、ルーナもやる！」

椅子の上で目を輝かせたルーナに、ブルーノ君が「待ってろ」と言って一つ搾り終えると、手を拭いてエプロンをルーナに着けた。

「せっかくの可愛い服が汚れないように、ちゃんとこれを着けような」

「ありがとう、ブルーノ兄様」

嬉しそうに笑うルーナに、同じように笑みを向けたブルーノ君は一緒に果実を搾り始めた。

普通の貴族令嬢ってこんな風に果物を搾ったり土いじりしたりしないんだけどな、と思いながら二人の行動を見守っていると、いつの間にやらグレープフルーツジュースが出来上がっていた。

「ルーナお砂糖いっぱいね」

「あんまり入れるとご飯食べられなくなるぞ」

「だってくーってなるの悔しいもん」

果肉の混じったフレッシュジュースは、ただグラスに入れてあるだけなのにとても美味しそうに見えた。

これじゃあお茶会というよりも実験だな、なんて、俺は楽しそうにしている二人を見て楽しんだ。

◇◆◇

しばらくすると、ルーナの入浴の時間だと、侍女が温室にルーナを迎えに来てくれた。

名残惜しげに本邸に帰っていくルーナを見送ると、ブルーノ君はさっさと散らかったテーブルの上を片付けた。

すごく楽しい気晴らしになった。

満足していると、ブルーノ君が薬草茶を淹《い》れて目の前に置いてくれた。

そして、日の差す方を見ると、眩しそうに手で陽を遮っている。

「さて、そろそろ主犯が怒られてるころだな」

「主犯って……」

「主犯さ。やつがアルバになんて言ったのかは聞いた。アルバはこの家を侮辱されたというところだけに注目したのかもしれない。けれど、言ってることは国家反逆に等しいことだ」

「国家反逆……」

ブルーノ君の口から出てきた物騒な言葉に、知らず喉がゴクリと鳴る。

ブルーノ君は普段通りの雰囲気で、手にした茶器を口に運んでいる。

「そもそも、アイン殿下を王太子から引きずり下ろしてヴォルフラム王太子殿下を後ろから操り傀《かい》儡《らい》にして、こことミラ嬢の実家が王家乗っ取りを企んでいるとか、自分たちが反旗を翻すために、こっちをわざわざ悪役に仕立て上げようとする大義名分になる危うさがあるんだよ」

確かに。それに乗って国が割れたら内戦待ったなしだ。

本当に危ういことを彼らがしていたんだな、と俺は頷く。

俺を見て、ブルーノ君はくしゃくしゃと自分の頭を掻き交ぜた。

「それを、何も考えずに口に出して、もしも爵位の高い家に賛同でもされたら、もうアイン殿下そっちのけで国は割れるわけだ。かといって、アイン殿下のしたことを明らかにするには、宝玉の秘密も公《おおやけ》にしないといけない」

「…………」

「真実を知る者以外に話せない文字にも残せないほどの誓約をさせられた国家機密を公《おおやけ》にするには、それをしても揺るぎない土台が必要となる。だが、今は土台がようやく形になったところだ。そんなときに国が割れたら、王家がなんと言おうともう国は終わりだ」

確かに。しかも俺たちはもう十五歳だから、流石に言葉に責任が生じる歳だと思われているわけだ。しかも言ったやつの父親はアイン殿下の側近。

思ったよりも、ずっと大事《おおごと》だった。

「アルバがそうやって驚く顔をするくらいだから、言ったやつはその危険な言動をすごく軽い気持ちでやってたんだろうな。父親がどう出てくるかで、サリエンテ公爵様の動きも変わってくるんじゃねえか。オルシスも王宮に出入りするようになったから、動くときは大胆に動くぞ」

「兄様が大胆に……！　それは大活躍の予感……！」

「こら」

思わぬ言葉にパッと顔を輝かせた瞬間、ブルーノ君に軽く小突かれた。

「すでにオルシスは今回の件で大活躍してるだろ。学園を凍らせるとか前代未聞。今回はアルバのクラスの奴らが原因だったから事なきを得たが、ヴォルフラム殿下が陛下になってからだったとしたらオルシスは側近を下ろされてただろうな」

「え……」

「感情で魔力を爆発させるような危険人物は王宮にはいらない。まあヴォルフラム殿下はオルシスがどれだけアルバを可愛がっているかわかってるから、もしかしたら残留もあるかもしれないけど」

だけどそんな殿下の厚意で残るなんてオルシスは絶対にしない、とブルーノ君はなんてことないように、けれど断言した。

どうかな。でも、兄様がヴォルフラム殿下の側近になったのは、俺のためだ。

俺が『刻《とき》属性』だとヴォルフラム殿下が知っているから、俺を守るためにあえて側近になったんだから、もしかしたら兄様は辞めないかもしれない。なんて思うのはうぬぼれだろうか。でももし本当にそんな状態になったら、兄様の肩身が狭くなりそうなので俺が無理だけど。

「本当は僕も顔を出さないとだめな面談なんですよね……」

気を取り直そうと話題転換したら、ブルーノ君が肩をすくめた。

「いや、出ないのが正解」

「どうしてですか？」

俺が首を傾《かし》げると、ブルーノ君は呆れたような顔を向けた。

「だってアルバが今日倒れたのが発作のせいだって、リコル先生が立証したんだろ。だったら、まだアルバは不調。前もそんな一日で治ることなんてなかっただろうが」

「なるほど！　そういえばそうでした。遠い昔のことだったので、忘れかけてました」

そういえば発作のときは何日か寝込んでた。

遠い目をしていると、ブルーノ君が俺の髪の毛をグチャグチャに掻き混ぜた。

「喜ばしいことだな。病《やまい》の辛さなんてどんどん忘れちまえ」

「忘れるなって言われるかと思いました」

ブルーノ君の言葉に反応すると、ブルーノ君は一瞬だけ顔を歪めたけれど、すぐにいつもの笑顔に戻った。

「俺たちが覚えてるから、アルバはしっかりと忘れろ」

忘れろって言われても。本当に忘れていいんだろうか。

兄様をたくさん泣かせてしまったこととか、兄様が手を繋いでいてくれたおかげで橋を渡ることがなかったこととか。兄様が、義父が、母が、ルーナが、そしてブルーノ君が、俺をずっと助けていてくれたこと、忘れちゃいけない気がする。

発作のときの苦しみはもう経験したくないけれど、でも。

発作が起きるたびに身体の中を巡る魔力がどれだけ温かかったか、忘れられないよ。だって俺の命の源だもん。

それに……

「大きな川の橋の向こう側にいつも立っていた、昔の記憶にある表情筋が死滅していたオルシス様のことを、忘れることなんてできません……」

「おま……それ一番記憶から消さないといけないヤツだろ！」

「でも、手招きするオルシス様は陰があって、この世のものとは思えないくらいに美しくて、もし僕が逝くなら絶対に彼に手を引いてほしいと思っていた人物だったんです……あの時一緒に行けたらもしかしたら幸せだったのかなって」

「だーかーらー……」

「僕がなんだって？」

俺の言葉をブルーノ君がイライラと遮ろうとしたところで、麗《うるわ》しのイケボが聞こえてきた。

振り返ると、温室の入り口から、兄様がこっちに向かって歩いてくるところだった。

「僕がなんだって？　アルバ」

「ええと、橋の向こうで手招きしていた表情筋の死滅した兄様がとてつもなく美しくてこの世のものとは思えない存在だったとブルーノ君に説明していたんです」

「全っ然趣旨が違うだろうが。アルバはあの時、一緒に行かなかった。だからこそオルシスは幸せだし、この家が幸せなんだよ。わかってるんだろそれくらい……」

はぁ、とブルーノ君が溜息を吐いて、ぐだっと椅子に腕を投げ出す。

兄様は俺の隣に腰を下ろすと、俺の顔を覗き込んできた。

ちょっと疲れが見える顔には、いつもの朗らかさはなかった。

「アルバ、僕がアルバを連れていくとしたら、川の向こうではなくて、僕たちの未来だよ。二人でちゃんと笑い合える未来だ。川の向こうじゃない。アルバが見たそれは、僕じゃない。僕じゃない誰かと手を取り合うアルバなんて、僕は絶対に見たくない」

ぐっと歪められた顔は、今にも泣きそうで、兄様の魔力が少しだけ不安定に揺れた気がした。

そうだった。今日、兄様は魔力暴走を起こしちゃったんだ。こういうときに怒るとまた魔力暴走するんだったっけ。

「僕は、兄様が笑っていてくれるのが一番……」

俺は少しだけ身を乗り出して、目の前にあった兄様の顔を押さえ込んで、唇を重ねた。舌をねじ込んで、俺の魔力を分ける。

幸せなんだよ、と口の中で声が消えていく。

きっと今すごくお疲れな顔なのは、魔力暴走を起こしたあと、魔力が少ないのに俺を回復させてくれたからだ。

少しでも返したい。そして元気になった兄様がまた綺麗に幸せに笑ってくれるのがいいんだ。

そんな想いで兄様の口の中を舐めていたら、ブルーノ君の呆れたような声が耳に飛び込んできた。

「積極的な無自覚ってだいぶ大変そうだな」

何言ってんだ？　とふと視線を動かしたら、兄様の目がまん丸になっていた。そして、兄様の横から見えるブルーノ君が、頬杖をついて俺たちを見ていた。

あ、しまった。何も考えずに魔力供給なんて思ったけど、これ、ベロチューだ……

自覚した瞬間、押さえ込んでいた手で兄様の顔をベリッと引き剥がしてしまった。

顔が熱い。

「こここれは魔力補充であって……っ」

「俺がいるの完璧忘れてたよな」

「そんなことはないですよ……？　ただ兄様の魔力が足りないんじゃないかと心配になってしまっただけで」

結局オルシスしか認識してないじゃないかとツッコまれて、俺は顔が上げられなくなった。

バレた。

兄様のお疲れで辛そうな顔を見た瞬間ブルーノ君の存在を頭から飛ばしてしまったのが、バレた。

恥ずかしすぎて下を向いていると、そっと優しく頭を撫でられ、髪を指で梳《す》かれた。

「僕を心配してくれてありがとうアルバ。魔力もありがとう。アルバがこうして僕を気遣ってくれるだけで、僕は満ち足りるから」

だから、魔力譲渡は二人でしようね。

そんな兄様の呟きと優しい手つきに、変な声が出そうになってぐっと我慢する。ああそうだね、端から見たらこれは単なるキッスだね！　しかも大人の！

顔から火が出そうになりながらあうあうしていると、兄様がフッと離れて、椅子に座り直した。

ブルーノ君は何事もなかったかのように、ティーポットからお茶を注ぎ、兄様の前に置いている。

兄様もそれを一口飲んで、おかしな雰囲気をあらためた。

「ヒューズ侯爵たちもコスタード伯爵たちも帰ったよ。話はついたから、アルバは安心して」

兄様の言葉に、そういえばここでキッスをして照れている場合ではなかったと思い直す。

「どんな風に話がついたのかお聞きしてもいいですか」

結末を知らないなんていうのだけは嫌だと、兄様の手をがっしと掴んで顔を上げたら、兄様がフフッと笑った。

「コスタード伯爵のところは、もう学園に通うどころではないようだよ。ちゃんときっちり本人が働いて弁償するそうだからね。それとヒューズ侯爵は、王宮を辞して領地に戻るようだね。アンディも連れていくと思うけれど、アンディは後継からは外されるよ。二人とも、もう学園に顔は出さないと思う」

「……そうなんですね。一生をかけて反省してほしいです切実に」

ぐっと手を握りしめれば、兄様は首を傾《かし》げた。

「アルバをあの場に呼ばなかったのは、不調に見せるのと同時にアルバが二人を許してしまわないように、って父上と相談して決めたんだけど……」

「そんなの！　絶対に許すはずないじゃないですか！　学園に来なくなるからといって家を追い出されることはないんですよね二人とも。むしろ父様も兄様も甘いくらいです。平民に落としてしまえばどれだけ囀《さえず》っても賛同する者がいなくなるのに。家に残しておくとかそんな甘い措置で、何をしたのか自覚することはないと思います」

真顔で答えると、兄様はまたも目をまん丸にした。

そして、今度は楽しそうに声を出して笑った。

「そうだね。そうすればよかったかもね。これはね、父上が甘いんだよ。侯爵本人が王宮を辞めるって言ったからってそれで終わりにするんだから。二度とあの家門が王宮でのさばらないのは喜ばしいけれど、確かに本当に甘いよね」

笑顔のまま、兄様は辛辣に義父をこき下ろした。その笑顔はやっぱり魔王級で、ブラック兄様、最高と心の中でエールを送った。いつもとはまた違った魅力が詰まっている。

ブルーノ君とのお茶会がお開きになると、兄様の黒い魅力を十分に堪能した俺は兄様と共に部屋に戻った。

うちを悪者に仕立て上げ、自分たちはまた王宮に返り咲こうとしているって。それが内戦を生む言葉だって、確かにアンディはそこまで考えていなかったかも。

「アラン殿下の元側近同士の対決って絵面になったら、皆巻き込まれそう……今回の王太子交代劇はそんな話じゃないのに……」

つい呟くと、兄様が俺をぎゅっと抱きしめた。

「そうだね。皆がそれを危惧していたよ。それこそ、うちの名誉毀損なんて可愛いものなくらいにね。実際すでにヒューズ侯爵家の派閥では噂が広まっていたらしいから。侯爵がこれから鎮火させるって息巻いていたよ」

「ああ……父様が引いた理由がわかりました。ヒューズ侯爵自体は悪い人じゃないどころか、優秀だったんですね。……王権が交代する場合は情勢が荒れるって言いますけど、事前に食い止められてよかったってことでいいんでしょうか」

「アルバが犠牲になったからよくはないね」

すっと兄様の目が細められて、真顔になる。

真顔になった兄様は、あのアプリ時代のオルシス様と雰囲気が本当に似ていて、俺は思わず手を伸ばした。

あの時川で一緒に行けなかったからこそ、この兄様と一緒に手を繋いで、あの先まで……

「……小さな兄様に、僕と手を繋いでいてくれてよかったです」

兄様の、最推しの行く先は、平和で幸せに暮らしましたにならないといけないんだ。そうじゃないと納得したくない。

きっと義父も同じ気持ちで、ヒューズ侯爵に任せたんだろう。

余計な火種にならないよう。兄様が側近として憂いなく王宮にいられるように。

兄様は甘いって言っているけれど、それはきっと兄様を愛しているからだよ。

ぎゅっと兄様の手を握ると、俺より関節一つ分は優に大きくて綺麗な手が、俺の手をぎゅっと握り返してくれる。

――そのぬくもりが好きで、大好きで。

俺はそっと兄様の手にキスをした。

「俺は、兄様が笑顔で幸せに暮らしました、って言える人生を送れるよう、全力で尽くします」

それはまるで、祈りのように。

俺の決意の表れのように、するりと口から零れ出た言葉だった。

兄様を見上げると、兄様は俺と繋がっていない手で、自分の顔を覆っていた。

チラリと見える耳が、何やら赤くなっているような気が……

「本当に、積極的な無自覚は大変だよ……」

兄様の呟きは、笑っているような、それでいて苦しそうな、何やら複雑な様相を呈《てい》していて、その声音もまたイイ、と思ってしまったのだった。

ハッピーエンドのその先へ ー
ファンタジックなボーイズラブ小説レーベル

アンダルシュノベルズ
&arche NOVELS

契約から始まる
淫愛の行方は……

その手に、すべてが堕ちるまで
～孤独な半魔は愛を求める～

コオリ ／著

ウエハラ蜂／イラスト

冒険者のエランは、逆恨みで借金を背負わされ、性的な要素の強い非合法な見世物小屋で働くことになる。座長であるルチアに、半ば騙されるような形で「ルチアに従うことで喜びを覚える」という洗脳に近い契約を結ばされるエラン。最初は契約の影響で従っていたが、ルチアが魔物からも人間からも遠ざけられてきた過去を知ると同時に、今まで感情が読めなかった彼の子供じみた一面を垣間見て、庇護欲を抱き始める。ルチアもまた、契約が適用されない場面でも自分に従うエランを、無意識のうちに大切に思い始め……

詳しくは公式サイトにてご確認ください。
https://andarche.alphapolis.co.jp

異世界BLサイト"アンダルシュ"
新刊、既刊情報、投稿漫画、X（旧Twitter）など、BL情報が満載!

ハッピーエンドのその先へ ー
ファンタジックなボーイズラブ小説レーベル

アンダルシュノベルズ
&arche NOVELS

スパダリたちの
溺愛集中砲火！

異世界でおまけの兄さん自立を目指す1～6

松沢ナツオ ／著
松本テマリ／イラスト

神子召喚に巻き込まれゲーム世界に転生してしまった、平凡なサラリーマンのジュンヤ。彼と共にもう一人日本人が召喚され、そちらが神子として崇められたことで、ジュンヤは「おまけ」扱いされてしまう。冷遇されるものの、転んでもただでは起きない彼は、この世界で一人自立して生きていくことを決意する。しかし、超美形第一王子や、豪胆騎士団長、生真面目侍従が瞬く間にそんな彼の虜に。過保護なまでにジュンヤを構い、自立を阻もうとして――!?
溺愛に次ぐ溺愛！　大人気Web発BLファンタジー！

詳しくは公式サイトにてご確認ください。
https://andarche.alphapolis.co.jp

異世界BLサイト“アンダルシュ”
新刊、既刊情報、投稿漫画、X（旧Twitter）など、BL情報が満載！

ハッピーエンドのその先へ ー
ファンタジックなボーイズラブ小説レーベル

アンダルシュノベルズ
&arche NOVELS

化身は一途に想い続ける。
たとえその身が壊れようとも——

三十代で再召喚されたが、誰も神子だと気付かない 1〜2

司馬犬 ／著

高山しのぶ／イラスト

十代の時に神子として異世界に召喚された澤島郁馬は神子の役目を果たして元の世界へ戻ったが、三十代になって再び同じ世界に召喚されてしまった！　だがかつての神子とは気づかれず邪魔モノ扱いされた郁馬は、セルデア・サリダートという人物のもとに預けられることになる。なんとその人物は一度目の召喚時に郁馬を嫌っていた人物で!?　しかしセルデアは友好的に接してくれる。郁馬はセルデアの態度に戸惑っていたが、とある理由から暴走したセルデアと遭遇したことをきっかけに、彼との距離が縮まっていき——

詳しくは公式サイトにてご確認ください。
https://andarche.alphapolis.co.jp

異世界BLサイト“アンダルシュ”
新刊、既刊情報、投稿漫画、X（旧Twitter）など、BL情報が満載！

ハッピーエンドのその先へ ―
ファンタジックなボーイズラブ小説レーベル

&arche NOVELS

アンダルシュノベルズ

大好きな兄様のため、
いい子になります!?

悪役令息になんかなりません! 僕は兄様と幸せになります! 1〜3

tamura-k ／著
松本テマリ／イラスト

貴族の家に生まれながらも、両親に虐待され瀕死のところを伯父に助け出されたエドワード。まだ幼児の彼は、体が回復した頃、うっすらとした前世の記憶を思い出し、自分のいる世界が前世で読んだ小説の世界だと理解する。しかも、その小説ではエドワードは将来義兄を殺し、自分も死んでしまう悪役令息。前世で義兄が推しだったエドワードは、そんな未来は嫌だ!　といい子になることを決意する。そうして小説とは異なり、義兄をはじめとする周囲と良い関係を築いていくエドワードだが、彼を巡る怪しい動きがあって……?

詳しくは公式サイトにてご確認ください。
https://andarche.alphapolis.co.jp

異世界BLサイト“アンダルシュ”
新刊、既刊情報、投稿漫画、X(旧Twitter)など、BL情報が満載!

この作品に対する皆様のご意見・ご感想をお待ちしております。

おハガキ・お手紙は以下の宛先にお送りください。

【宛先】

〒150-6019 東京都渋谷区恵比寿4-20-3 恵比寿ｶﾞｰﾃﾞﾝﾌﾟﾚｲｽﾀﾜｰ19F
（株）アルファポリス　書籍感想係

メールフォームでのご意見・ご感想は右のＱＲコードから、
あるいは以下のワードで検索をかけてください。

アルファポリス　書籍の感想　検索

ご感想はこちらから

本書は、「アルファポリス」（https://www.alphapolis.co.jp/）に掲載されていたものを、
加筆・改稿のうえ、書籍化したものです。

最《さい》推《お》しの義《ぎ》兄《けい》を愛《め》でるため、長《なが》生《い》きします！ 4

朝陽天満（あさひ てんま）

2024年 5月 20日初版発行

編集－古屋日菜子・森 順子
編集長－倉持真理
発行者－梶本雄介
発行所－株式会社アルファポリス
〒150-6019 東京都渋谷区恵比寿4-20-3 恵比寿ｶﾞｰﾃﾞﾝﾌﾟﾚｲｽﾀﾜｰ19F
TEL 03-6277-1601（営業） 03-6277-1602（編集）
URL https://www.alphapolis.co.jp/
発売元－株式会社星雲社（共同出版社・流通責任出版社）
〒112-0005 東京都文京区水道1-3-30
TEL 03-3868-3275
装丁・本文イラストーカズアキ
装丁デザイン－AFTERGLOW
（レーベルフォーマットデザイン—円と球）
印刷－中央精版印刷株式会社

価格はカバーに表示されてあります。

落丁乱丁の場合はアルファポリスまでご連絡ください。

送料は小社負担でお取り替えします。

©Tenma Asahi 2024.Printed in Japan

ISBN978-4-434-33893-9 C0093